不曾飘远的沂河童谣

王月祯 著

九州出版社
JIUZHOUPRESS

图书在版编目（CIP）数据

不曾飘远的沂河童谣 / 王月祯著. —北京：九州
出版社，2018.6

ISBN 978-7-5108-7267-9

Ⅰ．①不… Ⅱ．①王… Ⅲ．①自传体小说—中国—
当代 Ⅳ．①I247.5

中国版本图书馆CIP数据核字（2018）第135149号

不曾飘远的沂河童谣

作　　者　王月祯 著
出版发行　九州出版社
地　　址　北京市西城区阜外大街甲35号（100037）
发行电话　（010）68992190/3/5/6
网　　址　www.jiuzhoupress.com
电子信箱　jiuzhou@jiuzhoupress.com
印　　刷　北京盛彩捷印刷有限公司
开　　本　710毫米×1000毫米　16开
印　　张　16
字　　数　209千字
版　　次　2018年8月第1版
印　　次　2018年8月第1次印刷
书　　号　ISBN 978-7-5108-7267-9
定　　价　49.80元

序

我是一名文学爱好者，同时，也是走在回乡路上的游子。故乡，任谁，也是永远打不开的结，说不尽也参不透。当然，我也写。但是，包括名篇大作，又有几人能把乡情写进骨缝里，写在针尖上，勾画在心屏的最亮处？不需要修饰，不需要渲染，只让发生过的最平常的事件复原，只让在漫长的岁月中始终不能平息的情感安静地流淌……那么真实，真实的，我们能看到，几十年前姥爷筐头子里拾到的粪渣；我们能闻到姥姥的石磨里磨出的豆香；我们也能彻悟到连姥爷姥姥自己都没有意识到深层含义的每一句话。

正如，作品的名字叫童谣一样，的的确确，它带有童话色彩：儿童的视角，而又在环境的更迭中，展现了大人们的世界。姥姥的内敛，奶奶的豪放，姥爷的敦厚，新娘的平实，四巴她娘的耿直，舅母们的热情，两个老姥娘的温和，还有二话没问就端上苦涩难咽一碗水的农妇的那股子豪爽劲：乡里乡亲，家长里短，情真意切……这些性格和品质，充满了人性中向上的力量；这些性格和品质，在小人物朴素艰苦的日子里，像春天山野的花朵，无声地开放，不经意地展现，那样的自然，那样的真实，又是那样的美丽。这让后来的我们所看到的，无一不是沂蒙老区人民形象的真实写照，无一不是平民百姓高贵品质的颂扬，无一不是淳朴民风的真实画面。

最真的乡音，最浓的乡情，从点点滴滴的细节里渗出，当时，不会在意，过后想起，会让一颗颠沛流离的心很痛很痛。而苦难，心灵苦难的嬗变贯穿了整部小说的始末，而与此相融汇的，是"我"人性成长的过程。苦难也罢，人性也罢，小说说不完的离愁别绪，即使再长，也是以情感的源远流长为线索。

人们常说，乡音难改；而乡情更难改。那么，乡音乡情又是什么呢？我与这部书相遇，我更宁愿相信，这是人生在冥冥之中为我安排的一场缘分，因为，这部书，让我找到了回乡的方向！

六〇后读者　黄爱席

目 录
CONTENTS

引 子

　　几十年了。那人，那事，在我以后的生命里，几乎每时每刻都会盘绕于心，映现眼前，任凭风雨漂洗，却总也不曾褪色，这让我备受煎熬。也许，唯有诚恳而真实地回忆和记录下来，算作报答，才能得以宽慰和释解自己！而就在此刻，沂河岸上，繁华如织，微风徐徐。这是早春，我感觉到缕缕暖意。风，或许还是那时的风，或许已不再是那时的风！可为什么，对于往事，对于这块土地，我会有如此强烈的感受和热爱……

第一章

房庄围门外的往事流韵

　　从北往南，贯穿我家乡沂蒙山区的那条河，叫沂河。奔腾不息的沂河水，如一首岁月永远也唱不完的歌，苍凉、清明、静谧、深沉，而又浩浩荡荡……年复一年，四季轮回，早春来了，寒冰解冻，大地之上，鲜花次第开放；秋意乍浓，燕子飞走，谷粮已运回了家……一辈一辈的人，一茬一茬的庄稼，一场一场的苦难，一次一次的慰藉！是谁养育我长大，我汲取了谁生命中的灵魂……

　　姥爷的家，在房庄。房庄，坐落于沂河西岸，相距沂河十几里路。它是一个美丽富饶的小庄。我出生于二十世纪三十年代。说来奇怪，从三四岁时起，我所经历的很多事件，至今都还历历在目。

　　房庄，在一个叫老沂庄的大庄的庄北，离老沂庄只有半里多路。它们之间，有一条宽阔平坦的大路。大路旁有一所小学校。听说，这所学校的房子，过去是一座庙堂。或许这是真的，因为在校园的东北角，有两间小屋，到现在还住着一个看庙的老道士。

　　是的，我小时候在这上学时，黑板的后边，还有一座泥塑的雕像。小孩刚来上学，都很害怕。课堂上，我的心思会不由地走神，时不时往黑板底下瞅一瞅，老是担心那个站着的雕像会动弹，心里也会禁不住扑通扑通直跳。

有一次，老师正领我们念书，不知谁，看到从黑板底下窜出一只老鼠，就"嗷"地惊叫起来！同学们"哄"地一下跑到院子里，都吓得哇哇直哭。有的还被挤倒，顿时乱作一团。

从学校朝北走不远，有一个四角方方的小池塘。池塘里，长满一行行排列整齐的柳树。春天或者夏天，柳枝上一条条鲜嫩的柳条，被风一吹，飘飘扬扬。这时，柳树就像站着的一排排淑女正齐刷刷地梳理着长发似的，美丽极了！

夏天，柳枝上的蝉声此起彼伏。一会儿，一只蝉惊叫一声飞走了，又有另一只蝉拉着长调嗖嗖地飞来。若是接近秋季，那就更热闹了，池塘里的水面像一块墨绿色的镜子，青蛙清亮的呼声和知了欢快的叫声交织在一起，像男女声二重唱，有时，还有风吹树丛的沙沙声给伴奏着。

池塘北面一片宽敞的场地，是人们用来脱粒打场的地方。每逢收获季节，乡亲们就把割倒的庄稼运来。第二天，如果天好，就把运来的庄稼在场上摊开晾晒，晒一会，翻一翻，然后继续晒。这样反复翻晒几遍，就差不多开始打场了。

中午，有男劳力把牲口套好，再把套绳拴在碌碡框上，就开始打场。打场的男劳力大喝一声，一手扬起鞭子"啪"的一下，打在牲口背上或屁股上，牲口就加紧走了起来。这时，赶牲口的人兴奋地放开喉咙喊起号子。碌碡① 便吱吱呀呀地在摊开的庄稼上转着圈碾轧。

圆场的妇女则用木杈把散落到外边的庄稼棵向圈里挑，把较厚地方的秸棵匀到薄的地方。邻场的妇女们，边干活边说着话，说到高兴时，就开怀大笑。

碌碡框上的橛子磨得碌碡眼子吱吱作响；场边、垛旮旯里，小孩们在捉迷藏，跑来跑去，这个喊"我捉着大壮了"，那个又喊"小三藏在垛后，我看见

———————————

① 碌碡：一种农具，用石头做成，圆柱形。

了，快出来吧"；池塘里玩水的孩子，也在喧闹嬉戏。

农忙时，这些浑然天成的声音连成一片，在天空中回荡！

打完场，卸下牲口，打下来的穰子用杈挑到场边垛起来。然后，全家齐动手，有拿锨的，有拿挡板的，有拿扫帚的，除的除，推的推，扫的扫，很快颗粒就堆成了堆。

这时，打场人到场边蹲下，舒一口气，拿出旱烟枪，插进烟叶袋，按上一管碎烟叶，用火镰打火点烟，吧嗒吧嗒开始抽，边抽烟边仰头看风向。

一袋烟过后，拿起木锨开始顺风扬场。扬场的人弯腰锄起一锨带糠颗粒，再直腰用力向空中扬去，边扬边抬头顺着锨往上看。这样，糠皮被风刮走，颗粒落下。弯腰，低头，直腰，抬头，扬锨，重复的动作，一干就几个小时。

掠场的妇女或者老头要眼疾手快，瞅着扬上去的颗粒落下，扬场的人又弯腰去锄的瞬间，抓紧用扫帚往外扫糠皮，再把没打净的穗子往里掠。

人们把扬好的粮食堆成堆，开始装袋。口袋有大有小，但不管大小，都能装百十来斤。装好的粮食往家运，有的用肩扛，也有的用车推。

听说，虎子他爹的龟腰，就是年轻时扛粮压的。现在，他爹就像背着一口大锅，直不起腰，走起路来左右摇晃，也不能干重活。

这时，满街上来来往往运粮的人，个个累得汗流浃背，张着大口喘粗气。

有些穗头上，还有残留的颗粒，妇女们就用手搓一搓，再用簸箕簸。簸完一簸箕，倒进筐里，再簸一簸箕。

孩子们有的用笤帚把糠皮扫进筐头；有的帮着撑口袋装粮食。

老头们干活仔细，先用杈把穰子垛成垛，再围着垛转圈，用杈把耷拉着的穰子搂下，挑成一堆后，再垛到垛上。

太阳快落山了，场里的活开始收尾。场里收拾家什的，街上推车的、扛麻袋的、挑挑子的、挎篮子的，来往穿梭。夕阳映照下，一幅颗粒还家的丰收图画。

场西北角，靠场边，有一棵皂角树，很高很粗，两个大人都合搂不过来。这树很有古色味，不知生长了多少年。那皂角，夏天，颜色是绿的；到初秋，慢慢变成浅咖啡色；深秋就成深褐色了。皂角树周围有一圈的树根，长出地面老高，如有人路过，一不小心，就会被绊倒。

农忙后，晚秋时，树主人和邻居们的男劳力，就扛着又长又粗的竹竿到树下来打皂角。这时，几乎庄上各家都有人不约而同向场里走来。提小篮的、挎小箢的、兜着褂大襟的、撅着拾粪筐头的，都陆续来到场里拾皂角。

每家都很自觉，只拾一份，并且一份里也不捡多。这样，庄上每户人家都能摊到。明年开春，等各家各户拆洗衣被时，这些皂角就能用来代替肥皂。

这棵老树，年复一年，五冬六夏巍然屹立。听老人说，台风和洪水，都不曾将它催倒。没人能够想到去给它浇水施肥，而它却像个赤诚的老者，默默地守护着村庄。人们对它都心存敬畏。

在房庄到老沂庄的路的西边，靠近房庄，有一片菜园。菜园南边，有一排用长着圪针的楸楸树栽成的栅栏，把老沂庄北门外的一片场和房庄南门外的这片菜园隔开。

这片菜园里，有一条东西小路，又把菜园隔成南北两块。路南东边是小伟家的，路南西边是我姥爷家的，路北是大壮家的。

菜园小路的西尽头，有一口井，是专浇菜园用的。井上安一个辘轳架子，架上套一个辘轳轱轮，轱轮上缠一根粗绳，绳的一头拴一个筅子。筅子帮的里面和外面都泥一层用桐油和着的胶泥，这样筅子不漏水也不腐烂。有时，下大雨，庄里吃水的井被淹，庄上人们也来这口井挑水喝。

加上这口井，庄里总共有三口井。这三口井是甜水井，井里的水不论生喝还是烧开喝都很好喝。外庄人也都夸房庄的水好喝。

这口井的西边沿上，有一棵百日红树。我去折花时，很害怕掉进井里被淹死。因为，听姥爷说，有一次，姥爷不小心，辘轳上的绳子没放完就松了手，辘轳却继续转着，铁把一下子把姥爷打倒，姥爷差点掉到井里。听到这里，我"啊"的一声叫起来："姥爷，你要掉到井里怎么办，谁种脆瓜和西瓜给我吃？以后，你再浇园我就去看沟子。"

所以，每次来到井台，我头都发懵，心里就像揣着小鸡似地咚咚乱跳。我小心翼翼跐着树边一块青石，跷着脚折下两枝花后就赶快离开。

这里，除早晚有人浇水整理菜园，大多时候没人来。小孩，就更没有来的，因为像我这么大的都快六岁了，他们都得在家看弟弟或妹妹，再说他们上这来，得出南围门，有点远。而姥爷家离得近。我出姥爷家大门，穿过姥爷家门外的场，爬过庄围墙下面的阳沟，就过来了。

果然，今天我去的时候还是连个人影也没有。刚要离开，又不由自主地走进菜园，想看看姥爷种的脆瓜和西瓜结了没有。

走进菜园，首先映入眼帘的是那两畦黄瓜。黄瓜秧已爬满架子，结出嫩生生的小瓜纽，但不人，嘴里都含着小黄花。

姥爷种的脆瓜和西瓜在哪儿呢？姥姥说，黄瓜长大，脆瓜也就能吃了。我不能吃黄瓜，因为我肚子长皮子①还没好利落，有时还发烧。姥姥说，黄瓜属阴，本性凉，身体弱的人不能吃。姥爷怕我看别人吃黄瓜馋得慌，种黄瓜时，就特意早种上了脆瓜和西瓜。

到底这两样瓜种到哪里去了？我在园里东找西找，楸楸树的栅栏根里我也扒着看了，都没有。我很着急，难道说，姥爷今年忘种了？不可能，姥爷不会忘的！我得再找找。我又转身往北走，一抬头，看到菜园的东北角，有一个土坯垒的小方框，方框上面担着小木棍，木棍上面铺一层谷秸。我用手掀开一条

---

① 长皮子：黑热病。

缝，趴着朝里望了望。看见了，里边瓜秧都爬得很长了。我不敢使劲掀开谷秸做的笆子，恐怕弄坏后不结瓜了。

我放下心来，起身要走，这才看到园子里种的白菜和萝卜都已开花；园子边上的金针也开出了长长的黄花。

各种颜色的蝴蝶，有的在飞，有的翅膀一张一合地落在花蕊上。

于是，我把两枝百日红花放在畦埂上，再去捉蝴蝶。走近花丛，伸手去捏，蝴蝶飞走了。我又悄悄走到另一簇花丛，过好一会儿，才捉住一只深黄色带黑点的蝴蝶。

花丛里，还有成群的蜜蜂飞来飞去，采着花粉。我想，这些蜜蜂，可能就是姥姥家养的那些吧。

我抬头四下一看，一片空旷。我想起，姥姥不让我一个人到庄围墙外玩耍。姥姥说，围子外有熏烟的坏人，专门逮小孩。他们先把小孩用烟熏晕，再装进麻袋里背走。更可怕的是，我还听姥姥说，有一个外庄小男孩自己到庄外玩，叫熏烟的逮去装进箱子，踞起来不让长，到十五六岁还和五六岁的小孩一样高。熏烟的人还把这小男孩身上的皮割的一道道的，粘上猴毛，把他当猴，卖给玩把戏的人，让玩把戏的人耍给人看，挣钱。

想到这里，我更害怕，就下腰拿起百日红花，捏着蝴蝶翅膀，急匆匆地走出姥爷家的菜园，跨过小路，穿过大壮家菜园，走过庄南门外的东西路，来到围沟沿上，再抬头四下望望。

我坐在沟沿上往下滑。沟沿很陡，沟很深，不过春天没下雨，沟里没有积水。我一口气滑到沟底。

围沟底下，阳沟口附近的那一小片地方比较平整，因为平时下雨，姥爷家场里的水，都经过这阳沟流进围沟，冲来冲去就不那么陡了。

走到阳沟口跟前，我的心又扑腾扑腾跳起来。姥姥说，只要头过了阳沟口，身子就能过去，身子如果过不去，可以立愣着过。这个不要紧，因为我刚从这阳沟口爬出来，这一小会儿的时间，头也不会长得那么快吧。可姥姥还说，阳沟是用石头垒的，石头缝里碰巧会有蛇爬出来，往人嘴里钻，还会缠着人的身子使劲勒，能勒断骨头。这多吓人啊！

想到这，我的心吊到了嗓子眼。那我就爬上围沟岸，转到庄的南门再进庄吧，可是，这样的话，路有多远啊，再碰巧遇到熏烟坏人，把我逮去就更倒霉了！

想来想去，还是爬阳沟吧，哪会有那么巧啊！我心发慌，趴在阳沟口前，腿伸直，脸转向一侧，头贴近地面，先放了手里的蝴蝶，再把百日红花续到阳沟里边。然后，整个脸朝地，扒着石头缝向里蹿。蹿一蹿，就把花向前续一续。

好不容易露出头来，我把花放到阳沟口外面，抬起头，扒着地，猛一用劲，整个身子蹿出阳沟。我拿起花，站起来，长舒一口气。

穿过姥爷的场，进大门。还好，没撞见姥姥。姥姥正在西锅屋做饭，也没在意我。

我在石台底下拿出一个小黑坛，装满水，连花一起抱进堂屋，把小坛放到八仙桌上，把花插进坛里。啊，真好看。桌上那三个泥娃娃看见鲜花，好像也咧嘴笑了。

胖娃娃，你光知道笑，你哪知道，来回一趟，我有多害怕！胖娃娃，你要是像小伟的弟弟和松巴的妹妹那样，是个真人，会坐、会爬、会笑、会哭、会吃、会喝，那该有多好。我抱你出去玩时，你就坐在场边看；饿了，让姥姥泡麦煎饼，炒鸡蛋喂你；长大了，我领你爬阳沟，到庄外菜园折花。可惜，你是泥塑的，不是活的。

想到这，不由一阵心酸。姥姥说，我一天天长大，不能再爬阳沟了；再爬的话，头过不去，说不定会卡到里边。是的，从那，我再没爬过阳沟，也没再独自一人到庄外玩过，有时，会跟着姥爷走南围门到园里去摘瓜、拔菜，想要花的时候，就让姥爷给我折。

南围门外的东边紧靠围墙根，还有一个更小的长方形池塘。夏天雨季，里面盛满水，青蛙和癞蛤蟆，白天黑夜不停歇地"喂哇——喂哇——"高声吵闹；秋末，池塘水干了，它的主人把里面淤泥挖出，晒干砸碎，再倒一倒，运到地里当肥料；冬天，池塘北面有很高的围墙挡风，池塘的墙都是用青石砌成，池底又很干净，太阳一晒，暖洋洋的，所以，这里就成了庄上老头们晒太阳、闲聊的好场所。

这庄上的妇女很少有闲着手串门的，如果没别的活干，她们就用线砣子捻丝线。老头儿，也不出来闲逛，出南围门、蹲围墙根、晒太阳，也都背着粪筐头子等着去拾粪。

太阳东南晌①，老人们背着筐头陆陆续续地来到池塘北边围墙根，把铁锨靠着围墙一竖，放下筐头，一字型排着蹲下。他们有的从腰里抽出旱烟袋，按上烟丝点上火就抽烟；有的袖着手，把胳膊平放到腿上养神。

我没小伙伴玩时，也跟着姥爷来这里晒太阳，听拉呱②。我听呱着迷。我蹲在姥爷怀里取暖。姥爷不会吸烟，时不时伸手捋胡子。这些老人都慢条斯理地说些自己经历过的事情。我听了也很感兴趣。

住庄东头的三舅就好说他下东北伐树的事。他说："东北的深林可大啦，几天几夜走不出来。太阳一落，人就不能出门。狼遇着人就呼地扑上去，扳着人的脖子咬喉咙，咬死再吃。"

可我并不害怕，因为三舅说过，东北离这里很远很远，狼来不了。

秋天，多打了一点粮食，老人们都喜形于色，继续盘算着明年的光景。有

————————

① 太阳东南晌：九至十一点。
② 拉呱：聊天。

的说，山上地高涝不着，过年开春种上二亩谷子；有的说，在山上种几样煎锅豆，到冬天做糊涂，小孩肯喝；还有的说，在东湖种上几分瓜，卖几个钱花也不孬。

姥爷是外姓人，年龄最大，辈分最高，和这庄房姓是老亲。庄上除四家外姓人，其他都姓房。说起来，也就数我姥爷家日子过得殷实。姥爷为人忠厚善良，又有干庄稼活的本事，所以，老人们都愿听他讲持家之道。

姥爷说，庄稼人只要勤利就饿不着，人勤地不懒。冬天多拾几趟粪，来秋就能多打几斤粮。天灾人祸过去了，日子还是能过好。

姥爷又说，他十四岁自己出来闯，给人家放牛，每年挣的工钱让本家远房的一个婶子给存着。秋收时，婶子就用这些钱买粮储存，到来年春天缺粮季节，高价卖出，到秋天再低价买进。这样，钱攒多了，就买地。买了地，自己起早贪黑种。打的粮食再加一年开的工钱，三年两年就又买一亩地。二十多年买了十几亩地，又跟学本家临墙盖了七间屋，总算有了个家，把我姥姥迎进了门。

谁知计土匪一把火给烧得一干二净。当然，学本家房子也不例外。学本一家日子没法过，一家老小去逃荒了。

姥爷继续没白没黑地拼命干。姥姥除帮衬着种地，每年还养十来席蚕。蚕吃老食时，自己家的桑叶不够吃，姥爷就晚上不睡觉，到庄外去采点桑叶。那几年日子过得可艰苦了。

几年苦日子熬过来，又在庄里新买了宅地，一气盖十三间屋，还在场西南角盖两间大车屋，又拿三间外屋开起了糖房，接着又买了牛、驴和大车，日子慢慢红火起来。学本家逃荒回来，没房住，姥爷停了糖房，替他家腾出了外屋。

这些老头你一段，我几句，身上晒暖和了，就拿起锨，背起筐头，陆续到湖里或庄外去拾粪了。

等起身拾粪时，姥爷就对我说："回家吧，不要远处去，你姥姥会发急。"

我很听话地走进南围门，回家了。

在路上，我边走边想，姥爷拉的呱是真事。学本是四巴的爹。四巴家的老屋在姥爷家老宅子的东边，现在，让土匪给烧得只剩几个破屋框子了。四巴比我小一岁，长得比我矮老些。夏天时，我和四巴会挎着篮子拿着小铲去破屋框子挖草。屋框里没种庄稼，有几棵桑树。树荫下，除墙根一些碎石块外，全是茂盛的鸡毛翎子草。有一次，我们正剜着草，从西边爬来一条蛇，等我发现，就快爬到我脚跟了。我"啊"的一声喊起来，拽着四巴的手就跑。四巴不明缘由，不停地问："小姑，怎的，怎的？"我哪能喘开气回答她！

一直跑到路上，我才弯下腰，两手扶膝，张着大嘴呼哧呼哧喘粗气，嗓子干得要着火。四巴的脸吓得也没有血色，还一个劲地问："怎的，什么事？"

等我缓过气，直起腰来，告诉她时，她喊道："俺的娘，俺要是看到，会吓死的。"

四巴铲子没丢，而我的小铲和篮子都撂了。我们不敢再回屋框，就干脆回家。回到家，我没敢把这事告诉姥姥，恐怕姥姥责怪我。

第二章

姥爷的家院，是我浅浅的记忆

　　房庄南围门的门楼有两层，上层能容纳三四个人睡觉。门洞很宽敞，能并排通过两辆大车。门很重，一扇门要用两个劳力才能推动，大门开启或闭合时，就需四个壮劳力集体上阵。黄白色的门，是用桐油油出来的，不知油了多少遍。听大人说桐油把这木门浸透了，所以门不吸水，也不腐烂。每扇门上横排七个大铆钉，铆钉头有小碗口那么大。大门朝里开，门下没有门槛，但门外当中有一块青石砌成的门挡石。门挡石埋得很深，用胶泥浇注，很坚固。门的内面，有用长方木做成的两道门闩，还有两个很大很沉的铁门挂。每个门挂都带有一个一头尖的铁棍。一扇门上的门挂，挂到另一扇门上的门鼻，再把铁棍从挂扣外插进门鼻。这样，能挡住，不让门挂滑落下来。用槐木树干做成的大门腰杠很沉，开关门时，也需两个壮劳力才能抬得起，放得下。担住腰杠的腰杠眼，掘在两块大青石上，两块青石分别垒在门框两边的墙里，很结实。

　　有这么多牢靠家什，关上围门，任谁有多大力气，也别想打开。听大人说，有一年，十几个土匪合抱一根一搂粗的木棍撞了一夜的门，愣是没撞开，倒是门楼上的守门人，扔下装有石灰的砂壶，烧伤了几个土匪。门楼上也有枪，围墙的其他炮楼上也都有枪。

一进南围门，南北大街的西边，一家大门朝东，是四合瓦房。这家宅院的北边是一条东西巷。巷北，一个院落大门朝南。这个院落的西边，是一个不大的场。场北面有两户人家，也都大门朝南：东边是小反家；西边这家，四合瓦房，里面堂屋住着麻子大舅母。

小名叫大狗的放的那群羊，晚上就圈在麻子大舅母的家院里。大狗从小没娘，跟他姥姥长大，现在十六岁，天天拿着鞭子到山上去放羊。和我姥爷住一个小巷的小伟家的院子里，晚上也圈一群羊。这群羊，是冬麦他三叔放的。从我记事起，冬麦的三叔就放羊，夏天披着蓑衣，冬天翻穿着羊皮袄。除暴雨、大雪的天气，他俩几乎都在山上。放羊的和圈羊的不是一家人，那么，这两群羊算是谁家的呢？我弄不明白。

有一回，我见小伟他爹在自家羊圈里逮着一只大弯角绵羊剪毛，我还看见小伟他娘用纺车纺羊毛线。小伟他爹会打毛衣，并且春秋天时穿着白羊毛衣。有一年冬天，小伟也套过一件旧的羊毛衣，是他爹穿过的。所以，我猜想，小伟家院子里的羊肯定是小伟家的。

沿南围门里的南北街往北走，路东，庄东北角有个东西小巷。进小巷，路北有两个大门。再朝东走，遇一条南北小路，路东是独自一个大宅院，大门朝南，门南边是一片树林。林间，有三间门朝南的堂屋，堂屋内的北墙前放一张条几，条几前是八仙桌，条几和八仙桌上摆着坛坛罐罐。这些坛灌里装满了中草药。屋里住着一位四十岁年纪的中医，还有他老婆和一个孩子。听说他老婆是给小孩看病的好手，针、灸、挑这些医术她都会。

这位医生是稍门里的扬桂林从外地请来的亲戚，给他老婆看好了疑难症，庄上人就把他们一家留下，给他们盖了三间屋，又给他们凑粮、凑本钱开了药铺。从此庄上有了自己的药铺和医生。这样，庄里人看病，一般就不用出庄了。

　　他们一家和庄上人相处融洽。秋收后，庄里人有的给他家送地瓜，有的送胡萝卜，有的送大白菜。我还跟着姥爷给他们家送过一筐芋头。

　　沿南北街往北走，到村的中间，路西，是一个和南围门楼样子差不多的有大门的两层门楼，这叫稍门。门朝东。稍门北旁也有一座炮楼。

　　进稍门，路北，是老大房兆存的家。他家大门朝南，门前有三磴青石台阶。门槛很高，是用很厚很坚硬的木料做成的，是活的，可以拿下或安上。大门的门檐很宽大。大门两旁有石鼓，还有蹲着的大石狮，很威武的样子。门两边靠墙垒着两个青石台子。进去大门是过道，出过道往西拐是两间接待客人的南屋。出过道直往北走，走过穿堂，就是四合瓦房。

　　这家的西边，是老二房兆财家。这家大门比东边大门宽，但没台阶，门槛普通。进去大门是一片场地，中间靠北，南北方向垒着一个很长青石牲口槽。靠北墙有几间草屋，是用来放牲口料的和喂牲口的雇工住的地方。牲口槽南边，沿东西过道往西走进二门，又是个四合瓦房。

　　二门里的四合瓦房，院子很宽敞。北堂屋七间，前面檐廊等距离排开四根粗木廊柱。檐廊梁上放着躺倒的罐子，那是鹁鸽的窝。一到傍晚，鹁鸽从外边飞来，咕咕叫着，在屋顶上走来走去。主人撒高粱、穄子等谷物喂它们，它们就飞到地面吃食。太阳落下，它们就钻进罐里睡觉。

　　有一年春天，姥姥不知有什么事，领我到这家串门。这家女主人，我叫她二嫂，还趾着梯子从鹁鸽罐里摸出两只小鹁鸽送给我。人家说，她家每年摸鹁鸽雏子炒着吃；还说，这是财主家的一道好菜。

　　从老二房兆财家大门外往西走十几米，靠他家南院墙有三间矮草屋。这是外姓杨桂林家的住处。听姥姥说，他家从老辈就在房家做佣人。

　　稍门里的路南，有一个很高大的门楼，大门朝北，需上四五磴台阶才能进大门。院子很大，有三间北屋和三间南屋，屋都很高。这是老大房兆存家的南院，是他小老婆，也就是三巴的娘住过的地方。这南屋的后墙外，就是庄的东西大街。晚上人们从这里走过，能听到走路的回音咕咚咕咚地响，像是有人跟在后面，阴森森的，怪吓人。

关于稍门里的事，传说纷纭。有的讲，稍门里的人从前也不富裕。可有一个晚上五更时，他家妇女起来推磨，刷磨盘时，发现磨道上有一窝小白鸡，正朝她吱吱地叫。她抄起褂大襟把小鸡拾到兜里，送进屋，放进席笼子。推完磨又烙完煎饼，去喂这些小鸡时，一看，小鸡没有了，竟是满满一席笼子白花花的元宝。从此他们家就发了财，又买地又盖瓦屋。发了财，怕土匪抢劫，建起稍门。以后，人们就称他们这几家是稍门里头的。

还有人说，夜里常有一只小白兔从稍门底下钻出来，在大街上跑。如果有人逮它，它就又回过头去缩回稍门里。

也有另一种说法，说是稍门里风水好，每到黑夜，就能看见一个白胖娃娃从稍门旁阳沟口钻出，但只能看得见却抓不到，这是财旺的运兆。

稍门里大院的南墙外，是庄的东西大街。沿街往西走，走到街中段，路南有一条南北小巷。若继续往西走，东西街的北边，并排着的，东户是小火家，西户是小三家。而沿这条南北小巷往南走，巷的东边是小伟家，大门朝西，顺这小巷再往南走到头，路西，有一家黑漆双扇大门，面朝南，这就是我姥爷的家院。家院的大门前有一块长方形青石门台。大门很厚很结实。门的内面也装有两道门闩和一条很坚实的铁门挂，另外，还有顶门杠。

大门外，是姥爷家的场。场南边，就是庄的南围墙。这段围墙有一座炮楼。炮楼上面一间小屋，屋里有一杆枪，还有装着石灰的砂壶头。围墙上有垛口。

走进姥爷家大门，是用碎薄石板铺成的直通堂屋的迎路。院子很大，北面是五间堂屋，其中东边一间另开一门，叫东堂屋；靠西墙有三间西屋，门朝东，其中北头一间是锅屋，单开一门，南头两间的西屋放农具，又开一门；五间南屋，其中东头两间是过道，靠近过道的西墙支一条碓和一个小拐磨，供这一片的邻居使用，南屋另外三间，门面朝场，开在院外，所以叫外屋，以前做糖房用，现在，四巴家逃荒回来，就住在这里。

院子的东南角，一架葡萄树上，每年夏天，挂满了一嘟噜一嘟噜晶莹翠绿的葡萄，秋时变成紫色。

葡萄树北面，有一棵笨槐，每年的春末夏初结很多的槐树豆。初冬时，槐树豆落下，我就拾了，分给伙伴们用铁锤砸碎做"流星"玩。

姥姥用红、绿、黄等彩色布条给我做"流星"。彩色布条的一头剪成穗子，另一头用攥成圆球形状的槐豆面包紧、晾干，再用细绳或麻绳做成系，这就叫"流星"了。我们玩时，提溜着系绳，把"流星"球往天上扔。

我们的"流星"，细绳或麻绳上再分段系上不同颜色的布条，穗的颜色也各不相同，可好看了。

等伙伴们带着自己的"流星"，来到姥爷场上玩时，"流星"在天上飞来飞去。孩子们欢呼雀跃。

"嗷，上去了"。

"我的流星最高！"

"小东，你快看，我的流星飞的时间最长"。

我的"流星"小巧玲珑，穗子好看。我一扔，嗖地一声就上天了。我觉得，我的"流星"最好看。

一直玩到筋疲力尽，该回家了。伙伴们满头是汗，一边议论着刚才的游戏，一边继续牵着系绳，甩着"流星"，让"流星"在自己的头顶上嗖嗖地转着圈，心满意足地往家走。

槐树豆入药。冬天没事干时，姥爷用竹竿打下树上还没有落下的槐豆，上锅炒黄，收起来。庄上的人有长口疮、牙痛或者小肠上火的就来要了去熬水喝。

有的很有效，喝了就好。

槐树北边一棵丛生的茶树。茶树北边紧挨着一棵石榴树。石榴树的北边，也就是东堂屋的门口，有一棵桃树。桃树上结的桃很大，到初冬时才熟，叫冻桃。

在西堂屋门的东旁，还有一棵与苦园枣子树合长在一起的石榴树。苦园枣子树大概有一掐粗，长得笔直挺拔。

冬天把落地的苦园枣子放进碗里用水泡着，用时，拿出来搓手、搓脸，预防皲裂。

锅屋门前靠南，还有一棵和脆枣子树长在一起的石榴树。

俗话说"人不在人眼下，树不在树底下"，而这三棵石榴树正相反，虽被大树遮挡，却都很旺盛。姥爷一般不削枝，任它们丛生。庄上的人有谁想要移栽一棵，春天时，姥爷就在石榴树根旁挖个坑，剪几枝粗壮挺直的枝条，露个头放进去，培土，浇水。过个夏天，它们扎下跟，来年春天就可以移栽了。

这三棵石榴树的样子和大小，都差不多。每年五月开花。人们说"石榴树不害羞，开花一直到老秋"。石榴花盛开的时候，映红了整个小院。

每到秋天，石榴树上就缀满了石榴。成熟的石榴鼓鼓的、圆圆的，薄薄的红脸皮，含羞的小嘴。籽儿越长越大，光想掀开薄皮向外看一看。最后，饱满的石榴顾不得害羞，咧开腮帮，露出籽儿，开怀大笑了。

这个季节，吃完早饭或午饭，姥姥拾掇完，就在过道里铺一张席，让我坐在席上。她就走到石榴树前，摘个笑得最开心的石榴，掰开，用大拇指和食指捏着籽儿，向我嘴里挤汁；葡萄熟了，姥姥又摘一串葡萄，洗洗，一粒一粒的剥去皮，放进我的嘴里。这些酸酸甜甜的味道，是家乡的温馨，是亲情的温暖。

锅屋前那棵脆枣树不高，但树头很大，把西半个院子遮住一大半。到了春天，满院子飘着枣花的清香。

姥姥在西堂屋门东边的那棵石榴树旁，盖了一个蜂窝，养了一窝蜂。枣树开花，一群一群的蜜蜂嗡嗡地飞来飞去。

每年，这棵枣树都结很多枣。花谢了，小枣夹在叶子中间越长越大，压得树枝下坠，底层的枝子耷拉到树北边的石台上。大狸猫每天睡醒了觉歇晾，蹲坐在石台上等好事。麻雀飞来，落在枝上，大狸猫就瞪大眼睛，屏住气，前爪一扑，抓住一只小麻雀，再一口咬住。麻雀扑棱扑棱吱吱叫。到口的美食大狸猫可不能放过，它叼着麻雀跑到夹道里自顾自地吃起来。

下暴雨时，雨打下很多熟了的小枣，在院子里的水面上漂着一层。我戴上席荽，穿上姥爷的小蓑衣头，赤脚，拿一个小竹筐，到院子里去捞。捞满一小筐，端到院外，小伙伴们就争先恐后地挤到我跟前要枣吃。

过会儿，院子里漂着的那些小脆枣，从阳沟口顺着雨水流到大街上，伙伴们又赶紧去捞。吃完枣，又都脚澎手洒地打起水仗来。

在西屋门前，南北向并排着两棵双胞胎楸树。两棵楸树相隔两米多远，都长得蹿天高，一搂多粗，树干光滑，没有一点疤痕。春末时，它们开紫色喇叭花。

一年秋天，楸树花落，枝上挂满了小团葫芦。团葫芦冬天可以装蝈蝈。可后来的每年秋天，树上再没结过小团葫芦。

我问姥姥："那年，楸树上结了那么多小团葫芦，可现在怎么就不结了呢？"

姥姥告诉我，团葫芦，是春天时在树根的土里埋下葫芦种，长出秧后爬到树上结的。团葫芦开白花，而楸树只开花，结不出葫芦。

西屋南门的南旁，靠墙有一个家禽窝。家禽窝上面铺一块薄石板。我和小伟、东巴、柳巴、小换四个小伙伴经常坐在石板上面玩游戏。有两棵楸树给我们打伞，夏天不热，一玩就是一上午。

禽窝分两大间，向东开两个门，南边是鸭窝，北边是鸡窝。

姥爷养的两只狸鸭，个头很大。早上我起床打开鸭门，鸭摇摆着走出窝，到堂屋门前，嘎嘎地叫着要食吃。

这时，姥姥会从堂屋里舀半瓢穄子，端到院子撒在地上。鸭子急忙低头，用小扁嘴拾地上的穄粒吃。趁空，我去鸭窝掏鸭蛋。窝又大又深，我的胳膊够不着，姥爷就用高粱秸给我扎了一个小耙。我把小耙续进鸭窝，搂出鸭蛋，捧在手里，放进堂屋东里间的小缸里。

这时，鸭子吃完食，等着下河。姥爷扛起锄头或铁锨，撅着筐头，赶着鸭子出门。我就拿半截高粱秸，跟着鸭子，嘴里不时地喊着"鸭，鸭，下河啦！"

出了庄，鸭子东张西望，下了路想到草棵里吃青草或者找只小虫吃，我就用高粱秸赶。它们俩屁股摇摆得更厉害，紧跑几步回到路上。

到河岸，看见水面上有早来的或是昨晚根本就没有回家的伙伴，两个鸭子展开翅膀，扑棱棱、呱呱叫地飞进河里。一见面，它们又是点头问好，又是亲嘴，又是搂抱。行完礼数，冷静一会，有的鸭子一头扎进深水捞鱼吃，有的在家里已经吃饱，就趴在水面上懒洋洋地漫游。

鸭子性格不一，有的吃完早食下河，晚上回家后，再吃顿食，进窝睡觉，夜间下蛋；有的，晚上不归，白天把蛋丢进河岸草棵或芦苇棵里。姥爷家里这两只鸭子除收完麦后歇十来天不下蛋外，其余一年四季每天夜间都在窝里各下一个蛋。

我每天拾了鸭蛋攒着，清明前，姥姥腌一小缸。姥姥很会腌鸭蛋，腌得不咸不淡，扒开蛋白，蛋黄淌油。

因我经常发低烧，不敢吃鸡蛋，姥姥早上烙煎饼时，就到鸭蛋缸里捞个鸭蛋，用几层草纸包好，放水里泡泡，再放进鏊子底的火灰烬里焖烧一会。纸糊了，鸭蛋也就熟了。姥姥撕一块煎饼，把鸭蛋剥去皮后匀到煎饼里，卷好递给我。我咬一口，满口喷香！

姥姥常说，农忙时，外庄做短工的劳力都想到咱家干活，说是来找咸鸭蛋吃。姥姥腌的咸菜也好吃，和梨一样，吃起来脆生生的。

姥姥还养了二十多只鸡。禽屋的另一半就是鸡窝。早上，我打开鸡窝门，鸡就争先恐后地往外挤，然后跑到堂屋门前等食吃。

姥姥把瓢里的穄子撒在院子里。二十多只鸡中有只老公鸡。老公鸡不自私，它跑前跑后地叼着穄粒去给母鸡送，还不时地展开翅膀，斜着身子，跑到母鸡面前穷显摆。等老母鸡吃饱，地上剩下的穄粒稀稀疏疏，老公鸡这才低头从地上叼几粒，就又急乎乎地领着这群母鸡去大门外玩。

一出大门，鸡就撒起欢来。有的呱呱地叫着飞起来，连飞带滑一翅就能飞到场南边；有的撅着屁股耸着肩膀低头向前跑。等消停下来，它们或低头溜着墙根找虫吃，或刨柴火垛看看能有什么新发现，或跑到场边松土堆里打"抱窝"。

老公鸡还是忙得很，东刨刨，西抓抓，忽然刨出一只豆角虫，叼着，咯咯叫着送给一只老母鸡。老母鸡毫不客气地接过来，吞进了肚子。老公鸡又去刨，好长时间，又刨出一只大蚜虫，它又高高兴兴地送给另一只老母鸡。

吃饱了，先有母鸡不声不响地溜回家，进西屋或锅屋下蛋去了。其他的鸡也或早或晚陆陆续续往回赶。这时，下蛋的窝拥挤起来，有时，竟争得不可开交。

一会儿，下完蛋，报喜的母鸡多起来。满院子，"咯咯哒！咯咯哒！"的叫声不停。老公鸡也会跑来伸脖扬脸地跟着叫两声。

这时，姥姥送来一瓢高粱粒做"米糖"，给它们养"月子"。

门外守夜的老黄狗，劳累一夜，刚蜷起身子想睡个舒坦觉，却被这嘈杂声惊醒，忽地蹲坐起来，伸脖仰头，"汪！汪！汪"地乱吠一阵。它想镇住这些乱叫的鸡。可是，谁又怕呢！不但没镇住，牲口栏里的老牛又"哞——哞——"地喊起来。牛声一起，驴也不甘落后，也仰头高呼。这真比三月三的庙会还热闹呢！

而随随便便把自己的蛋丢在大门外的母鸡，没脸撒娇报喜，肚子饿了，蹑手蹑脚地溜进大门，低头默声吃地上剩下的高粱粒。

因为姥姥家大门里面两间过道里，靠西旁支一盘小拐磨和一个石臼碓，所以，家门口平时很热闹。早晨，来排队的妇女很多。她们有说有笑，嘻嘻哈哈，你帮我一把，我帮你一下，很快就把活干完了。她们就用盆端着砸碎的谷面或者磨好的豆沫，各自回家去做饭。不一会儿，各家烟囱，升起袅袅炊烟。

吃完晚饭，东头的，西头的，比我大一点或者和我差不多大的小伙伴们来到姥爷家的场里玩游戏。姥爷家的场和庄西头的那个场不一样。西头的场，西边低洼，长了很多柳树，晚上黑洞洞的，很吓人；而姥爷家的场，周围有院墙，树都靠墙根长，柴火垛都垛在场南边，没有黑窟窿，再说，姥爷天天打扫得又很干净。所以，大孩小孩都愿到这里来玩。

稍大点的男孩，玩打瓦游戏。三四个人凑在一起，找一块薄石板立在地上当靶子，在大约离靶四五步远的地方，与靶平行划一道杠，再几人轮流着，手拿另一块薄石板，在杠外投掷砸靶。若打准靶，靶应声倒下，再立起来，后面的人继续投。谁没打着，算输，罚下。一轮过后，靶往后移，人离靶更远。这样逐渐淘汰，总能剩下一个最后胜利的。

大一点的女孩玩"跳方"。而我们小一些的女孩玩"跳闸"游戏。

我和小伟、小木、小反四人一伙。先由小木和小反支闸。她俩在地上对坐，各自伸开一只腿，脚对着脚，形成一个档杆。我跳过"档杆"，接着小伟也跳过。小木和小反再各自攥上一个拳头放在自己的脚尖上，我们俩又跳过。她们俩再摆上自己的另一个拳头，我们还是跳过。她们再把拳头改成巴掌往上抻着，增加高度。等我俩跳不过去，再和她俩倒换过来。

天黑了，星星出来，有些孩子回家了。没回家的又开始重新组伙玩游戏。有的，八九个人围着柴火垛坐成一圈玩"揣马莲"；有的，几个人排成一行，坐在场边，仰望星星，玩"指星裹脚"。

而我们十来个小伙伴，一起玩"捉迷藏"。以碌碡为家。松巴守家，小云被蒙眼，我和小伟、小木、柳巴等去藏。有的藏到垛根，有的藏在树后，还有的藏在墙角里。松巴喊"都藏好了吗？"大家齐声回答"藏好了！"松巴就把遮挡小云眼睛的手敞开。

小云到处找人。松巴就喊"快收家，快收家，趁着老猫没在家！"藏的人躲开小云，飞跑到碌碡前用手去拍松巴的手，大家还得高喊"回家，回家！二百八！"

小云东一头西一头地胡乱抓人，但总也抓不到，急得直跺脚。最后，一个也没逮着。

这样，还得蒙住小云的眼睛。这次，小云长了心眼儿，趁松巴刚松手，她就转身躲到松巴的背后蹲下。当松巴喊回家，小伙伴们飞快往回跑时，第一个跑过去的小昌，就被小云一把抱住了。

小云喊："逮着了，逮着了，我逮着小昌了！"

小昌就老老实实地坐在松巴怀里让松巴蒙眼。

这样玩几次，大家都跑得满头大汗，站在场里喘粗气。于是，伙伴们都懒洋洋地各自回家了。

每逢雨后，我和小伟、四巴就每人挖一块泥，在姥爷家大门口的门台上玩"摔泥娃娃"的游戏。先把泥揉揉，再捏成小团碗的样子。这泥碗就算是泥娃娃了。我们三人都把泥碗放到手心上拖起来，举过头顶，胳膊向外晃两晃，喊一声"东北风，西北风，我的娃娃顺风砰"，再由小伟喊"一，二，摔！"，我们就把高举泥娃娃的手翻过，碗口向下，借势将泥娃娃猛地扣摔在地上。"砰！砰！砰！"三个泥娃娃遍地开花。

用听完响声的泥团，各人再捏成个小拐磨，带回家，晒干，好以后玩过家家时用。

姥姥家大门口周围的地面用青石铺成。大门旁在青石地面上，又用青砖垒成铺着石板的台子。

过年时，就更热闹了。庄西头的小青年都到姥爷家大门旁玩"滚钱摇"或"摔钱镚"的游戏。玩"滚钱摇"的时候，在大门旁的地面上，垫一块平整的石头，再用一块木板或薄石板倾斜地担在石头上，然后再搬一块大石头，放在它后边。

滚钱摇的人站在大石头上，沿木板或薄石板往下滚铜钱，看谁滚得远。滚得最远的铜钱的主人，拿这个铜钱砸滚得近的铜钱。砸着就赢了，没砸着，就由剩下的这些铜钱里最远的那个的主人，再去砸其他的铜钱。以此类推，被砸着的铜钱就被砸的人收去。

这些钱都是过年时，大人给孩子们的压岁钱。

滚钱摇的，有小火、小群、小朋和小班。他们挨着号滚。

第一个滚钱的是小火。他一步迈上石头，左手抓着抄起的大褂襟，右手用食指和中指夹着铜板，举到肩膀前翻转一下，列开架式，嘴巴扭动，静一静心，一下子就把铜板顺推了下去。铜板从倾斜的木板滚到地上，又从地上滚出去老远。接着小群他们也把铜钱滚了出去。滚得最远的是小火的铜板，第二远的是小朋。

看得出来，小火心情紧张，好像恐怕到嘴的肥肉再丢了似的。他拾起铜板，站在他的铜板落地处，使劲往前探着身子，用拇指和食指捏着，抬起胳膊，闭上一只眼，照量来照量去，直到觉得有把握了，才把铜板向小朋的铜板砸去。

其他三人在一边站着，都很紧张。小朋用手捂住胸口，好像压着不让心跳出来似的。

铜板一出手，结果"咯嘣"一声砸在小朋的铜板上。小朋只好不情愿地被淘汰出局。其他两人也只有干巴巴等着小火继续砸他们的铜钱。

小火又去砸小群的铜板，这回就没那么紧张了。他拾起自己的铜板，简单地照量一下，铜板出手，结果没有砸着。小群和小班同时不由自主地"嗷"的一声。

接着小群拿铜钱砸小班的铜板，没砸到。小群和小班不输也不赢。

摔钱镚的，用的也是压岁钱。他们用食指和中指夹着铜板，向墙壁上掷，铜板蹦出去老远。谁铜板蹦得最远，谁就回过头来用铜板砸其余的铜板。若砸不到，就由扔得第二远的砸，以此类推。

姥爷家的场的东半个，是一伙十一二岁的小孩"打腊梅"的地方。一根拃把长的小木棒，被削成两头尖当中粗的小棍棍，这就叫"腊梅"。把"腊梅"放在地上，然后手握一根短木棍或短木板，去敲它一头的尖，"腊梅"蹦起来，打"腊梅"的人手握短木棍或短木板在空中使劲把"腊梅"往远处打去。看谁打得远，分出输赢。他们玩得热火朝天，争得脸红脖子粗。

场中间的小伙伴玩"打方腊"游戏。"打方腊"也叫玩"转转牛"。玩这游戏的人多，足有二十来号人。满场的人晃动着，满场的鞭子声响成一片。转转牛顶面上贴着彩色的纸，转起来色彩飞舞。

大点的小伙伴抽的是大转转牛。他们拿的鞭杆粗，鞭上的布条也宽，甩起来，声音浑厚。大转转牛转得稳，一鞭下去，能转一大会儿，人站在跟前边看边等，比谁的转得时间长；转转牛要打晃了，赶紧再抽上一鞭子，转转牛就又精神十足地转起来。

我们小一班的，打小一点的转转牛。姥爷用小木棍头给我做了好多转转牛，都装在小木盒里。它们大小不一，顶面贴彩纸，底端尖上都镶着铁砂。

我拿出一个小转转牛，再拿着姥爷用窄布条和枝条干做成的鞭子。我先把鞭子放在地上，用鞭子上的布条缠好转转牛，拿起鞭杆一发，转转牛跑出去老远，摔倒了。我又赶快跑回家拿一个大点的，再试着用鞭子上的布条发起。这回，转转牛转起来，而且转得还很带劲。我一甩鞭子，"啪"的一声。鞭声清脆，转转牛飞旋起来。

不过，我的转转牛转的时间不长，我得不停地甩鞭子，稍慢，转转牛就摇晃着倒下了。没办法，谁叫我小，手里没劲，甩不了大鞭子呢。我只有"啪""啪"不停地抽，累得我胳膊酸痛。

场边站着端小团筐卖芝麻大糖的人；还有卖山楂糖葫芦的，扛着木棍，木棍上绑着麦秸，麦秸上插着糖葫芦。玩游戏的伙伴们，有不少人停下来，用自己的压岁钱去买芝麻大糖或糖葫芦吃。

我不买。家里有做的花子糖，又甜又脆，比芝麻大糖好吃多了。我想吃的时候就回家去拿，而且，多拿几块给小伙伴们分着吃。

我家也有姥爷做的山楂糖葫芦。姥爷把竹竿劈成竹条条，再削成竹签。竹签上串上几个山楂，放在做花子糖的糖锅里，翻几番，拿出来，一支糖葫芦就做好了。把做好的山楂糖葫芦插在用高粱穗苗扎成的把子上，再把把子的一端放在小黑坛里，让把子站起来。我想吃时，就去抽一支。

不过姥姥说，糖葫芦不能做多了。放的时间长，糖老了，吃着黏牙；再说时间一长，落上灰尘，吃进肚子里也不干净。所以，做得不多，只让我一个人吃，不像花子糖那样可以分给别人。

姥姥给我的压岁钱，有小明钱，有铜板，还有小银圆。姥姥说，家里什么吃的都有，不用买，叫我把钱攒起来，等我长大好买花布做花衣裳穿。姥姥给的压岁钱，我都放进我的小花箱里，搁在床底下。

不管卖糖葫芦的怎么喊"糖葫芦！嘻甜嘻甜的糖葫芦！"，还是卖芝麻大糖的喊"芝麻大糖！又香又甜的芝麻大糖嗷！"，我都不馋。

　　这几个卖小吃的，都是外庄人，他们的年龄和场上大一点的小孩不差上下。他们也很想玩，但舍不得丢掉这时间，还想着在这场边多卖几分钱呢。他们穿得破破烂烂，有的棉袄上露出了黑乎乎的棉花。有一个卖糖葫芦的，穿一条破单裤，冻得嘴唇发青，怀里抱着棍子，两手护着肩膀，身子直打战。他们一边看，一边不停地叫卖，眼巴巴等着玩游戏的小孩快来买。

　　过个年，姥爷家的场上比赶大集还热闹。

第三章

守着家园，姥爷姥姥和我，都忙得不亦乐乎

姥爷家大门外，外屋的西边，是场的西墙。西墙往南，一直延伸到庄的南围墙。靠西墙有一个牲口槽，拴两头牛和一头驴。牲口槽南边是一个用石头砌的正方形大粪汪。大粪汪的南边，隔着家用粪缸和几棵树，是姥爷家的车屋。车屋，除放木推车之类的，里面也有牲口槽，晚上或雨天、冷天也用来圈牲口。

姥爷把牲口的粪便锄进粪汪，再用扫帚扫干净牲口槽周围，把每天清早到野外拾的粪便也倒进去，然后，在粪汪里垫一层土。土是姥爷用小木车从地里推来倒到椿树下的。姥爷有空就推两车土放到那里，随牲口拉尿随扫除，所以，外屋门前很干净，没有味。

粪汪堰上的这棵椿树很大，夏天给牲口遮阳。不过，夏天，这棵椿树最容易招蜇毛虫了。今年也是这样，树上的叶子，都让这种虫子给吃光了。

蜇毛虫从椿树上掉到树下的粪汪堰上，到处乱爬。我怕它们爬到牛身上蜇牛，就走到牛槽南头，拿来姥爷打场接牛粪的灌碴子，又回家拿一把小笤帚。我把灌碴子歪倒，用小笤帚往灌碴里扫蜇毛虫。我往灌碴里扫，蜇毛虫就往外爬，怎么扫也扫不进去。

怎么办呢？我想就用火烧吧。我转头向北一看，四巴家关着门。我只好自己回家去拿火石、火镰和火纸。

一进大门，看见有几个妇女在姥姥家过道里乘凉，有纳鞋底的，有搓麻绳的，还有给小孩喂奶的。哎，四巴呢，光她娘在这里，她去哪里了呢？要是她和我一起去烧蚕毛虫该有多好！

我顾不得想这些了，赶紧上锅屋火镰盒里拿来火石、火镰和火纸，又跑到场的柴火垛边扯一抱麦穰，放在灌磏旁边。我蹲下，学姥姥打火的样子，咔嚓，咔嚓，好一会儿，没有打着火。

我干脆跪下，把火纸铺在麦穰上，对着火纸，拿着火镰和火石，使劲地打火。火辣辣的太阳当头照着，我满头大汗。我用手摸一把汗，继续打，可怎么也打不着。

忽然，我满身像针扎一样疼起来。我站起身一看，那么多蚕毛虫几乎爬满了我的全身。我"哇"的一声喊起来，撒腿就往家跑。

过道的人听见哭声，都站起来，伸出头看。

有人大声问："谁啊，哭什么呢？"

哪顾得上回答她们，我疼得根本没法回答。看不清她们谁是谁了，我穿过过道，直往堂屋跑。

姥姥听到哭声，从堂屋赶紧出来，问："丫头，怎么了，谁打你了？"

"疼，疼，我疼，"我哭喊着。

我蹦着，闹着。这时，姥姥才发现，我身上有蚕毛虫，就顺手从锅屋门旁拿起一把大笤帚，急忙往下扫我身上的蚕毛虫。

这时，围观的人也赶到院里，七嘴八舌。有的说用泥朝身上糊就能沾掉身上的虫毛，也有建议用水洗的，还有的说用桃叶搓。

姥姥一边给我脱衣服，一边责怪我："你不知蚕毛虫蜇人吗，你怎敢去弄它呢？赶快进盆，坐到水里去。"

盆里的水，是每天早上，姥姥准备好，晒一整天，等当天晚上给我洗澡用的。我坐进水里，还是疼得厉害。我不停地哭，不过，没有先前那么糟心了。

姥姥给我浑身洗了个遍，可是，并没有减轻我身上的疼。姥姥便进堂屋，铺上一领席，又把我抱到席上，用毛巾给我擦干身，再从抽屉里拿出一瓶花露水朝我身上搽。

"乖乖，别哭了，睡觉吧，睡醒就好了。"姥姥这样安慰我。我哭着哭着竟真睡着了。

姥爷家牲口槽南头，粪汪西埝靠北，紧靠西墙，还有一棵桑树。要想靠近这棵桑树，就得从粪汪北头沿汪边，横着身子移过去。

由于紧挨着西墙，这棵桑树，也只能歪着身子向东伸展。所以，虽树干不粗，树头却已盖过粪汪。这棵桑树是毛桑树，树叶不发亮，毛茸茸的，比明桑叶薄。

姥姥告诉我，这树上的叶子，只能用来喂幼蚕。蚕过二眠，就不能喂这桑叶了。这桑叶大蚕吃了，做不出好茧，抽不出好丝。

姥姥抬蚕换筐时，把瘦弱不旺相的蚕捡到蚕筐，倒在粪汪埝这棵桑树下，任它们随便爬行，自生自灭。

看到它们在露天的地上，在墙根石渣上，没人管，没人问，怪可怜，我拿一小蚕筐，把它们拾进筐里，偷偷端回家，藏进东堂屋里养起来。这样，不能让我姥姥发现，因为姥姥不允许把这些瘦弱的蚕带回家，怕有病，传染给好的蚕。

兴许姥姥就真的发现不了？

姥姥喂的蚕很齐整，四眠过后，再喂几天就都齐刷刷地"上山"了。并且，做成的茧，一摘下来差不多就能晒干抽丝，茧也很厚很实，捏都捏不动。

我喂的蚕不齐整，大的大，小的小，眠也不一起眠。只能今天拣几条"上山"，明天再拣几条"上山"。

当然，这"山"，是我事先准备好的。就是从场边扛几棵谷秸，在东堂屋里，搭一个垛。等它们全都上"山"，得需很长时间。庄上的人们喂的蚕做成的茧都快抽完丝了，我喂的蚕还没上完"山"。我养的蚕，吐丝做茧也很慢，做成的茧也都很薄。

不过，看到我喂的蚕，能"上山"做茧，没有被鸡吃掉，没掉进粪汪里淹死，我就很高兴了。

我想，等冬天忙完，姥姥给她的茧熟茧时，我就端出我的茧，叫姥姥替我熟一熟。那样，我就可以把这些熟过的茧匀薄，套在高粱秸上，跟姥姥学着用线砣子捻成丝线，再让姥姥到货郎挑上买点红、绿、黄各种颜色的染料，把这些丝线染成花线，等着做花鞋和香荷包的穗子时好用。到那时，姥姥也就不会责怪我了。

在这棵树上采桑很困难，我都是叫四巴给我帮忙。四巴靠树站着，我爬上树，采一把桑叶，下腰递给四巴。四巴抄起褂大襟兜着，接过一把桑叶放到兜里。就这样，采一把递一把。采满一兜，我从树上下来，四巴再把她兜里的桑叶，一把一把倒进我兜里。我兜着桑叶，悄悄地走进大门，靠近院子的东墙溜进东堂屋，把桑叶撒进蚕筐，再关上门出来。我不叫四巴跟我进院的原因，就是怕姥姥发觉这事。

粪汪西堰靠北头的这棵桑树虽然是毛桑树，但是，结的桑葚却又大又甜。我想，不能让这么好的桑葚一熟透就掉进粪汪里烂掉，我得把桑葚子摘下来，分给小伙伴们吃。

摘桑葚，比采桑叶更困难。我脱了鞋，抱着树老本，一蹿一蹿地爬上树。左手扳着树枝，脚踩稳，右胳膊伸直，去够枝梢。等右手移到了枝梢，就把枝梢拉到怀前，递到从树枝上小心翼翼松下来的左手，再腾出右手摘桑葚。

摘两三个就得递给四巴。不然，多了，手里拿不过来。

四巴跷脚仰脸，一手抄着用褂大襟搂成的兜，另一手张着接桑葚，接过来，放进兜里。我摘得慢，四巴就趁空偷看兜里又紫又亮的桑葚，馋得口水要往外流，又趁着我不注意的时候，赶紧捏个桑葚填进嘴里。刚要动嘴嚼，我又让她接桑葚。她知道我看见了，脸一下子红到脖根，没来得及嚼碎品滋味，就急促咽下，再不好意思地赶快抬手，接过桑葚。

我摘，她吃，这样摘下的桑葚攒得不多，到街上给伙伴们分不过来，等下了树，只好我们俩分着吃了。

以后，我就瞅四巴看不见时，自己上树去摘。我先解开褂扣，脱了鞋，爬上树。前几次摘的时候，我踩着主杈就可以摘到。主杈粗，踩上去不大摇晃，心里也不发慌，摘几个装进褂布袋，再摘。

不几次，主杈周围的桑葚摘完了，就只得摘树梢上的。这就困难了，我跐着摇摇晃晃的细枝，腿打战，手哆嗦，脚慢慢地挪动，一直挪到右手能够到枝梢的地方，再用右手逮着枝梢，换给左手。左手又得扶树枝，又要用手指搂细枝条。然后用右手摘几个放进布袋。树枝摇晃得厉害，我怕脚下踩断，又怕左手滑开。那样，就会掉进粪汪淹死。

我怕这怕那，心跳得厉害，可我总不能看着这么好的桑葚不摘啊。我咬咬牙，使使劲，让心平静下来，继续摘。这样，褂布袋里终于装满了桑葚。这时，我的心放松了一下，扳着树枝回到树老本上，跐着树老本的丫杈，直直腰，松口气，再抱住树老本，两脚夹树干，连滑带秃噜地往下来。褂襟朝上搓，划伤了肚皮，但没出血，我也顾不得这些了。

穿上鞋，手托着褂布袋里的桑葚，经过四巴家门前，往她家屋里一看，四巴正在锅台前端一大黑碗糊涂起劲地喝。兴许是早上没吃饱吧。

我喊："四巴，我摘了一布袋桑葚子，别喝了，咱俩上大街，给他们分桑葚子去。"

四巴一听，高兴了，把碗往锅台上一推，没来得及擦一下嘴，跑出门，跟着我上了大街。

四巴把小伟和西头的松巴、柳巴、小安叫来，排成队。我先发给四巴三个，然后，从西往东，每人发三个；第二轮，再从东往西挨着发；然后，又发两轮。他们吃完，围住我，嚷嚷着还要吃。闹腾一阵，就各自散去。

我和四巴来到姥爷家大门口，坐在门前台石上。我叫四巴抄起褂大襟，在她腿上铺开。我把布袋里剩下的桑葚，一把一把掏出来，放在她褂襟上，我们俩悠闲自在地吃起来。这个时候，桑葚很甜，村庄很安静。

这以后，我又摘过两回，就不能再摘了。因为够不着，也就只好让它们陆陆续续掉进粪汪沤粪了。

桑树南边，紧靠着一棵茶叶树。这棵茶叶树和院子里的那棵一样，都是丛生。

端午这天，姥爷叫我拿一个小竹笊篱，采粪汪埂这棵树上的茶叶。姥爷则提着竹篮，依着牲口槽，看我采茶。

我手拿笊篱，斜愣着身子挨着墙根挤进去，扒开枝丛，把笊篱担在枝上，开始采茶。

一小把一小把地采了茶叶，然后放进笊篱。采满一笊篱，我再溜着墙根挤出来，倒进姥爷提着的篮子里。

采完了靠墙根的，再采耷拉在粪汪上的那些枝条上的叶子。粪汪上的叶子很难采。我蹲下，踩着粪汪边，倾着身子够枝条。这样不得劲，也很危险，我吓得心怦怦跳。

一直把树上的叶子采完，我端着笊篱，缩紧腰，溜着墙根走出来。提篮里也差不多采满了，于是，我和姥爷提着篮子回家。

姥姥在家里，早就采完院子里那棵茶树上的茶叶，并且挑满一大盆水，把她采的茶叶倒进了盆里。

姥爷把我采的茶叶和姥姥采的茶叶掺在一起，一块洗。洗完，捞到几个筛子里晾，过一会儿翻一翻。翻几遍后，就晾得差不多了。

下午，姥姥生火，把茶叶倒进锅里炒。姥爷用大锅铲翻，炒到火候停火，除进筛子，端到院子里事先铺好的席上继续晾晒。

晒干，装进坛子，盖上口，放起来，等夏天时泡茶喝，能祛火解热。这庄上的人们有个习惯，夏天做早饭时，锅里多放水，烧开后，把开水舀进放了自制茶叶的水罐里。用这样沏好的茶，喝一整天。

西头的人家要是没有了茶叶，就到姥爷家来要。有人来要，姥姥就顺手抓两把给他们。姥爷的茶叶几乎能喝半个村庄。

粪汪东南角，有一棵桃树，样子和院子里的那棵桃树差不多，结的桃也是到冬天才熟。热天，在这棵树的枝丛里，一群马蜂做了一个大窝。我天天去看。马蜂窝上，那些小白圆筒，不知是做什么用的。马蜂们整天飞来飞去，到底在忙什么呢？

而姥姥养的那窝蜂，每逢花开季节，都飞来飞去地忙着采花粉做蜂蜜。我不知道它们是怎么做蜜的，只见有的蜜蜂飞来，趴在姥姥给它们做的小木门的圆孔上，而有的蜜蜂又飞走了。来来回回，一片忙碌景象。这可能是挨着号飞出去采花粉，再挨着号钻进小圆孔，去做蜜吧。姥姥取蜂蜜时，打开小木门，把蜂蜜割进小黑坛里。姥姥说，冬天的时候，蜜蜂没处采花粉，如果把蜜全部割走，它们没得吃，就会饿死。所以，冬天要在蜜蜂窝里放白糖，让它们吃。

这些大马蜂也在忙着做蜜吗？它们做的蜜肯定不好吃吧，要不，姥姥怎么不割它们做的蜜呢？它们的小爪围着蜂窝上的小白洞一踩一踩，小嘴一叮一叮，须子一动一动，这就是在做蜜吗，它们也能做一小洞蜜吗？是不是它们怕蚂蚁偷吃，正在忙着封小洞的门，它们又用什么封的门呢，它们嘴里吐出来的是什么？封上门，它们又到哪里去睡觉呢？这一堆谜团，快把我闷死了。我想回家拿竹竿把蜂窝戳下来，看一看那么多的小圆洞里有没有蜂蜜。如果有的话，我还要尝一尝甜不甜呢。

我回家去拿竹竿。走进过道时，姥姥正坐在过道里的碓上摘韭菜。我没吱声，急急忙忙地走到西屋南头的夹道里，摸一根不算粗的小竹竿，扛着就向外走。路过过道，姥姥也没留意扛着竹竿的我。

出大门，径直来到桃树前。我又仔细地观察一下，一堆马蜂还是站在蜂窝上忙碌着。我很着急，再也等不得了，拿起竹竿，照准蜂窝猛地一戳。马蜂们不知道是什么情况，乱了阵脚，都轰地一下子飞了起来。接着，好像感觉没什么大事，就又飞回蜂窝，继续忙它们的事。

我没把蜂窝戳下，不甘心，又攒攒劲，照准蜂窝根，使劲一竹竿。这一下，可惹火了马蜂。它们这才知道，大难临头，它们的家就要完了，得赶快起来保卫家园。一群大马蜂齐飞，轰地一起朝我扑来。

我头上、胳膊上全是马蜂。我扛着竹竿就跑，边跑边哇哇大哭，大喊"姥姥——姥姥——"

姥姥很快从过道里出来。她一出大门看见一群马蜂围着我的头紧追不舍，就急忙回转身，从过道里拿出一把扇子，跑出大门迎向我，用扇子边扇边掀起自己的褂大襟说："快，赶快，钻到我怀里来，蒙上头。"

我哭着向前拱。姥姥抱着我头，边扇马蜂边后退。退到大门口，一把把我推进门里，她也紧跟一步进来，然后急忙地关上了大门。跟着飞进门来的几只蜂子，姥姥用扇子东扑西打，一直把它们全打死。姥姥再领我到晒着水的盆旁给我洗澡。

这时，我哭得厉害。姥姥说："别哭了，你属耐蜇的。有的人不耐蜇，要是让蜂子、蜇毛虫、蝎子、蚰蜒这些东西给蜇了，就疼得忍受不了，五六天也疼不完；有的还会要命呢。你见过谁敢去戳马蜂窝？那次你爬柿子树，闯到马蜂窝上，没掉下来摔死，就是万幸。要是那次摔死了，我抱石头去砸天也没有用啊！到现在，一想起那事，我的心就吓得怦怦跳。你这个丫头整天做些吓人的事。别哭了，我给你擦擦身，上堂屋坐着，再给你涂上花露水，就睡觉吧。睡醒了就不疼了。"

是的，那回，我没人玩，急得慌，忽然想起姥爷吃完早饭推着小车出门了。记得姥爷出门时，车上拴着绳子，车屋上还放着一把镰刀，可能是去北河岔割稻子了吧。往常，姥爷在那块地里干活时，就在河里下上网逮鱼，不知这次小车上带了渔网没有？

于是，我赶快出庄的南围门，向东拐，走一段路，再向北拐后，踏上南北路，直奔北湖，想去找姥爷等着拾鱼。

我想，到那里，我就在河边挖个小水汪，把姥爷网的鱼，一条一条地都放进小水汪里。回来时，再用草叶包上鱼，拿回家，叫姥姥煎熟，给我卷煎饼吃。

我加快脚步，很快来到姥爷种稻的地头。一看，姥爷没在这地里。姥爷家稻地西边的那块地，是扔死孩子的官地①。我害怕极了，头轰地一下，掉过头来就往回跑，跑一阵，再快走一阵，累得浑身是汗，气也喘不上来。

好歹来到庄北安巴家的场边。离庄近了，就不那么害怕了，松一口气，抬头望望场边两棵高高的柿子树。我一看树上的柿子黄了，猛然又看见东边那棵树的高枝上，有一个耀明铮亮，像灯笼一样的烘柿子。啊，这个柿子熟得这么好啊！我得上去摘下来，拿回家，和四巴一起，找两个粗麦秸莛，插进柿子，对着脸吸汁。那该有多甜啊！

于是，我紧走几步，来到树下，脱了鞋，抱着树干，两脚再夹着树干往上爬。

---

① 官地：指大家所共有的土地。

这棵树是老树，不但高，还很粗，我根本抱不过来，只能靠脚和手贴紧、抓牢树皮，一下一下地往上蹿。

我爬上树顶。树枝很细。我跐上去，树枝忽闪忽闪地，摇晃得厉害。我害怕跐断树枝掉下来摔死，不过，无论如何我也要摘下这个烘柿子。我一手扳住粗一些的树枝，一手去够柿子。胳膊使劲向前伸，也够不到。脚再向前挪挪，翘起脚尖，屏住气，整个身子往前探。在树枝剧烈的摇晃中，我够着了柿子，使劲一拽，摘了下来。

摘下一看，柿子的另一面被花喜鹊啄了，柿子汁已被花喜鹊喝去一半。我一下泄了气，浑身松软，丧气地把柿子向地上摔去。这样一晃，抓枝子的手快抓不住了，整个人差点掉下来。我想我不能松手，我得赶快下来回家，给我姥姥说说这事。于是，我稳住神，从树枝往树干上移步。

正下着，头碰到一个侧枝上的马蜂窝。一群大马蜂轰地一下飞到我头上，在我头上嗡嗡地绕着圈蜇我。我也嗡地一下子懵了。我想松手打马蜂，又想用手捂头，可我一松手，不就掉下来，摔成肉饼了吗？摔死了，姥姥还不知道，说不定就让狗吃了。要是喊或大声哭，也没人听到啊。没办法，我只有咬牙屏气，忍着剧痛，从树枝挨到树干，又从树干连滑带秃噜地下了树。

我还想着要穿上鞋呢，可几只蜂子在我头上逼我。我的肚皮和脚脖虽已被树皮磨得火辣辣地疼，但也顾不上了，我两手抱头，赤着脚，赶紧往家跑。

路上，也不知遇到人没有，憋着劲回家再哭吧。好容易到家，跑进大门，哇的一声，我大哭起来。

后来，姥姥说一想起这事，她就后怕得心惊肉跳。我也常常想起这事。我想，以后再也不做这么吓人的事了。

姥姥一边让我去睡觉，一边又流着眼泪很难过的样子。姥姥叹口气说："你这孩子真难拉扯，整天为你提心吊胆，谁知你什么时候能长大啊！"

我用小手给姥姥擦去眼泪，并且向姥姥保证以后再也不做这么危险的事了。

粪汪南，大车屋北，有一棵丛生的花椒树。一到秋天，树上结满了一嘟噜一嘟噜红彤彤的小豆豆。这些红豆豆夹杂在绿叶之间，格外地鲜亮好看。树上有圪针，摘花椒时要小心，不然，会扎破手。我经常摘几嘟噜花椒给小伙伴们吃。小伙伴们摘一个放到嘴里，满口发麻，就不敢再吃了。我还会摘几个红粒，攥在手里，和伙伴们猜拳玩。

每逢我摘完花椒回家，姥姥就说："什么都好偷，就是花椒不好偷。因为你身上装过花椒，老远，就能闻到味。花椒不好吃，是用来炒菜提味的，以后别再摘了糟蹋着玩了，听到没有？"

姥爷家的院子，里里外外共有六棵枣树。其中五棵树上结的枣是又长又粗，鲜着吃很艮。只有院子里的那棵脆枣树结的枣，趁着鲜吃，才又脆又甜，但打下来放一两天就烂。那五棵枣树结的枣，收下来，晒干储存，用来包粽子、蒸年糕、蒸发团，或在年夜时烧茶用。

每到收枣季节，姥爷扛着竹竿打枣，我和姥姥就提着篼子去拾。打粪缸前那两棵枣树时，铺一领席盖上粪缸，打下来的枣就会掉在席上。庄围墙外那棵枣树上的枣，姥爷先站在炮楼上，从围墙垛口伸手去够，剩下够不着的，就到围墙外，用长竹竿打。

这样，每年收两三挑子鲜枣。我们把这些鲜枣挑到院子里，倒到箔上，来回翻腾着晒。晒上十几天，干了，就可以收起来。

姥爷家大门外，临近东墙，靠院子的南墙根，是姥爷家的猪圈。猪圈和炮楼之间，有一棵一搂多粗的杏树。这棵杏树，树干高，树头大，每年都结很多杏。春天，粉红色的杏花，引来一群群蜜蜂来来往往地采花粉。这些蜜蜂是姥姥养的那一窝吧？它们从不蜇人。

这棵杏树，没有大马蜂在上边筑巢，再说，它离别的树远，没有从别的树上遮过来的树枝，所以，我爬起来很容易。我背依北边粗大的树枝，脚蹬南边的树杈，好像躺进摇篮，晃晃悠悠的，很好玩。玩厌了，再往上爬，折几枝杏花扔到地上。下了树，拾起杏花枝，拿回屋，浸在大桌上盛着水的小黑坛里。

姥姥看见了，就唠叨："丫头啊，怎么又爬树了，你刚说完不做险事，接着就忘了吗？再说，你把杏花折下来，杏树怎么结杏给你吃啊！"

我对姥姥说："这棵杏树的枝子粗，我上去压不断，掉不下来，摔不着的。树上也没马蜂窝。我没人玩，急得慌，爬树玩玩还不行吗？"

我晃着姥姥的胳膊恳求着，姥姥也就不再说啥了。

杏子刚谢了花，我就上树去摘，然后装进褂布袋，拿到街上，分给小伙伴们吃。这种小杏不好吃，又酸又涩。姥姥说得不错，摘了就是糟蹋。

不过，有人问我要小杏治脸上的癣，我就摘了给他们。摘来的小杏，扒出杏仁，掐破杏肉挤出汁，再用这汁擦脸上的癣。用这法，还真有治好的。像小火的姐，西头的二朋，他们抹上后，脸就光滑，不再起皮。

打麦场时，杏黄了，姥姥先打下一些杏，放到麦囤里捂起来。这样，杏会熟得慢，吃的时间就长一些。

姥爷家有很多果木树，树大又茂盛，果实累累。可是，除我吃，还有一些送给邻居，很少见姥爷和姥姥吃。那么多果实，都到哪里去了呢？比如夏天的脆枣，秋天的葡萄，这些水果都放不住。姥姥虽会收拾存放石榴，但存放的也不多。大枣吧，收了那么多，晒起来，等过年时，蒸年糕、蒸发团、烧早茶，这又该用多少呢？杏，虽然打一些捂上，但树上的那些呢？

姥爷和姥姥对果树栽培，很有一套。姥爷还是种庄稼的好把式，并且把种地的事情安排得井井有条。比如说，水沟沿上那块地头，因水沟里常年流水，土很湿润，姥爷就说："不种上庄稼就浪费了这点地。"他又说："穄子喜好洼地，地里有水更好。在这水沟里种上穄子，秋天收下来，喂狗，喂鸡鸭，也可以磨成糊子，烙成煎饼，打发要饭的，艰年时，自己还可以吃。"

姥爷干活时，我跟着，他也不烦。这可能是因为他常年在地里干活没人说话，做点事情也少有人商量，有个孩子跟着可以解解闷吧？再说，他有这么多种地的点子，没法传给别人，埋在心里，肯定感到可惜，甚至会觉得憋屈和凄凉，借着在地里干活时，给我说道说道，这样，也许会有所寄托吧！

姥爷在河岔那块地里种上了稻子。他告诉我，这块地很洼，下雨就淹，适合种糯稻，旱了也好用河水浇。而我从没见过这庄上有种稻子的。秋忙时，也没见过湖里湖外别庄的人有收割稻子的。姥爷也说，附近没有人种稻。

东湖那里的地，土质好，又肥沃，姥爷就在秋天种上小麦。麦地里，再一半兼种大豌豆，一半兼种小豌豆。大豌豆，蒸豌豆馒头吃，很香；小豌豆，夏天时，做成凉粉，放上调料，吃起来，又清口又凉爽。割了麦，姥爷又在地头上种分把的胡萝卜，再在地边栽几沟芋头。秋天，刨下芋头，和地瓜、胡萝卜一锅煮出来，姥姥就给我拾上一小碗芋头，剥了皮蘸白糖吃。

姥爷家的另一块地，春天时，一半种黍子，一半种稷子。黍子面蒸年糕，稷子面蒸发团，稷子和黍子的干苗可以用来扎笤帚。

姥爷年年在山上种红小豆、豇豆、绿豆、芝麻、花生、地瓜。秋天收下花生和芝麻，到冬天收拾完农活，姥爷就推着独轮车，小车的一边放一个黑空坛和一个小黑瓷嘟噜，另一边放一袋花生米和一小笤子的芝麻，到常旺庄他的一个朋友家去换花生油和香油。

姥爷的这个朋友姓韩，他家里只有他们夫妻两口，没有小孩。姥爷让我叫他二姥爷。他家开酱油房，也会榨花生油，也会做香油。姥爷换回来的一坛子花生油，能吃到来年再收花生的时候，换回来的香油，也够吃上一年的。

姥爷家的生活，比稍门里的人家还要殷实。姥爷勤快又有心数，什么农活都会干。可稍门里的，外表家大业大，看起来很排场，但他们大都不爱劳动，也雇不起长工或短工，他们家的孩子都十七八岁了还不会扛锄头，所以，他们排场的外表下，掩盖着的，其实是已经不再厚实了的家底子。

第四章

童年的记忆里，这是多么温暖而又快乐的插曲

这一会儿，没有伙伴来找我玩，我急得慌，干什么呢？想来想去，忽然想起，去写字吧！可是到哪里去写呢？东堂屋放着牲口草，屋里被树荫遮得也很黑。锅屋里又都是柴草，地方小，如果上过道写，又怕别人笑话。噢，想起来了，姥爷家猪圈里好长时间没喂猪了，去看看吧。

猪圈在大门外临近东墙的地方，用青石块垒成。猪圈的门有一块薄石板堵住，进不去。我想爬圈墙过去，又怕翻掉石头砸着我，但又一想，石头那么大，我身子小，没那么大力气会把石头翻下来的。

于是，我跐着墙缝，爬上猪圈门旁放猪食罐的石台，又跐着石台翻进猪圈。猪圈里的小猪屋，姥爷打扫得真干净。小屋朝阳，很亮堂。猪食槽也刷得光光滑滑。猪圈里的场地比猪屋地面矮一些，也很干净。

地方选好了，用什么写字？我又爬出猪圈，跑回家，到锅屋拐^①一段秫秸梃，再到堂屋姥姥的鞋筐里找到剪子，剪下一小撮我的辫梢，用线绑在梃子

---

① 拐：折断。

的一头。这样，笔就做好了。

到东堂屋里间，找到那摞书。姥姥曾告诉我，这些书不能拿，也不能撕，书上的字是圣人造的，要是弄到地上踩了，就会瞎眼。姥姥还说，这些书是鬼子来时，从我家搬来的，都很珍贵，可不能糟蹋。我想我不能撕书。我就急急忙忙地翻一翻，找到两张没有写字的纸撕了下来。

我又到锅屋找到一根一头烧焦的拨火棍。我一手拿自己做的笔，一手拿纸，怀里抱着拨火棍，又跑回猪圈。到猪圈跟前，想起还没有水，就把手里的东西放在猪圈门旁的石台上，跑回家，用小黑坛装上水，捧来，也放到猪圈门旁的石台上。我再次爬进猪圈，伸手把这些东西从石台上够进猪圈。

我把水倒进猪食槽，两手拿拨火棍，用力摩擦猪食槽的底，一直磨到水黑。然后，我跪在猪食槽跟前，把纸铺在槽沿上，拿起笔蘸着黑水，趴着身子，开始写字。

东一笔，西一笔，上一笔，下一笔；竖一道杠，横一道杠，点点，圈圈。写着写着，我浑身轻盈自在，心情舒畅，越写越顺溜。这比和伙伴们玩游戏可快乐多了。

写完两张纸，站起来，双手托纸，胳膊伸出圈外，把纸放在石台上晾一晾。我爬出猪圈，再双手托起纸，仔细端详。心想，我会写字了，看我写的字有多好啊，我得赶快拿去给姥姥看，姥姥一定会夸奖我的。

我双手托纸，进院子大门，跑到屋里。姥姥看了高兴地说："丫头会写字了，写得真好。你认得你写的字念什么吗？"

"啊，"我愣住，"我写的字就念字啊。"我疑惑地回答。

姥姥说："好，你想上学，明年你就六岁了，过了年，就送你去上学。"

我记住姥姥的话。

出姥爷家院东那条小巷，从北巷口，沿庄的东西大街再往西走，在姥爷家屋后的斜对过，路北是小火家的大门。大门前有一棵槐树，树不大，树头圆，像把撑开的小伞。树上结的槐角小，豆粒瘪。

小火的姐十六七岁，叫小巴。因为她已长大，这片的人再叫她小名难开口，所以，比她长一辈的，或和她同辈但岁数比她大的，都叫她小火他姐。她大额头，头后扎一条大辫子，额上留齐眉短发，两边鬓角还各垂一绺齐耳的头发。这发型叫三点水汗绺子。

她人老实，话不多。除冬天冷时不出来，其他季节都在她家大门口的这棵槐树下，坐一麦秸墩，不是纳鞋底就是插花鞋、缝衣裳。

有时，我在姥爷家的北巷口，碰不到别人玩，而她喊我"小姑，过来玩"，我就过去。她会递我一个墩子，我坐下，看她做活。有时我也会主动过去，拿着线砣和一把旧棉花，坐在她旁边捻线。这时，她会让我好好捻线，并且告诉我，线捻多了，教我织束腰带。

一次，我刚坐下，她就说："小姑你真可怜。'宁要要饭的娘，不要做官的爹'。"她说完这话就不再往下说了。我听不懂，没着没落地东看看西望望，心神不定。这时，要是有小伙伴们出来，我一定会撒腿跑去找她们的。

我和她在一起，最高兴的就是端午节缝香荷包了。每逢端午前的这一天，她就告诉我明天是端午，并且让我把花布送过去，她好给我缝香荷包。她为了做香荷包，老早就用攒下的破布和攒下的头发，到货郎挑上换回来一些质量好的香草。

端午这一天，我早早起床，洗脸，姥姥再给我梳好头，我就急忙跑去找小火他姐，去戴她给我做好的香荷包。

出小巷，还没到小火家的门口，就闻到了香草味。老远看到，小火的姐坐在她家大门口，大褂襟的右胸处系着香荷包。这香荷包用褙好的白布条和黑布条编成，缀着红艳的穗子，很好看。

　　我跑过去，小火他姐赶忙从针线筐里提出一对连在一起的桃子样的荷包。两个"红桃"各配有两片"绿叶"，和真的一样。小火他姐给我拴在腰间的褂扣上。我低头用手拖起来看了又看，心里美滋滋的。

　　可是，过一会儿，我心里有点不高兴了。小火他姐胸前的那个香荷包多好看啊！另外，她的腰间，还戴着一对"绿柿子"的香荷包呢，也比我的这一对"桃子"好看。我走到她跟前，托起那对"柿子"香包。"柿子"上也缝着黄色的穗子！她看出我的心事，就说："小姑，你拿来的布没用完，还有一块绿绫子。你等一会儿，我再给你缝一对带穗子的'小柿子'。"

　　顿时，我心里乐开了花。她很快放进香料，给我缝好一对"绿柿子"。这"柿子"，上边串着系，下边缀着红穗子，当中还裱着一道一道的黄金线。她给我系在靠近肩膀的扣子上。我高兴地几乎要跳起来。

　　她告诉我，等我长大会做针线了，她就给我编个盛针线的荷包。这时，有几个抱着孩子或领着孩子的妇女，陆陆续续地来到小火家大门前。她们每人手里都拿着或多或少的花布，围着小火他姐，让她给缝香荷包。

　　我戴着两个香荷包，右手托着腰间的一对"桃子"，心里美滋滋的，连蹦带跳地跑回家。

　　一进大门，姥姥就说："小火他姐给你缝的香荷包真香，你一进门我就闻到了。过来给我看看。"

　　我手托香包跑过去，姥姥一看，惊奇地说："吆，还缝两对。怪不得叫香荷包，真是又香又好看。"

　　过了小火、小三的家门，沿东西大街再往西走，路南有一个大场。这是西头的人们用来打庄稼的地方。这个场很大，东西向很长，从姥爷家西外墙根一直到庄西围墙的柳树旁。场南，对着场的当中有一条向南去的巷子。巷子路西，一个大院，院里有三间堂屋，那是小火家的造纸房。堂屋中间有一个盛纸浆的大池子。

每天早上，小火他爹赤着脚，穿着大裤衩，下到池里，端着帘子抄纸。小火和小火他哥则提着帘子贴纸。庄上有些十五六岁的小伙子也来帮忙贴纸。从早一直贴到东南晌，才能把池子里的纸浆全贴完。这些纸几乎贴满庄里的各家院墙。

傍晚，小火家的男劳力，加上庄上帮忙的人，再都忙着从墙上往下揭纸。一张张地揭下来，再摞成摞。赶集时，小火家的人就挑到集上去卖。

本庄人吸烟、做饭取火，不用到外庄集上买纸，被风刮到地面上有些破损的纸，顺手捡来，就够用了。

纸浆池东的一间屋，冬天的晚上，又是庄上老头们烤火听故事的场所。吃完晚饭，有一些悠闲的老头，陆陆续续地来到纸坊屋东间，生一堆火，围坐在干草、干秸上，边咂摸旱烟的味道，边津津有味地听庄北头的四哥讲故事。

每晚，我都跟着姥爷，蹲在姥爷怀里听故事。四哥讲的都是长故事，有声有色，让我总也听不够。比如《五女兴堂》《张彦休妻白玉楼》《薛礼征东》等。我最怕讲到热闹时四哥说的那句话"要知端详，且听下回分解"。话一说出，老人们也不过瘾。不过没办法，四哥就是不往下讲，大家只好离开火堆，笑哈哈地议论着刚刚讲完的故事情节，各自回家去了

可我还不算完，一直想知道故事的后来怎么样了。比如，《张彦休妻白玉楼》有一故事情节：在大雪封门的冬天，白玉楼被张彦打得遍体鳞伤，又被赶出了家门。她爬进了一座破庙……张彦的婶子和一个杀猪的屠夫合伙把白玉楼装进口袋，让驴驮走，卖给了人贩子。后来呢，到底把白玉楼弄到哪里去了，在口袋里被闷死了没有？我躺在床上想来想去睡不着。白玉楼不幸的遭遇，让我在被窝里流泪。我急切盼望着下一个晚上赶快来临……

麦收前，小火家纸坊的院子里，支起缫丝锅，开始抽茧丝。这庄上，几乎家家户户都养蚕。收下的蚕茧必须在割麦前抽丝。不然，时间一长，茧会出蛾，

一出蛾，茧上留有窟窿，茧就废了。所以，缫丝锅一支，庄上大家小户的人们就都用筐子盛，布袋装，或挑着或推着，来到纸坊的院子里挨号抽丝。

缫丝锅一支，锅底下就不停火，桄丝的轮子昼夜不停地吱呦吱呦地转。挨号抽丝的人，站着的，蹲着的，满院子都是。抽完一家，从轮上取下丝桄，锅里又倒上另一家的茧。就这样，抽完一家又一家，白天黑夜，连续十几天，才能把庄上所有的茧抽完。

忍了一年馋的小孩，一听说支锅抽丝，就都跑来拾茧蛹吃。拔丝的是小火的爹。他爹脚蹬得快，手又麻利，左手从锅里抓一把茧，右手闪电似的拔着丝。左手的茧拔完丝，剩下的茧蛹往锅台上一放。这时，排在最前面的小孩一把抓起蚕蛹，捧着就跑到树荫下去吃。

我也来拾茧蛹吃。出门前，姥姥嘱咐我，拾茧蛹要离开锅台，别烫着，也要离轮子远点，别被轮子打着头。我记住了姥姥的话。当挨到我时，我抓起茧蛹赶快离开锅台，到一边去吃。吃完再挨第二轮。再挨上了，我就抓起蚕蛹捧着回家。到家后，姥姥在锅里点上油，放上蚕蛹炒一炒。炒好，我先让姥姥尝一尝。姥姥只吃一个，其余的全卷进煎饼里让我吃了。蚕蛹很香，可一年只能吃这么一两回。想再吃，就只有等明年的这时候了。

沿东西街继续往西，过了路南的大场，向北拐后，有一二十米远，正冲着的，是我胖舅母家的西院墙。她家西院墙也是庄的西围墙的一部分。胖舅母家的大门向南。东邻是小跟家，小跟家的大门也朝南。

她们两家的大门前，有一块小空地。空地上有一口供全村人吃水的井。庄里人都称呼胖舅母家和小跟家为井台上的。

小跟的弟弟得病两三个月了，整天眯眼不睁，饭粒不进。医生抓药，老嬷嬷叫魂，神婆换人，这些办法都用了，可还是治不好。

庄上的人吃水很讲卫生。这口井每隔一二年就要淘洗一次。淘洗的时候，先是几个人用桶不停地从井里往外提水，一直把井水提干。然后，淘井的人趿着井墙上的趿脚下去，用大铁勺把井底下积攒的脏东西舀进篓子，由上边的人用绳子提上来，暂时倒在井口旁小跟家的门口。井下的人一篓一篓地装，井上的人一篓一篓地向上提，一直把井底下的淤泥和其他脏东西清理干净。最后，用笤帚沾着井底涌上来的泉水，刷刷井底和一圈的井墙，再把刷井的脏水提上来，淘井就算完工了。

这次淘井，井台一圈站满了观景的人。小跟出来看景时，一眼看到，在从井底下捞上来的垃圾堆里，露出了一个哗啦棒槌的边沿，就赶忙上前扒拉出来。这正是她弟弟丢的那个哗啦棒槌啊。

她拿回家，用水冲了，递给弟弟。弟弟睁开眼，看一眼哗啦棒槌，立马精神，接着就能吃饭了。

庄上人们都议论这事，说小跟弟弟得的是相思病。从此，庄上人们都很注意保管自家孩子的玩具，不让丢了。

姥姥和姥爷对我的玩具更是细心保管。我有一个比较大的皮球，一拍，哐啷哐啷响；一把小洋伞，是水红色带浅蓝花的，很好看。姥姥说，这些都是我爹从济南给我买来的。这些话，我似懂非懂。不过，别人都没有皮球和小洋伞。

每过一段时间，我就叫姥姥给我拿出皮球，和小伙伴们拍着玩一阵，玩够了，再交给姥姥放起来；小洋伞，只有姥姥走娘家去我老姥姥家时才带上，回来后接着收好。

还有一副手镯，听姥姥说，是我出生后送米糖时，老姥姥特别给我定制的。手镯戴在我的手腕上，每天晚上脱衣睡觉时，姥姥都要看看还有没有。

每年三月三赶庙会买的玩具，我每次玩完后，姥爷也都给我收拾起来放好。比如，小花车，也叫王八打鼓，姥爷把它担在西屋后墙壁的两个木橛子上；哗啦棒槌放到大桌上的瓦碴罐里；胖娃娃放在大桌上；其他的，像转转牛，玩的石子等，也都放得很有秩序。这样，玩的时候方便拿，也不容易丢失。

第五章

姥爷，借您劳作的大手，给我拧一支快乐的柳笛吧

"咯嘟嘟——咯嘟嘟——"姥姥听到街上的货郎鼓响，就说："今年是个好年景，听见没有，货郎挑子下乡卖货了？"

过了正月十五，姥爷就拿出铁锨、镢头和抓钩之类的，开始修理这些工具，准备掏大门外粪汪里的粪。

姥爷先整理铁锨。他左手攥锨头的裤①，右手攥裤根处的木把晃一晃，看看锨头活动了没有。如果活动了，就到南屋后墙外木柴堆里挑块小木块，用剁刀砍个木塞，用铁锤镶进锨裤，然后，锨把向下，在石台上使劲舂几次。这样锨把镶在锨裤里就结实了。姥爷还要检查一遍其他工具家什。

该修理的都修理好，准备就绪，开始从粪汪里往外淘粪。

姥爷把大袄脱掉，把束大袄的宽腰带换成小腰带，围腰扎紧。小腰带是撕成绺的蓝布条。这样，看上去，姥爷很利索。姥爷把整理好的工具扛到大门外粪汪边放下，站在粪汪沿上，看一看，思量着从哪个地方先下手往外锄。

---

① 锨头的裤：铁锨头的管状部分就叫铁锨裤。

粪汪里的粪很满，中间堆成了山。

去年种麦时，清空了粪汪。那时的粪都上到了麦地里。现在这满满的一汪粪，是去年麦种后新攒的，除家人和牲口的粪便外，都是姥爷一寒天起五更挎粪筐，下湖或围着庄转拾来的。

姥姥告诉我，人活着就要吃粮，没粮食吃就得饿死。她还说，粪是庄稼的粮食，庄稼往上长就得用粪，不给庄稼上粪，它就不长，就打不出粮食来。说完这一大堆话，最后，姥姥还不忘加一句俗语"种地不上粪，等于瞎胡混"。

姥爷打量一下粪汪，走到粪汪的东北角，抡起镢头就向南刨起来。

刚过正月十五，粪汪里结着厚厚的冰。太阳暖烘烘地照着，但毕竟是冬天，姥爷才刚刨几下，额上却已冒出了热汗。

刨一会儿，姥爷扶着镢杆直起腰，抄起肩上搭着的手巾擦汗，然后再下腰刨。刨了一小块的地方，就放下镢头，拿起铁锨铲锄，再端起满满一锨粪，向岸上抛。锄完，拿起镢头再刨。

从北往南，再从南往北，一趟趟地连刨带锄。到粪汪的中间，锄一锨举起来，趔起架势使劲向东堰抛。当靠近粪汪西沿时，就只得把粪先锄到粪汪中间，然后，再从中间往东堰抛。

每锄一锨，或每刨一镢，姥爷都要费力地哼一声，落下锨或落下镢头时又要喘口粗气。

一趟趟，一层层。姥爷累了，上岸，把锨翻过来放倒，蹲坐在锨把上，两手扶膝，休息一会儿，再干。

有时，我抱着扫帚或拿着我的小玩具锨，把崩远的粪块向大堆上扫锄。帮姥爷干活，我很高兴。

姥爷把锄上来的粪堆成堆，把崩远的粪块和一圈的粪渣都拢到大堆上，再用锨把大堆培实。这样，一直干了十来天，才把粪汪清理干净。

出汪的粪又捂十来天，就开始倒粪：姥爷先用爪钩犁的背面把粪块砸碎，再用爪钩犁的爪刨匀，然后用锨翻一遍。整堆粪这样来回倒三四遍，就没有疙瘩块，全成了粪面。姥爷再用锨把粪面拢在一起，再次堆得像小山一样。这样，只等着向地里送粪了。

姥爷推出小木轮车，收拾收拾，给车耳上上油，再搬出两个车篓子，车架的一边放一个，用拘绳拴牢，然后，开始用锨向篓里锄粪。

我着急地跑回家，拿来一根拉车绳，让姥爷把绳子拴在车前的横撑上。姥爷说："你走不快，会让小车轧着的。"

我不听，非要跟着拉车不可。姥爷没办法，只好把绳子拴在横撑上。

篓子里装满了粪。姥爷又叫我回家找来一领小蓑衣塞进车屋的拘绳底下。他蹲下，把车绊绳挂在脖子上，两手攥车把，猛一使劲，身子起来，两个车把也随着被抬了起来。

小车很沉。姥爷吃着力往前拱，腰左右扭动。

我把拉绳挂在肩上，两手捽绳的结疙瘩，拽着绳子往前跑，跑一阵，再紧走一阵。可是，不管我怎样努力，绳子时常是松的。只有上堰头时，绳子才能拉紧一会儿。这时，我低着头，身子前倾，两腿使劲往后蹬。不知姥爷感到我使劲没有，我觉得我吃奶的劲都使上了。

上堰头，车子慢下来，姥爷更得下腰，扭身，咬牙加劲。

但一上了堰头，我就紧走带跑。我恐怕慢了，会被车轱轮赶上轧倒。

这趟粪是往河东涯那块地送。我们出南围门拐弯径直向东。

庄上的排水都是从这里流到河里。常年雨水冲刷，形成深沟。路，就在这深沟内。这条沟离两岸的庄稼地有半人深。单人走，可以走沟两岸的小路，小车大车就得走沟里的路了。

沿路向东一直是慢下坡，直通河涯。走到河涯，再向南拐，走一段路后，再向东过一座小桥。小桥是用几块长条石铺成，能并排走三人。

我们到了姥爷家地头。进地里还得上个大堰。姥爷又弓身用力，我也绷紧拉绳，我和姥爷一起使劲，车子上去了。姥爷把车推进地里，我扯起绳子向车边一扔，这趟任务就算完成了。

我累得躺在地上直喘粗气。姥爷一手扶车把，一手抽出车屋拘绳底下的蓑衣头摺在地上，再两手抓车把，掀翻小车，把粪倒出。他走到车头，逮着撑子使劲往地上磕一磕小车，然后，回到车把前，翻过并方正小车。姥爷蹲在地上歇一会，再起身从地上拾起蓑衣头放进篓里。

"丫头，起来。你走得慢，耽误工夫，到篓子里，我推着你走。"说着，就把我抱进车上那个垫着蓑衣头的篓子里。我坐在小车上，晃晃悠悠，像摇篮，很自在。

忽然，我想，姥爷都这么大年纪了，还推这么重的小车，来回跑这么远的路，多累啊。

我就对姥爷说："姥爷，等我长大，我推车，你拉车，回来的时候，我推着你。"

这时，姥爷叹口气，平淡地说："那敢情好。"

姥爷天天推着小车往湖地里送粪，送完东湖，送水沟堰，再送河岔子，最后再送到山上的地里。姥爷算得真准，把这些地要上的肥都上完，像小山一样的一堆粪也就正好运完。

送完粪，姥爷天天扛着铁锨到地里去匀粪。我就挎着我的玩具篼，拿着小铲，跟着姥爷到地里去挖野菜。

姥爷一进地，就去忙他的活了。

地里长了很多野菜，有荠菜、婆婆蒿、豆瓣子菜，还有苦菜、荠荠芽等。这次，姥姥让我挖荠菜回家包饺子。

地里荠菜很多。我蹲在地上，右手攥着铲子挖，左手拾。姥爷把粪撒完，我也挖满了一小筢子荠菜，就跟着姥爷一起回家。

到家，我把盛荠菜的小筢挎过去给姥姥看。姥姥一看，惊讶地说："呀，挖这么多，丫头真能干！让你姥爷下地回来，从老沂庄买块豆腐，咱包饺子吃。咱用豆腐、荠菜、虾皮、粉条拌馅。"

姥爷就又下湖干活，于是，我娘俩开始择菜、洗菜、烫菜、泡粉条，再把切碎的菜和剁碎的粉条都放进盆里，又往盆里放一小撮虾皮。稍过一会儿，姥姥又把面和好醒着。这些都准备好了，只等着姥爷买豆腐回来。

等一会儿，姥爷没回来，又等一会儿，还没回来。等来等去，我都到大门口望好几回了，急得我不得不出大门，走到宅院东边的小巷北口，伸头向东探望。这时，姥爷一手扛锨，一手端一个破碗碴子走来。碗碴子里盛着一块豆腐。我高兴地回头撒腿往家跑，一进大门就喊："姥姥，我姥爷买豆腐来了！"姥姥说："好，准备包饺子吧。"

姥爷走进大门。没等姥爷放下铁锨，我就接过碗碴，跑进锅屋递给姥姥。姥姥接过，把豆腐切好，放进馅盆，又往盆里点几滴香油，撒上盐和花椒面，再用筷子把馅搅匀。

姥姥把面板搬到担案桌上放好，揉面，擀皮，包饺子。我也学着干。

姥姥拾掇好锅，生火下水饺。很快，水饺煮好，我们三口围坐在一起吃饭。

姥爷把各地的粪撒完，开始拾掇拖车和犁耙，准备耕地。姥爷把犁耙上的犁片拆下，在磨石上使劲磨，一直磨锋利，再镶回犁耙上。他晃一晃每个耙齿，看看是否松动。如有松动，就砍一个木塞揳进耙齿和耙框之间的缝里。姥爷再检查、修好拖车，把犁耙搬上去，把两头牛套在拖车前。姥爷在前头赶牛，我们向地里走去。

今天，姥爷在东湖耕地。我提着用秫秸棳子编的嘟噜，在地里拾"王母娘娘"虫子。

"王母娘娘"是深褐色，也有少数是浅褐色的，样子像蚕蛹，但比蚕蛹大很多。这虫，从它的一端长出一个弓形小细肉棍，几乎弯到它身体的另一端，所以，人们又叫它"大鼻子"。

我心里纳闷，"王母娘娘"怎么会钻进地里？

听说，天上有个种仙桃的王母娘娘。她种着很多仙桃，有仙女们替她看管。这些仙桃只留给她自己吃，吃了就长生不老。这么说，"王母娘娘"不在天上吃仙桃，钻进地里干什么呢？这个"王母娘娘"光长着鼻子没长嘴，怎么吃仙桃啊？大山庙里的大殿上，不是也有个王母娘娘吗？这真是把我弄糊涂了。

有一天，我问姥姥："王母娘娘到底住哪啊？"

姥姥听了很惊慌，怕我得什么怪病，急忙反问："你怎么突然问这个？"

我把我的想法和疑问告诉了姥姥。姥姥听后，哈哈大笑。

姥姥说："傻丫头，那不是什么王母娘娘，也不是王母娘娘变的。那是豆虫夏天吃豆叶长大，秋凉了，钻进地里变成蛹，就成你看见的这样子，第二年，钻出地面再变成蛾。"

我明白了，原来是这样啊。

这个"王母娘娘"是豆虫变的。豆虫好吃，但没听说这虫子好吃。我想可能不好吃吧，好吃的话，姥姥不就炒给我吃了吗？

姥爷在前边耕地，我跟在后面拾虫子，这边瞅瞅，那边望望。虫子在我手心里弯来弯去，长鼻子一拱一拱。它凉丝丝、滑溜溜的，真好玩。

姥爷耕完地，卸下牲口，把犁耙放回拖车，又把牲口套在车前，然后，赶着牲口往家走。我提溜着装满"王母娘娘"的秫秸嘟噜，跟在后面。

到家，我把捡到的虫子给姥姥看。

"丫头真下力，拾这么些，快喂鸡去吧。这虫子有油，鸡吃了肯下蛋。"

姥姥接着说，"你不能吃鸡蛋，鸡蛋攒着，赶集卖了，给你买烧饼吃。"

"啵——啵——"我把鸡唤来，从嘟噜里倒出一只"王母娘娘"扔到老公鸡面前。老公鸡赶快叼起，咯咯地叫着唤来一群母鸡。母鸡们围着公鸡抢虫子。一只芦花鸡跑在最前面，公鸡刚把虫子从嘴里放到地上，就被芦花鸡抢去，叼到一边去吃了。别的鸡追着抢一阵子，没抢到，又回来。我又扔出一个，老公鸡抢到，又送给了另一只母鸡。哎，小狸你还没抢到吧，你就知道摆蛋，不给你吃了，一边站着去吧。转而一想，小狸吃不到，也挺可怜。我就说："小狸，听着啊，以后，别到大门外摆蛋了。来，跟着我吃吧！"我用手指捏着虫子，放到小狸跟前。小狸恐怕别的鸡来抢，叼起来就跑走了。

"姥姥，今天，老沂庄逢集，先别叫姥爷下湖耙地，让姥爷领我去赶集吧。"我急乎乎地从大门外跑进家里，央求我姥姥。

姥姥笑着说："小死丫头，记性还真好。"然后，她拿着箢子到东里间去拾鸡蛋，叫我姥爷挎着，领我去赶集。

集上，姥爷卖了鸡蛋，给我买了两个烧饼和两个麻花，放进箢子里。姥爷就挎着箢子，领我回家。

一进大门，我就喊："姥姥，姥爷给我买烧饼和麻花了。"

我们走进堂屋。姥爷把箢子放在地上，我伸手拿出一个烧饼和一根麻花。

我把烧饼续到姥爷嘴边，姥爷只咬了一点边，我又叫姥姥吃，姥姥也咬了一点边。我吃完一个烧饼，然后拿着一根麻花出大门找四巴去了。

来到四巴家门口，我喊："四巴，出来，咱吃麻花。"

我举起手里的麻花给四巴看。四巴高兴极了，举起两只小手拍着巴掌，连蹦带跳从屋里跑出来，等我给她麻花吃。

我说："咱和伙伴们一起分着吃好吗？"

四巴赞同。于是，我们喊来伙伴，在场边盘腿围坐。我们都把褂大襟张开，铺在自己的腿上，免得过会儿麻花渣掉到地上浪费了。麻花很难掰，一不小心，就掰崩或掰碎。我小心翼翼地向下掰，还好，很均匀地分给了大伙。

分完两轮后，就只剩两绺了。伙伴们都说小安最小，就把最后两绺给了小安。

伙伴们吃得很开心，连掉在褂襟上的一点点渣都拾起来吃了。吃完，都说麻花真香。

我告诉大家，这麻花是我拾虫子喂鸡，攒下鸡蛋卖了钱买的。她们就都说明天和我一块下地拾虫子。过一会儿，又都改口说家里有事不能下地。

我有些失望，不高兴起来。

松巴就宽慰我说："小姑，我们都有事，没办法跟你一起下湖。你跟着老姥爷一起下湖，也不害怕的。你多拾'王母娘娘'，让鸡多下蛋，多卖了钱买麻花，咱再分着吃，好吗？"

她这一说，大家又提起精神，气氛又活跃起来。我点头同意了。

吃完午饭，姥爷要套拖车到东湖去耙地。我要跟着，姥爷没吱声。他找来一块木板，横放在耙的木框上，用铁钉钉好，再把耙搬上拖车，给拖车套上牲口。姥爷赶牲口，牲口拉着拖车，我们一起向河东堰走去。

来到河东堰的地头，姥爷把耙搬下车，又把牲口套从拖车上解下，套在耙上。姥爷上了耙，横着身子站在耙的木框上，脸却扭向前方，两手捽着缰绳，鞭子搭在肩上。

我也要上耙。姥爷说："上来吧，站在木板上，捽着牛缰绳，不用害怕。"

我上了耙，像姥爷那样横站在木板上，和姥爷对着脸，紧紧捽着姥爷手里的牛缰绳。

姥爷大喊一声"嗨——"，接着，抽出捽着缰绳的右手，拿起肩膀上的鞭子"啪"的一甩，两头牛拉着耙走起来。

刚耕起来的地，土块大，耙走起来，磕磕绊绊，起伏颠簸。我站在耙上，身子跟着左摇右晃，头也摇晃得厉害，像腾云驾雾。我害怕从耙上掉下来，被卷到耙底。这样，耙齿会把我的肉耙烂。但我不敢吱声，我怕说出来，姥爷会叫我下去，我只好硬着头皮强撑。

这块地是南北向。我姥爷从南往北耙，耙到北头，拐过来再往南耙。一趟又一趟。第一遍耙完，再耙第二遍时，耙就走得平稳多了，我就可以蹲在耙上，抱着姥爷的腿，显出一副很自在的样子。

姥爷说话了："丫头，下去吧，到地头上把耙出来的柴火胡噜到一块去。"

我恋恋不舍地下了耙，到地头上去干活。

一会儿，姥爷耙完地，从耙前卸下牲口，把耙搬到拖车上，又用绳子在车上捆好柴火，再把牲口套在车前。姥爷赶车，我跟在后面，回家去了。

走到小桥，我一抬头，看见柳树发芽，就急忙喊："姥爷，姥爷，你停下，别走，停下别走！柳树发芽了，给我够柳条拧个小哨吧。"

过了小桥，在河岸上，姥爷喊一声："吁——站住！"于是，两头牛站住。

姥爷把牛缰绳拴在柳树上，趿着拖车掰下一根柳枝，再从柳枝上掰断一小节较粗的柳条，用两手捏着拧这柳条的皮。拧到脱皮，姥爷再用牙齿咬着里面的白木棍，两手向下慢慢拽出外面的绿皮筒。幸好白木棍没有划破绿皮筒，不然，小哨就不响了。姥爷扔掉白木棍，用牙齿把筒头上的绿皮轻轻搓去一薄层，接着再轻咬两下，哨子就做好了。

姥爷一吹，响了。我高兴地拍着巴掌跳起来。

我接过哨子一吹，闷声粗气的，像号声。我又叫姥爷给我拧两个细一点的柳哨。这两个细的，吹起来吱吱响，像货郎挑上卖的小泥哨的声音。姥爷又用刚折下的又细又软的柳枝条给我编了一个柳环帽，我戴在头上，凉丝丝的，真好。

一条柳枝，就只剩下一小根柳枝棍了，我就拿它撵鸭子回家吧。

忙完，姥爷解开牛缰绳，赶车向北一拐，我们沿河岸走一段路，再顺河岸向西拐。然后，就可以直奔河沟路了。

走一段河岸路，我唤鸭子："鸭——鸭——回家了。"姥爷家的这对狸花鸭就离群向河岸游来。它们俩离开水面，屁股和身子都摇晃得更厉害，好像生怕我不等它们似的，慌慌张张地爬上了岸。

我用柳棍把它们赶到我的前面，飞跑着去追姥爷，把一对小鸭子赶得呱呱乱叫，飞一阵，跑一阵。一直追到河沟路，才赶上姥爷。我松一口气，鸭子也走得慢了下来。我一边赶鸭子，一边吹姥爷给我做的柳哨，吹一阵粗的，吹一阵细的，高高兴兴地走在回家的路上。

走出姥爷家院东的南北小巷，向西一拐，到了姥爷家大门口。姥爷卸下拖车，把牲口拴在西墙根的牛栏杠上，进了家。

我一拐弯，大黄狗亲热地摇着尾巴忽地向我扑来，然后不停地舔我的鞋和裤，又扳着我的肩膀亲我的脸。鸭子吓得呱呱叫着张开翅膀，从大门外向院子里飞去。我用两手攥着老黄狗的前蹄，把它从我身上拉下来。我抱着它头，摘下我的柳环帽，套在它脖子上。大黄狗忽地窜出老远，跑起来，围着场子转几圈，再回到大门前趴下，四条腿直直地伸着，抬起头，张着大嘴，伸出老长的舌头，喘着大气。

我进了大门，姥姥已喂完鸡，打发它们进了窝，正在堂屋拾掇饭菜，准备晚饭。姥爷则拿着扫帚下腰扫院子。等姥爷把院子扫得干干净净，我和姥爷一起进屋，我们一家就开始吃晚饭了。

遇见一本书

如果遇见了
就进去看看吧
真想让你，和我一起
回忆一条
古老的街巷

也许，需一生的奔波
才能走近曾经的童话

那是树影晃动着的光阴
洁白的浪花
从谁的谆谆教诲里流过
兴许，月光下
还会有
一头老牛
仰望星空时的安宁

就这么简单

如寥寥几笔的铅笔画

画着庄外麦田里

几个孩子单纯的目光

黄爱席

第六章

我的童年伙伴，我的童年游戏

地里的高粱苗已长得一拃高了，得除草，松土，挖土露根，晒苗根了。姥爷还得天天扛着锄头下湖耪地。我没小伙伴玩时，就跟着姥爷下湖剜喂牛的草。

这天早上，我和姥爷下东湖。姥爷耪地，我挎小篮在地埂上转悠着剜草。剜一把草，抖擞草根上的土时，掉下一个小贝壳。贝壳有指甲那么大，外面豆绿色，里面藕荷色，很漂亮。

于是，我不剜草了，专门挖土找贝壳。一个，两个，越挖贝壳越多。一会儿工夫，就挖了一小片土，捡了一把贝壳。我把挖到的贝壳装进褂襟的布兜。

我很高兴，我想多拾一些，回家找个地方，挖个小井窖存起来，好留着给小伙伴们一起玩。

该收工回家吃午饭了。我跟姥爷走在回家的路上。姥爷发现我篮子里的草很少，就问："丫头，今天怎么剜这么点草啊？"

我掀开褂大襟，拍一拍褂布袋给姥爷说："姥爷，你猜，这布袋里是什么？"

没等姥爷说话，我从布袋里掏出几个贝壳给他看。姥爷笑着说："怪不得挖的草少，去捡贝壳了啊。"

"姥爷，贝壳不是在河里吗，它又没长腿，怎么跑到地里来了呢？"我问。

姥爷说："河会搬家。很多年前，河水是经过东湖我们家这块地的，后来，它又搬到西边开道流水了。这些贝壳就留在了这里。"

姥爷的话，我似懂非懂，脑子里翻来覆去想这事，河道怎么会搬家呢？忽然，心里一阵亮堂，原来河也和姥爷的家一样啊，可以搬来搬去。姥爷的家原来在村外，后来搬进庄里，盖上房子安了新家。河可能也是这样的吧，在很多年前，从东边搬到西边，而落下的河贝到现在就变成了贝壳。我想，一定是这样的！

我又想，这河水也是狠心，搬家也不把河贝带走。河贝被丢在这里，都干死饿死了，多可怜啊！

到家，我在猪圈南边地瓜窖的东南角，挖了一口小井，把布袋里的贝壳一把一把掏出来放进去，找来一块小薄石板盖好，再铺上土。

我连拾三天贝壳，窖了三个这样的小井。第四天，捡了一上午，姥爷就耪完河东埝的高粱地。我把最后捡到的贝壳放进我的小玩具笾里，把玩具笾子放在鸡窝顶上。

有一天，我把四巴、小伟、松巴叫到姥爷家，告诉她们我捡了好多贝壳，并提着我的小玩具笾子给她们看。

她们一看，都说漂亮。我告诉她们贝壳是从河东埝的地埂上挖出来的。她们大都相信我的话，只有小伟说我是在骗人，贝壳怎么会在地里呢？

"我没骗人，我真的是从地里挖出来的。姥爷说河搬家，才把贝壳留在了那里。"

松巴"啊"的一声，"河还会搬家啊？"顿时，大家愣住。

四巴替我解围说："咱不管河搬家不搬家，咱们赶紧说说怎么玩贝壳吧。"

小伟说："我们还没贝壳，怎么玩啊？"

我就给每人发二十个贝壳。并且大伙定好规矩：除这二十个贝壳归自己外，另外，谁赢了别人的贝壳就归谁；输了不重发，输没可以借，赢回来再还给人家。

于是，我们在鸡窝的石板上坐好，开始出石头剪子布。四巴第一。四巴把每人拿出的五个贝壳都抓到自己手里。她紧张得脸红，手捧贝壳战战兢兢地向上一撒，翻过右手，用右手手背去接。还好，接住六个，不算少，四巴吊着的这颗心才算落下。

轮到我了，我更紧张。不孬，还没落空，给四巴接得一样多，都是六个。

接着是小伟。小伟手指长，手背也有洼，平常玩石子游戏时，就数她接的石子多。这次，她好像很贪心，想要把剩下的贝壳都接住似的。她先用左手掌使劲往后撑右手手指，撑一阵，又把右手指按在地上撑。

松巴抱着妹妹呆呆地坐在那里，好像在想，这回自己一定是输了，小伟一个贝壳也不会留下。松巴又开始嘟嘟囔囔地说："真倒霉，出个老末，这回，一个贝壳也捞不着了。"

磨蹭一大会儿，小伟捧起贝壳不慌不忙地向上一撒，右手一翻，除一个掉地，其余的哗啦啦全落在手背上。她高兴地直拍巴掌。

松巴气得耷拉着脸，嘴角上撅，一把抓起掉在地上的贝壳，没好气地向上一撂，手一翻，贝壳落在手背上，又向上一抖，翻手把这个贝壳接在了手心。

这一局玩完，我说："下局咱从松巴开始。我再给每人五个贝壳，每人每次出十个，你们看怎么样？"

大家都说行。这次贝壳多了，即使轮到最后，也能剩下不少贝壳。这局又让松巴先来，松巴心里的委屈没有了，气也消了。

这一局，我们玩得都很高兴，赢的没赢多少，输的也没输多少。玩一阵，松巴妹妹饿了，哭着要回家，我们大伙也就各自散去。

第二天，姥爷要上河岔子栽稻。我想，河东堰地里没有大贝壳，河岔子那里的河边可能有大贝壳，或者水里有大河贝吧！让姥爷给我摸一个当老舀，我们用它可以舀小贝壳玩，那该有多好啊。

吃完早饭，姥爷挑着筐头和罐子，我挎小提篮，拿着铲子，我们一起到菜园拔稻秧，然后再到河岔地里去栽稻。

到了河岔子，姥爷上河边提水浇地。浇完地，姥爷挖坑，我就跟在后面把秧子散开，放到每个坑前。姥爷挖完坑，再去栽稻。我也学着姥爷的样子去栽。不过，我没劲儿，手也小，按过的泥土不结实，姥爷就把我栽过的稻坑用手再压一遍。

干完地里的活，姥爷要洗脚穿鞋时，我说："姥爷你先别洗脚，你上河边给我摸个大贝壳吧。"

姥爷下河，沿着水边，一会儿摸到一只大螃蟹。我赶紧跑回稻地，身子一摇一晃地提来罐子。姥爷捏着螃蟹放进罐子里。姥爷继续往前摸。我心急火燎地在岸上跟着向前挪步。

一会儿，又摸上一条泥鳅，我又把罐子提到姥爷跟前。我想我们家里的人也不吃这些东西啊，逮着了，就只好喂鸭子吧。

过一会儿，姥爷又摸上来一只大虾。我气得一跺脚，把大虾接过来，摔进罐子里。

我实在耐不住性子，姥爷这半天怎么还没摸到一个贝壳啊？我急得快要哭了。

姥爷叫我别着急，他告诉我，河贝住在河沿水边有窟窿的地方。姥爷又在水里摸了好长一段距离，好歹摸上来一个圆乎乎的大河贝。这就有了盼头，可能找到河贝的窝了。可是怎么没摸到贝壳呢？如果带着大贝壳回家，就可以直接拿来用了。

嗷，看啊，姥爷摸到一对儿连在一起的长贝壳。这时，我的心才踏实下来。

姥爷真的找到河贝的窝了，一下腰摸一个，再下腰又摸一个。有活的河贝，也有贝壳，长的、圆的，还有两个连在一起的。姥爷往河岸上扔，我在岸上向小提篮里拾。一会儿工夫，就拾了半小篮子。

这时，姥爷抬头，直起腰说："行了，中午了，该回家吃饭了。"

姥爷上岸，我们洗完脚，穿上鞋。姥爷挑上挑子，我挎盛着河贝和贝壳的小篮，高高兴兴地往家走。

到了家，我看见伙伴们正围坐在姥爷家鸡窝上面的石板上玩贝壳游戏。柳巴从姥姥家回来，也站在鸡窝边看着她们玩。

我一进大门，她们从鸡窝上下来，喊着让我过去。

小伟说："我们吃完早饭，就来这里等你。等一上午了，心里都着火了。"

我扒开围着我的伙伴，把我的玩具篮子往鸡窝上一放，说："你们看这里头是什么？"

松巴往篮子里一看，问道："小姑，你拾这么大的贝壳干什么？"

小伟也说："拾这么大的贝壳，还不如多拾一些小贝壳呢。"

还是四巴聪明，她说："哎，你别说，这么大的贝壳，边又薄，拿在手里又轻巧，用它做老舀多好啊！"

大家醒悟过来：用大贝壳舀小贝壳，看谁舀得多。是的，是的，这样，太好了。从此，我们再玩贝壳游戏时，就换了玩法。

我们玩贝壳游戏的事情，很快传到南门里。南门里的小焕和小反是叔伯姊妹。小焕大我一岁，性格焦，不好合群，又好给别人起外号；小反小我一岁，性格活泼，肯说。一天，小焕和小反一起来看我们玩贝壳，她们站在圈外看了一会儿，小焕就问："你们从哪里弄来的贝壳啊？"

我们带点自豪的口气，异口同声地说："捡来的啊。"

这时，小焕在石板台上挤出点空来坐下。她问："谁给我几个贝壳？我也加入。"

没人吱声。她又问一遍："没听见吗，谁给我几个贝壳？我也加入。"

还是没人答应。我只好从我玩具篮里数出二十个小贝壳给她。

小反看我给小焕二十个贝壳，就说："姐姐，你不给我吗，我也来上？"

我不得不又数二十个小贝壳给小反，又给小反一个老舀。我们又都向外挪挪，围的圈子大了，好让小反也坐下。小反很高兴。

当轮到小焕舀撒在台子上的小贝壳时，她很强横地一把夺过四巴手里的大贝壳。四巴气得撅着小嘴，但没吱声。

游戏玩了几局，有的伙伴累了，直起身来要走，小焕就说："小齐丫头，咱上俺家大门口门台石上去玩，俺那里的石头滑溜，好舀。"

我和四巴犹豫着。小反央求说："姐姐你们去吧，上俺家大门口再玩一会儿不好吗？"

小反家和小焕家住在一个大门里。于是，我挎着我的小篮，拉着四巴的手说："走，咱们去玩一会儿就回来。"

我们四人一起来到南门里她们家的大门口，在门台石上围坐好，开始玩游戏。

小焕说："我老大，我先舀。"我们很不情愿地每人放台上十个贝壳。第一局她赢。我们又来几局，小焕最后输了。

我和四巴都不想再玩了，站起来要走。看我们要走，小焕不甘心，忽地一下站起，拉着我的胳膊气冲冲地说："你们不能走！赢了就走不仗义！不来不行！"

四巴说："我们饿了，还不兴回家吃饭吗？"

小焕更厉害地说："不行，你们得再来几局，让我赢回来。要不，我揍你，小齐丫头！"

我说："借给你的贝壳，我不要了还不行吗？"

小反打抱不平地说："二姐，你别不讲理，人家不想玩了，还不让人家回家吗？"

四巴拽着我的胳膊要走。小反也把玩具篮拿起来递给我。刚走几步，小焕忽地跑上来拦住我，抓住我的手腕气呼呼地说："不行，你们不能走，我得把我输的贝壳赢回来，要不，我就揍死你。小齐丫头，你试试！"

这时，小焕逮着我的手脖就掐，疼得我唉哟唉哟直叫唤。四巴赶紧跑上来扒开小焕的手，小反也赶紧上来拉小焕的胳膊，四巴和小反费好大劲儿才把小焕拽开。我哭着刚要走，小焕猛地上来，咕咚咕咚朝我背就是两捶，又一把把我推倒在地。四巴和小反赶紧上前连抱带拽地把我拉起来。我哇哇大哭，我的手、额头都疼起来。四巴一看，我额头上撞了个疙瘩，还冒着血汁，就说："小姑，你的头破了，别用手摸。咱们赶紧回家吧，叫我老奶奶撕块大门上的对子纸给贴上。伤口发了就不好了。"

这时，小反就往篮子里拾散落在地上的贝壳。拾完贝壳，小反提着小篮，四巴架着我的一只胳膊，我们一起向我家走去。快到姥姥家大门时，我哭得更厉害了。

姥姥听到哭声，从堂屋出来，一到大门口就问："丫头哭什么啊？"

四巴就喊："老奶奶，小焕打我小姑！我小姑的头磕破了，手脖子也让小焕给掐破了。"小反也喊："我姐姐真不讲道理，真不讲道理！"

我看见姥姥，哭声更大，一下子扑进姥姥怀里，抱着姥姥，一个劲儿捶姥姥的腿，闹着让姥姥去找小焕她娘。

我哭着说："姥姥，你背我去找小焕，去找小焕她娘，叫小焕她娘打小焕，快去呀！"

四巴也大声说:"老奶奶,去吧,叫小焕给我小姑赔手赔头。"小反也很生气地说:"大奶奶,我领您上俺家找俺二大娘,告我二姐去。"

姥姥有些不耐烦地说:"别哭了。好吧,我背你去找小焕她娘,叫她娘打她,好不?"

姥姥刚要下腰背我,四巴便在门框上撕了一块对子纸贴在我额头的伤口处。姥姥背起我,迈出大门槛,回头把大门锁好。四巴和小反跟着。路上,我还是不停地哭。

到南门里,看见小焕在自家门口坐着。我们一进大门,小反就喊:"二姐把我齐姐姐的头磕破了。"四巴也接着说:"二奶奶,小焕不讲理!"

这时,小焕她娘从堂屋出来,忙不迭地说:"大婶子,你来了。有什么事,上屋里坐下再说吧。"

姥姥直接说:"我是背着丫头来告状的。你家小焕把丫头打哭了,我来问问是因为什么。"

"大婶子,先上屋里坐下再说吧。"小焕她娘边说边把我从姥姥背上抱下。

这时,我还是大哭。小焕她娘一手领我,一手给我姥姥递过板凳。姥姥坐下,把我揽过去。小焕她娘也坐好,说道:"丫头,你二姐把你的头给磕破了?过来我看看。"

她掀开对子纸,一看,生气地说:"小死闺女,怎么给俺丫头磕成这样。"

姥姥打断小焕她娘的话说:"小孩的事没法说的。一块玩怪好,玩恼了就闹仗,闹完,一转脸又和好了。这回,不知怎么就玩恼打起来了。她小焕姐把丫头的手脖给掐破,头也给磕得淌血。丫头回家就哭,闹着要来告状。"

四巴和小反都说不怨我,是小焕不讲理。她俩争着把事情的经过叙述一遍。

小焕她娘就说:"丫头,别哭了,等她家来,我狠狠地打她一顿,给你出出气行吧?"

我说："二舅母，你这就去打她，她正在西屋墙根石台上坐着。"

四巴也说："我把她叫来。"

四巴出门一看，小焕不在了。可能是我们进屋，她就偷偷地溜了吧。

小焕她娘就说："等她回来我饶不了她，非打她一大顿不可。丫头，别哭了。"姥姥接着话茬说："这回行了吧，你二舅母等你二姐回来就狠狠地打她，给你出气了吧？别哭了。"

这时，我的哭声慢慢小了，但还是很委屈。

姥姥又批评我说："这孩子也是太任性，说做什么就得做什么。"

"孩子少了就这样，自己惯自己。唉，你这孩子命苦，真叫人可怜啊。从小……"说到这里，二舅母咯噔一下子不说了，话题一转，"丫头饿了，我卷煎饼你吃。"

"你二舅母，她不饿，她不吃，你别拿了。"我姥姥忙拦住小焕她娘。

小焕她娘硬要去拿。她在放煎饼的盖顶上叠一个整卷煎饼，又在饭桌上的盘子里掰一块熟咸菜，递给我说："丫头吃吧，刚烀的新煎饼，就着新烀①的咸菜，可好吃了。吃没了，我再给你卷。"

我不要，小焕她娘硬朝我手里塞。我用手朝外推："我不吃呢，不吃。"小焕她娘扭不过，只好把卷好的煎饼和咸菜放到桌上，再坐下说话。

西堂屋里小反她娘听到这屋有人说话，也过来，看到我们就说："大婶子，是你们来了。我在那屋听你们说话，好像是小孩闹仗。是不是丫头受难为了？"

小反抢话说："我二姐姐打我齐姐姐。齐姐姐的手脖子让掐破了，头也磕破了。"小反她娘批评小反说："小丫头家的，就好抢话说。"

这时，我心里还怪委屈，又要哭出来，就低声抽咽着说："二舅母，你打

---

① 烀：加热，把食物弄热。

我小焕姐。我的头和手脖疼得还很厉害。"

小焕她娘说："放心吧，小焕回来我一定打她。"小反她娘也说："小焕回家，我逮着她，让你二舅母使劲地打。"

这时候，我还不放心，恐怕她们哄骗我，所以又大声哭起来。小焕她娘忽地起身，到南墙根，抽一根秫秸，回来，折断成两截，竖在东堂屋的门框上，温和地说："丫头，你看这回放心了吧？等小焕一回来，就让你三舅母逮着她按在地上，扒了她的衣服，我就用这秫秸使劲地抽她，你看行吧？"

我嗯了一声，慢慢停止抽噎。姥姥就领着我走了，四巴在后面跟着。

第七章

三巴，田野里长大的孩子

玩贝壳游戏这事也很快传到了庄东头。东头几个小男孩小昌、小腊、小旺他们都来到我姥爷家，看着我们玩，又问我们是从哪里弄来的贝壳。我就实话实说。

小昌、小腊、小旺这三个小男孩岁数一样大，都小我一岁。他们都不调皮，也不看孩子，他们的家里也没有牲口，他们除了玩就是玩。

他们知道了捡贝壳的地方，就伙着一块，很快捡回来许多贝壳。他们用小篮盛着，小罐装着，或者放在砂壶里。他们拿来，向我们炫耀："你们看，我们捡得比你们的多！"

小昌问："我们捡的都是小的，没捡到大贝壳。你们是从哪里捡来的大贝壳啊？"

我告诉他们："河东埝的老舀，在河搬家前就叫土匪抢走了，你们在那里根本捡不到老舀的。"

他们听我说河能搬家，都"啊"的一声愣住了。小昌就问："河还会搬家吗？"

"我是听姥爷说的。"我补充说，"我想，是土匪抢走河里的大贝壳，它才搬家的吧。我们用的老舀是我姥爷在河岔子里给我摸的。你们可不能去河岔子，那里很远，很少有人去的。河水也深，可别淹着。我这里老舀多的是，我姥爷给我摸了一提篮子呢，你们尽管用。"

于是，我给他们每人一个老舀。他们拿着我给的大贝壳，带着自己捡的小贝壳，高高兴兴出了姥爷家的巷北口。我猜他们一定是上东头大街玩贝壳游戏去了。

第二天，吃完早饭，我跟着姥爷上菜园拔菜回来，一进南围门，就看见小昌、小腊、小旺他们三人在大街的路东边，围坐在一起玩贝壳游戏。

我让姥爷先回家，我要去看一看他们是怎么玩的。

这时，稍门里的三巴挎着筐头子，从稍门里走出来。我走到小昌他们跟前，三巴也接着走了过来。

三巴放下筐头，上来就在他们三个头上各轻拍了一巴掌，嘴里还俏皮地嘟囔着："你们三个兔崽子玩什么？我看看，嗷，还是玩贝壳啊，我也来玩。"

三个小孩向外挪挪身子，腾出点空让她坐下。她又说："我没有贝壳，你们给我几个。"他们三个都待在那里，谁也不吱声。三巴又说一遍："你们给我几个，我先来着，给吧？"

我看他们都没有给的意思，就说："小昌，你们三个每人数出十五个贝壳给三巴。我贝壳多得是，我还有三窖子呢，等回来我再给你们。"

小昌他们这才每人数出十五个贝壳，放到三巴的手掌上。三巴"哗啦"一下往地上一撒，接着小旺递给她一个老舀。三巴开始舀起来。她舀得很灵便，很快，舀完了靠北边的一些。她蹲着的身子又朝南挪挪，继续忙活着。这时，我看到她脸上露出一丝平时没有的笑容，平时很少看见她笑的。

三巴，一张四方脸，大腮帮，浓黑的眉毛，厚眼皮，鼻子扁平，嘴唇也有一些厚。又黑又密的头发，扎着两条短粗的辫子。不过，头顶的头发微微发黄。

看来，也不经常梳头，头发乱得跟刺猬似的，两条辫子，也不齐整。

听说，三巴是稍门里老大房兆存家南院里的小老婆生的，从小没爹没娘，跟着大婆生活。大婆有一个大儿子，长得高大魁梧。听庄上人说，没见他穿过大褂，戴过礼帽，可他整天穿得很干净，很板整；没见他扛过锄头，拿过镰刀，更没见他推过小车，都不知道他在干什么，可他天天早出晚归。大婆还生过一个小儿，叫小让。小让有时从稍门里出来走走，玩玩，却从不和别的小孩入伙。小让长得面黄肌瘦，屁股很小。庄上的人们都说小让没长屁股，这孩子不长命。不假，他没长多大就夭折了。三巴这名字，可能就是与她家大婆的两个儿子排行下来这样叫的吧。

三巴今年十一岁。平时，没见她和谁玩耍过。除了寒冬季节，她天天挎着筐头出门，再背着满满的一筐柴草回来。春天，她从稍门里出来，下湖剜草，空筐里放一把铲；夏秋两季，筐里的铲子就换成了镰刀。

庄上有人说三巴手贱。三巴遇见比她小的小孩，不是掐一把，就是拍一巴掌，嘴里还不干不净地骂着什么儿羔子、兔崽子之类的脏话。所以比她小的小孩见她就躲。可是，比她大一些的小男孩，她不敢得罪，他们见她，却无缘无故地打她以取乐。

有一次，我亲眼看到三巴被几个男孩子欺负。那天，早饭后，我要上南门里找小反玩，刚走出姥爷家东屋山头的巷口，向东一拐，村西头的小火、小朋、小三、小强四人一起，每人拿一把弹弓，匆匆超过我，也径直往东走去。这时，三巴挎着筐头子正路过东西街与南北大街的交叉口，准备溜着街西边的墙根往南走。小火下腰拾起一块石子，拉开弹弓，照着三巴就射。"砰"，一下子打中了三巴的腿。三巴骂一句："狗娘养的，我又没得罪你，你打我干什么？"小火就骂："揍你个婊子养的。"

于是，四个比三巴大的男孩一拥而上，你一拳我一脚地打起三巴来。三巴一看寡不敌众，躲又躲不了，就把筐头子一撂，握紧两拳，甩开胳膊，不管三七二十一地乱捅一气。小火一步迈到三巴背后，别住她的两只胳膊，小朋趁机一拳一拳捅三巴的肚子，小三、小强也朝她身上乱踢。

我走到跟前，看见这几个男孩把三巴打得哭都哭不出声来，就急忙倒头向小火家跑去，想叫小火他娘来管管小火。

刚跑几步，松巴的娘从西头走来。我喊："二嫂，小火他们几个正打三巴，打得厉害，你赶快去说说吧，别让他们打了。"

松巴她娘急忙和我一起，连跑带赶地来到街东头。老远，松巴她娘就喊："别打了，你们这些小熊羔子，为什么打三巴？"

松巴的娘喊着喊着就跑到他们跟前，上去把几个小男孩从三巴身上拽开。

松巴她娘问："你们为什么打三巴？"小火说："她骂我们。"

我不平地说："不是三巴先骂他们，我亲眼看到的，是小火先用弹弓打三巴。"

松巴的娘怒喝道："你们赶快滚开，哪有男孩了欺负女孩子的。"接着，她连拉带拽，把几个小男孩撵走。松巴她娘又对三巴说："三巴，以后遇到这些男孩躲着点，咱不和他们闹。"

三巴抬头看了一眼松巴她娘，没说话，又看了我一眼，挎上筐头转身走了。

三巴也从来不和别的小孩入伙，向来都是独来独往。就是眼前这次，也是我给讲情，才好不容易和别人玩了一次贝壳游戏。看她玩得有点开心，也许长这么大，这是第一次吧。

事情就这么巧，没玩一会儿，三巴的哥哥突然回家，看到了这一幕。她哥看她把筐头子放在一边，正和小孩们玩游戏，二话没说，就到她背后，抓着她衣领，提溜着就走。三巴的脚似着地似不着地跌跌撞撞地往前闯。

我们都跟在后面看。进稍门，三巴她哥可能累了，就把三巴往地上一扔，

一下子扔出去好远，把她摔得"呱唧"一声响。三巴疼得哇哇直哭。她哥气呼
呼走过去，又扯着她的胳膊拉她走。走到他家北院的大门口，她哥又把三巴摔
到大门里。这时，三巴可能被摔得更疼了，就哭得更厉害了。她哥也进了大门，
把大门哗啦一下子关上。三巴的哭声渐渐远了，大户人家的宅院深，一会儿就
听不见哭声了。

第二天，稍门里头的人传出话来，说是三巴被她哥打得不能动弹了，一整天
也没能出来剜草。于是，庄上的人们就在街上，三个一群，五个一伙地议论起来。

稍门里的杨顾林气愤地说："你别看是大家门的人，表面上文质彬彬，心
可狠了，比狼的心还狠，一个小丫头家能被打成这样。"

小昌他爹接着说："整天不背粪筐，不下湖，穿的人五人六的，还不干正
事，没人性，把个小丫头打成这样，不嫌丧良心！"

小伟的娘在一边难过地说："唉，生在大院里，地方倒是个福地，要是有
爹有娘，就是大家门里千宠百爱的小姐，可怜三巴没这福气啊。"

小腊她娘也同情地擦着眼泪说："唉，没娘的孩子真可怜啊！"

没娘的孩子真可怜。娘呢，我的娘在哪里？我头嗡地一下，顿时脑子里一
片模糊，心生凄凉，鼻子一酸，眼泪咕噜咕噜地从眼眶里滚了出来。

挨打后过了几天，三巴又挎着草筐出来剜草。我想，三巴在外头受外人欺
负，在家里又受家人折磨，挨她哥的重打，真可怜啊。难道没娘的孩子就应该
这样苦吗？我越想越想不明白。

这以后，一想起三巴这些事，我眼泪就止不住地往外流。我听说，三巴又
好打别人，我怕她打我，所以，也不敢靠近她。可是，她从来也没有打过我啊。

三巴被她哥打以后，小反的娘说，三巴每逢走到东西街的街口，都要停一
停，歪头向西看，好像有什么心事。

有一次，我正在姥爷家的北巷口玩，三巴挎着草筐下湖剜草，走到东西街

的街口，朝西一看，看见我，就喊了声"小丫姑"，然后，向南围门走去。

我想，小反她娘说三巴老往西看，是不是想和我说说话啊？因为是我讲情让她玩的贝壳游戏，也是我叫来松巴的娘给她解的围。

有一天，我又在姥爷家巷口玩。快到中午，正要回家吃饭，向东一转脸，看见三巴正扛着满满的一筐草走到街口。她看见我后，就放下草筐，手里举起一枝花摇晃着，大声喊："小丫姑来啊！你看我给你采的花。"

我听三巴喊我过去，就不紧不慢地往东朝街口走去。走近她时，我看清她手里举的是一朵藕荷色的喇叭花。那花真鲜艳啊！我很想要，但没吱声，因为不知道她是真想给我，还是骗我。

三巴又说："小丫姑，你过来看看，这朵牵牛花多好看啊，我给你戴在头上吧。"

我这才相信她是真的想给我。我靠过去，她果真把花插在了我的辫捎上。然后，三巴又从草筐里，小心翼翼地牵出一大嘟噜牵牛花，递给我，并说："这一串花你拿回家，插进瓶了里，用水漫上，好几天都不败呢。你走吧。"

自从三巴送花给我以后，每到她剜草该回来的时候，我总是惦记着，想到巷口看看她回来没有。

这天中午，没看见三巴剜草回来，我就在巷口多站了一会儿。不一会儿，三巴很吃力地扛着一筐草，出现在了街口。她向西瞅一瞅，看见我在巷口站着，就赶紧放下草筐喊我："小丫姑，你来啊！"

我飞跑过去，看见三巴满脸是汗，喘着粗气。我问道："三巴，你今天怎么回来得这么晚呢？"

三巴没回答，只从草筐的草里，掏出一把野蒜，说："给你，我剜的，还不老，叫你姥姥给你炒炒，卷煎饼吃。你回去吧。"

然后，她扛起草筐，摇摇晃晃地向稍门里走去。

又一天下午，和伙伴们玩完舀贝壳的游戏，我就到街口等三巴剜草回来。一直等到天有黑色，才看见三巴那扛着草筐的身影。

她看见我，就准备往地上放草筐。我急忙上前，用胳膊托着草筐帮她放下。我这才发现，三巴脖子上围着一件小褂，其两只袖筒系在胸前，一只袖筒的袖口用草秆勒紧。她放下草筐后，解下这褂子，说："小丫姑，这袖子里装着我逮的一只鹌鹑。"

她解开草秆，叫我抄起褂大襟兜着，再小心翼翼地抖着袖口倒出那只鹌鹑。她说："你好好地攥着褂襟，别让它跑了，回去吧。"

说完，她扛起草筐，向稍门里走去。我就想，三巴真能，姥爷还从没给我逮着过鹌鹑呢。三巴逮的鹌鹑，自己不要，送给我，她真好。我越想越觉得她就像个姐姐，我多么想有个这样的姐姐啊！想到这，我心里升起一阵暖意。

就这样，三巴下湖剜草，经常会给我带回一些好玩好吃的东西，如香瓜一样香的马泡，还有叫声很好听的蝈蝈。我看她的头发整天蓬松着，头上也有虱子，就隔三岔五地把她叫到姥姥家，叫姥姥给她梳头，刮虱子。姥姥夸她脸蛋长得厚实，将来有福，逗得她咧着嘴笑。姥姥还教会了她梳头。姥姥也拿花生、大枣之类好吃的，让她带着下湖吃。有时，还会切块花生饼让她带着。

姥姥说："三巴是稍门里大家门的闺女，吃的、用的，什么样的没见过！只是这孩子没人疼，不一定能吃上用上。丫头，好好想着，以后，三巴上咱家，你有好东西，也要分给她。多可怜的孩子啊。"

我看三巴的头绳断得接了好几节，就拿我捻的丝线弄成头绳，再让姥姥染成红色、绿色的，送给她。她高兴地直说："小丫姑，你真好。"

"姥姥，我不当三巴的小丫姑，让三巴当我的姐姐吧。"我央求着。

姥姥脸色立刻变得很难看，说："什么丫姑、姐姐的，都是一样的命啊。"

说完转过脸去，背着我不再吱声。

第八章

有山才有风景

吃完早饭，姥爷上山锄谷子地。我挎着装有小铁锤玩具的篓，也跟着姥爷上山玩去了。姥爷是在庄西边的大山尾巴上开荒种的谷子。整座山在房庄的西南方向。听姥爷说，以前，这山上都是石头，后来，官府贴出告示，农民上山开荒种地，二年不纳粮，于是，有些勤快人，农闲时就在山上又开出了农田。

今天，我们一上坡，姥爷就从肩膀上卸下锄，站在地头，扶着锄把，指着这山坡上一块一块的地给我介绍：

以前，这地方，都被大石头压着。我们用铁锤打钎，一点一点地凿，凿出窟窿眼，装上炸药，放炮轰。轰下来的石头，用凿子打砌平整，再用扦撬着一点点挪动，搬上小车，运到家垒墙。起下一层就运走一层，再凿眼放上炸药轰下一层。一层层把石头启走，地上就成了坑。下雨时，山上的沙土被冲进坑里，时间一长，就把坑填满了。然后再平整好，就可以种庄稼了。家里吃的地瓜、花生、芝麻等杂粮，都是在这块地里种出来的。后来，我们又怕下雨时，山上淌下来的雨水再把土冲走，就用石块垒成梯田。

姥爷嘱咐我："咱们庄户人吃饭多不容易，可不要浪费粮食啊。"

我想，姥爷开荒种地，原来这么不容易啊！我就和姥爷说："姥爷，以后，我再也不拿好煎饼喂狗了；我吃饭再也不留饭根，也不掉饭渣了。"

闲聊完，姥爷便开始锄地，而我就提着我的玩具筐，向山的那边走去。走着走着，忽然想起去年冬天在纸坊里听庄北头的四哥讲的故事。

故事里说，这大山分两座。西边一座是圆形的，叫馍馍山；东边一座是长的，东西向卧着，叫青云山。青云山，因为山南面的坡上并排有两条黄色土脊，一直绵延到山顶，像两条龙，所以又叫二龙山。传说，因为有两条土龙，我们这地方才风水好，年年风调雨顺，庄稼丰收。可是，有一年春天，来了两个挑竹篓的南方人，他们围着大山转了几天，在一个夜里，把两条土龙的眼睛挖下来，放进篓里挑走了。这样，破了风水，从此，这里就不再那么风调雨顺了。

我想，长这么大还没见过龙呢，去看看吧。那龙没了眼睛，还能往山上爬吗？

讲故事的四哥说，龙趴在青云山的南坡。可有一回，我跟着姥爷到山南面的五户井庄的表哥家，也没看见有龙啊，可能是因为树多挡着了吧？这回，我要去看看龙到底是个什么样子。可现在我在山的东坡，要转到山的南边，那该多远啊！我不敢去，要是迷路找不到家，就见不到姥爷和姥姥了。还是以后，让姥爷领我去看吧，走累了也好叫姥爷背我一会儿。好了，不再乱想，就从这里，沿山路往上爬吧。

山路的两旁开满山花。有白色的荠菜花、黄色的筛子底花、藕荷色的老鼠球花，还有秧子紧贴地皮，花秆向上挑着的鲜黄鲜黄的酸煎饼花，以及许多我叫不上名字的野山花。这些花，一片片，一层层，高矮不一，层出不穷，真是好看极了。

我离开山路，摘了几朵老鼠球花，又连根带苗地薅了几把酸煎饼菜，准备上山后饿了吃。

酸煎饼这种野菜，吃起来酸溜溜地，味道很好，我们小孩遇见都薅着吃。

掐不齐草贴在地皮上，鲜红的梗，暗绿色的叶，开小黄花。这花，满山坡都是，像一片一片的小星星。掐不齐草的叶，如果用手指甲掐断，怎么也掐不齐，所以，人们叫它掐不齐。这种草，嫩的可以剜了喂牲口；老了，棵很硬，就刨下来烧火。

蒲公英开黄花。姥姥告诉我，初春时，蒲公英长出幼草，这时，把它的叶子剪碎，能喂幼蚕；等草长高，剜到家里，能做渣豆腐吃。它还可以入药。晚春时节，蒲公英花谢了就结种。成熟的种子，外面包一层白毛，不管随风飘到什么地方，落下来就安家。等来年春天，就在落下的地方再扎根，发芽，生长，开花。

看完花，我回到山路，继续向山上攀登。这条山路不算很陡，我捽着路旁的小灌木枝，弓着腰，向上爬。

路旁山坡上，有两个老爷爷刨柴火，他们边刨边闲聊。我听到一个说："家里整年也吃不上一个麦煎饼，真是穷啊。"

另一个老爷爷说："人家山下湖地里，种麦，种高粱，种豆子。粮食好，还有柴火烧。你再看咱，光这柴火，就得整天扛着个镢头，到山上来刨。"

说完，他叹口气，放下镢头，蹲下，吧嗒吧嗒吸他的旱烟，嘴闲不着还抽空不停地唠叨："人吗，靠山吃山，靠水吃水，没柴火就得问山要。"

我看他们刨的都是山坡上的狗皮毡子草。刨出个茬来，一揭就是一片。这种草，晒干烧火啪啪响，火可旺了。我姥爷也刨过这种草。

我继续往山上爬。快爬到半山腰了，朝上一看，一片一片绿色的松树林，整整齐齐。我很是喜欢，心里在问，这松树是人种的，还是山上本来就有的呢？要是山上本来就有，不会一片一片地整整齐齐，应该很乱，这里一棵，那里一棵的。这一定是人们栽种的。

听姥爷说，鸡吃松子下的蛋，蛋黄彤红。这种鸡蛋炒着吃可香了。不过，我不能吃鸡蛋。不吃鸡蛋不要紧，拾了松子喂鸡，鸡就可以多下蛋卖钱，卖了钱，就能买芝麻大糖吃。那我就到松树林里去拾松子喂鸡吧。

走进松树林一看，去年落下的陈年松子，几乎没有了，我只在地上草皮里找到几个。新的籽在树上，才结出来，还很小很鲜嫩，即使够下来也没用，再说，树很高，我也够不着。只好再在草地上拾几个吧。于是，我蹲下认真地拾起来。我又拾了几小把去年落下的黄色松子，放进我的小玩具筐里。

我又回到山路上，继续往上爬。向上爬一段路，看到去年赶大山会时，姥姥领我来烧香的王母娘娘庙。庙很高大。屋顶用小卷瓦铺成，小卷瓦两片一组，一反一正扣合起来，一趟一趟环环相扣的小卷瓦很好看。屋顶的角也用小卷瓦扣成，屋角翘得很高很高，每个角上各站一个泥塑小人。屋脊中间也站一个泥塑小人。小人手里都拿着物件，因为屋高，看不清楚。它们应该是哪路神仙的泥像吧？大殿正中坐着王母娘娘塑像。王母娘娘的塑像两边，各站一个拿大刀的红脸大汉塑像，他们是在保护着王母娘娘吧！

我自己是不敢进去看的，因为庙里有神仙，我害怕。再说，上庙堂的台阶也很高。等过了年三月三逢庙会，姥姥领我来烧香，给我辫锁子①时，再进去看吧。这台阶不知有多少级，我数不清楚。我只会扳着手指头和脚趾头数数，是姥姥教我的。数贝壳我也会，一个个拿着数就行。可是数台阶怎么数，又不能一个个搬起来数。反正这次我不上去，我得赶快离开这地方，如果拿大刀的神仙看见我，把我逮去可就坏事了。

离开王母娘娘庙，我又爬了一会儿。在山顶上，天和云都离我很近，山下田野和田野里洁白的羊群是那样的亲切。我感到天地真大啊，无边无沿。

山上，也有羊群。我听到牧羊人甩响的鞭子声，还有羊羔喊娘和老羊找羊

---

① 辫锁子：一种祈愿行为。

羔的咩咩声。这些羊不知是哪个庄的？姥爷庄上的冬麦的三叔和大狗放的那两群羊不知来了没有？

这时，一个羊倌一手抱一只山羊羔，另一手攥鞭把，鞭绳搭在肩上，赶着羊群，向我这边靠近。那羊倌怀里的羊羔真可爱，洁白的毛，没有一点杂色，它还时不时伸出舌头舔羊倌的手。

我很想抱一抱这只小羊羔，可我不认识放羊的人啊。羊群里，有直毛直角的山羊，也有卷毛弯角的绵羊。大羊低头吃草，小羊在母羊后面追着吃奶。有只小羊快走几步，拱在母羊肚皮下面，跪着含住母羊的奶头，头一撞一撞，嘴一咽一咽地吸奶。放羊人赶着羊群从我身边走过。

一会儿工夫，又来一群羊。可我还是没看见冬麦他三叔和大狗放的羊群。如果看到，我就可以抱一抱小羊羔了。我站在那里，使劲跷脚仰头，朝远处张望，眼睛都累得发涩了。

过一会儿，北边山头上，果真出现由一头弯角大绵羊领着的羊群。它们朝我这边走来。一会儿，放羊人从山坡上也露出面来。啊，是冬麦他三叔，冬麦他三叔的羊群来了！我高兴地拍着巴掌跳起来。

冬麦他三叔肩膀上搭着鞭绳。羊群边吃草，边向我这边移动。我向北跑去，幸亏这山顶还算平整。我边跑边大声喊："三哥——三哥——"

很快，我便跑到羊群跟前，下气不接上气地说："三哥，我想抱一抱小羊羔。"

冬麦他三叔看见我，很吃惊地问："丫头，你怎么在这里，跟谁来的？"
我就说："姥爷锄地，我跟着来的。"

冬麦的三叔走进羊群，伸手逮住一只最小的羊羔，捽着它一只腿拉过来，抱给我。这是一只小山羊羔。我把它抱在怀里，我的腮帮贴近它毛茸茸的脸，真好玩。

我抱着羊羔跟着羊群向前移动。我又看到一只卷毛的绵羊羔，就说："三哥，我再抱一抱那只卷毛的小绵羊羔吧。"

于是，冬麦他三叔又去逮。小绵羊羔在我怀里，更可爱。它的毛也是软绵绵的，它还不停地舔我的手。

羊群走远了，冬麦的三叔说："丫头，该找你姥爷去了。别走迷路回不了家，让你姥爷等得着急。"

我答应着，放下羊羔，和冬麦他三叔分开了道。我又在山顶上逛了逛，看到南边有一棵大椿树，就向大椿树走去。

来到大椿树的树荫下，我捡了一些小石块，又搬来两块大一点的比较平整的石头。我坐一块，另一块当垫石。我拿小铁锤把小石块砸小，打磨，做成圆溜溜的石子。五个一般大小的石子为一副。我一连打磨五副，一副比一副大。我想，小一点的现在玩，大的等我长大以后再玩。等弄完，我就四处张望，这么大的山，连个人影也没有了。

我赶紧把打磨好的石子和玩具铁锤拾进玩具箧里，慌慌张张地找下山的路。这时，我忽然想起四哥故事里说的，这山上的洞很深，洞底有水，从洞这边放进鸭子，能从东海那边游出来。东海离这里有多远呢？四哥说，海是没有边的大水，水连着天，天连着水，海里翻腾着大浪，大浪里飞跃着大鱼，大鱼一张嘴就能吞进去一个人。

我害怕极了，我可别迷路掉进山洞里啊。鸭子放进山洞，它会浮水，冲到海里淹不死。我不会浮水，冲到海里就会被淹死叫鱼吃了。

我努力地找着山路，试图让自己忘记这种恐惧感，可是，我做不到，我的心一直不由自主地扑通扑通直跳。同时，我也一直默念着，期待路的出现。还好，皇天不负有心人，找着找着，路终于出现了。那一刻，我内心一阵窃喜，窃喜没掉进山洞里去，而悬着的心也放了下来。

我捽着山路旁的灌木枝，小心翼翼地下腰，一小步一小步往下挪。有的地方，路边没有灌木枝，我就一手捽倒驴草，一手提小篼，身子触地，蹲着向下挪。

走着走着，又想起那次在松巴家的过道里玩，松巴的娘说的，山洞里住着狐狸，夜间到庄上偷鸡，再把鸡背进山洞吃掉。松巴娘还说，她家的鸡经常被狐狸偷吃。我知道，狐狸和小狗那样大小，还咬人，不光夜里出来，白天没人时也出来找食吃。我越想越害怕，现在山上没人，要是狐狸从山洞里钻出，咬破我的腿，把我背走吃掉怎么办啊？转念一想，这不可能：它和小狗那么大小，是背不动小孩的。我稍微放下心来。接着又害怕起来，要是出来两条狐狸，一起咬我的腿，就会把我拉进山洞；要是出来一伙狐狸，它们吃我不就更容易了吗！

越想越怕，连走都走不稳的我也不敢跑，只觉得，这回真的完了，我得让狐狸给吃了！想到这，我的双腿抖得都站不住了，好像马上就要滚下山去的样子。我"哇"的一声大哭起来，边哭边喊："姥爷——姥爷——你在哪里！"终于，费尽全身力气的我扑腾一下坐在了地上。幸亏我手捽着灌木条，才没有滚倒，但是石子和小锤都从篼子里跑了出来。

这时，路南山坡上一个刨柴火的爷爷听到哭声，赶快跑过来问："巴，哭什么呢？快别哭了。你找谁，你是哪个庄的啊？"

他边问边从地上扶起我，又把石子和玩具锤拾进篼里。老爷爷一手提篼子，一手牵我的手，向他刨柴火的地方走去。

我告诉爷爷，我姥爷上山锄地，我是跟着姥爷上山来玩的。爷爷问我姥爷在哪里。我告诉他，姥爷在山坡地里干活，我找不到了，不知姥爷回家没有。

"你家是房庄吧，你姓什么？"老爷爷问。

我说："我家是房庄，我姥爷姓齐。"

"噢，房庄齐姓只有一家。原来你是齐大叔的外甥女。"他又说，"巴，你稍等一会。我摆好柴火，领你去找你姥爷。"

一小会儿时间，老爷爷就把柴火装进筐头里，再用锄头架起筐头，扛在肩上，又把我的小筅子挂在他胸前的锄头把上。他一手扶锄把，一手领着我的手，我们爷俩一起下山，一小步一小步地慢慢往坡下挪。我外边这手还得抓灌木条或捽紧倒驴草。

老爷爷边走边说："齐大叔快七十岁的人了，一辈子没白没黑干，日子过得怪红火，就是缺人手啊。他可是个好人。那年，赶上春荒，山上的野菜都吃没了，树叶也被吃得精光，山庄上的人伸着脖子急等着，眼看要被饿死。后来实在没法了，我就到你姥爷家借了两斗高粱，一家人这才度过荒年。后来，有了收成，去还账，你姥爷说啥也不要。我心里过意不去，就每到农忙，去帮衬帮衬他。"

说着说着快到山下了，我看见姥爷正扛着锄头，用手搭成眼罩向山上望呢。我悬着的心立马落下，不禁大声呼喊起来："姥爷——我来了！姥爷——我来了！"

老爷爷就这样安全地把我送到了姥爷身边。

与老爷爷分别后，我和姥爷便回家了。路上，我问姥爷："青云山上是有两条龙吗？"

姥爷笑着说："山上是有两条黄色的土龙。"

我又问这两条龙的眼是叫南方人挖去了吗？姥爷就说人们都这样传说呢！我让姥爷得闲时，领我上山去看看这两条土龙，姥爷就说："以后，我领你上五户井庄，叫你表哥背你到南坡的山根儿前去看。"于是，从这以后，我就盼着上山看土龙。

我又问姥爷："姥爷，四哥说，龙眼叫南方人挖走，咱这里风水破了，咱庄稼人的日子从那就不好过了，这是真的吗？"

姥爷就说："只要人勤快不懒，日子总是有盼头的。"

第九章

故乡的色彩是麦浪泛起的笑颜

又是一年麦收季节，姥爷开始磨镰刀，修小车，收拾拘绳，准备收割麦子。

姥姥对我说："今年节气早，估摸芒种前就能割完麦。趁天气好，早动手，抓紧收，抓紧种。收完麦就种上豆子，压上地瓜。"

一天早上，姥爷卜东湖看了看，回米对姥姥说："东沟埕那片麦子明天就可以割了，你扫扫场准备放麦。"

第二天吃完早饭，姥爷收拾好小车，带上割麦的农具，和两个帮忙的人一起，直奔东沟埕而去。我要跟着，姥姥就说："去吧，去跟着拾麦。拾的麦子卖了钱给你买布做花衣服。"

姥爷嫌我走得慢，叫我上车。我坐上小车，脚蹬前撑，手扶车的木梁，一路上高高兴兴地来到地头。

一到地头，姥爷和两个帮忙的便开始割，我就跟在后面拾。拾起来的麦棵，每攒一小抱，就放到地边。等姥爷歇脚时，我再把分散着的麦棵堆抱在一起，叫姥爷用麦秸打个腰绳，捆成捆。麦棵捆很大，我弯腰抱起来，对姥爷说："姥爷，我抱着走了。这是我拾的，不和你割的掺和。姥姥叫我抱回家各自放着。"

姥爷笑笑不说话，默许了我的做法。

于是，我抱着麦捆往家走。麦捆大，我胳膊短，手小，才一会儿工夫，麦捆就往下秃噜。我只好走几步往上措一措。我累得两腿发酸，手腕发疼，打手扣的手指也急等着要滑开。我把麦捆再向上托托，胳膊再使劲揽揽，手指再使劲扣扣。我不敢放下歇一歇，我怕把麦捆放散，抱不起来。那样，还能走得了吗。

走到水沟路，我才抬起一条腿，脚蹬路边的堐壁，用腿担着麦捆，站着歇一歇。

好不容易回了家，一进大门，我就喊："姥姥，我拾麦回来了。"

姥姥忙从锅屋出来，迎上前，接过麦捆，说："丫头真下力，拾这么多麦呀！你看，我怕鸡吃，早早搭好架子，铺上箔了。箔上面又铺了席，免得漏掉麦粒。"

姥姥把我拾的麦棵放在箔上，并散开晾晒。我坐在堂屋门口的板凳上歇着。

姥姥忙完我拾的麦子，又回锅屋，从茶罐里倒了一碗茶端给我，接着又拿煎饼要卷咸鸭蛋给我吃。我慌忙拦住，不让她把鸭蛋打碎剥皮，我要拿整个的。我把鸭蛋装进了褂布袋，拿着煎饼就走了。

我想约小反一块再去拾麦子。到小反家见到小反后，我便说："小反，我们一起去拾麦子吧？"

没等小反回话，小反她娘忙说："跟着你姐去吧，到地里好好拾。"

我叫小反也拿上煎饼，然后从布袋里掏出鸭蛋，叫小反她娘用刀切成两半。要切得一样大小，好让我和小反一人一半卷进煎饼。我们拿着卷上咸鸭蛋的煎饼，一边吃一边走，不知不觉来到了东湖地头。

我对小反说："刚才我拾的那些麦棵没捋，捆上不好抱。这回，咱把麦穗放一头，捋齐了。拾一把就用麦秸勒好，夹在胳肢窝里，满了就放到地边。拾够一大抱，咱再捆好，送回家，这样行吗？"小反表示了赞同。

　　我们走到地里，跟在割麦的后面拾。我想比小反拾得多一点，免得走在路上，人家看见，说我年龄大，却拾得少。谁知小反也不甘落后，小手拨拉拨拉地真利索。最后，我们拾得不相上下。

　　我们拾的够一抱了，我便说："小反，咱们走吧。"

　　小反不想走，还想多拾一些。我就说："割麦的又不走，咱们拾不完的，拾多拿不了。咱捆上往家送一趟，回来再拾。"

　　小反这回同意了。我们就把拾的一小堆一小堆的麦子抱在一起。小反说："咱们不会捆，怎么办啊？"

　　我说："我学姥爷那样打个腰绳，看看行不！"说着，我就学着姥爷那样，拿两小股麦棵在穗根处连上拧紧，再把两股麦棵向两边伸开。这样，做成了腰绳。

　　我和小反分别坐在麦捆两边的地上，各自拽着腰绳的一头，脚蹬麦捆使劲勒。勒紧了，小反递给我腰绳的另一头。我把腰绳的两头合成一股使劲拧，再把拧紧的扣掖进收紧的腰绳和麦捆之间。

　　捆好后，我们又都多拾一把，续进各自刚捆好的麦捆里，然后，抱起自己的麦捆，往家走。

　　路上，我们说着话拉着呱不知不觉来到水沟路头。上堰时，小反被一块石头绊倒，裤子磕破，膝盖也磕出了血。麦捆摔在地上，撒了好多麦粒。小反哇哇哭了起来。

　　路上除了我俩没有别人，我急得团团转。我急中生智般地到路边抓了一把细土按在小反的伤口上，但还是流血。我不得不又捧了一小捧细土捂上。血这才不再流了。

　　我想从我的腰带上扯下一绺布，给她包扎。我解开腰带，可是撕不动。小反还是哇哇哭个不停。我急出汗来，一抬头，看见三巴正扛着满满一筐草，从远处的堰上走过来。我急喊："三巴，快来啊，小反的腿磕破了。"

　　三巴听见喊声，拐弯向我们这边走来。三巴下了堰，走到我跟前，放下草筐，就说："你把腰带给我。"

　　我把腰带递过去。她让我扯紧腰带布的一边，她扯紧另一边。然后，她腾出另一只手，拔出她带着的镰刀在布沿上轻轻一割。我们俩一齐拽，哗啦一下，撕下一绺布条。

　　三巴给小反包扎好后，我束上腰带。三巴不顾自己的草筐，一手架小反胳膊，一手抱起小反摔在地上的麦梱，我也抱起自己的麦梱，三人一起向庄里走去。

　　走到小反家大门口，我便把麦梱放在大门口旁边的石台上，急忙进大门，来到西堂屋门口，喊一声："三舅母，小反的腿磕破了。"

　　小反娘边从堂屋往外走，边说："小丫头，怎么这么没用，拾个麦子还磕破了腿。"

　　这时，三巴架着小反也来到屋门口。三巴放开小反胳膊，把小反的麦梱放在堂屋门口的石台上。

　　小反她娘感激地问："谁把小反的腿包好的啊？"

　　三巴说："我们用小丫姑的腰带布给包上的。"

　　小反她娘就说："三巴长大了，会包伤口了，真能。你们赶紧上屋里玩玩吧，等我卷煎饼给你们吃。"

　　三巴说了句"不了，我得扛草筐去"，然后一溜烟地跑远了。我也随后走出大门，抱起麦梱向家走去。

　　走出姥爷家的小巷，向西一拐，就看到姥爷家的场已经打扫得干干净净。这是为晒麦打场做好了准备。

　　一进大门，我就告诉姥姥小反磕破腿的事。姥姥从我怀里接过麦梱，在箔上边抖落边说："你约小反下湖拾麦，你大她几岁，应该照顾好她，怎么叫她磕破了腿呢？"

　　我说："又不是我推倒的她，也不是她故意磕破的，是她不小心，被石头绊倒的，这个不能怨我吧。"我怕姥姥还批评我，就赶忙说，"三巴用我腰带上的布给小反包好了腿。我和三巴又把小反送回了家。"

　　姥姥听后，很惊讶地说："呟，三巴能办大事了。你们挺会想办法啊！这样做很好。"

　　这时，我闻到锅屋里有煎熟的小咸鱼味，就要吃煎饼卷咸鱼。姥姥说："走前刚吃完煎饼，就又饿了？"边说边去给我卷煎饼。姥姥把卷好咸鱼的煎饼递给我。我说："我要卷两条鱼。"

　　"咸鱼很咸，吃多齁着。"

　　"我要两条咸鱼，给小反送一条。"

　　姥姥明白过来，就说："丫头挺懂事，还想着去看看小反。这是好事，给她送条大的。"

　　姥姥说着，就在煎饼里又放上一条大点的鱼。我拿着煎饼一溜小跑，去了小反家。

　　我对小反说："你今天别去拾麦了，在家歇一天，明天再去吧。我姥姥听说你磕破了腿，煎的咸鱼，挑一条大的给你。叫我三舅母给你卷上煎饼吧。我走了。"

　　可小反不想留在家里，非得跟我再去拾麦不可。她娘劝也不管用。只好，我们吃着煎饼又一起走了。

　　我扶着小反。她一瘸一拐走得很慢。可到地里拾起麦来，她就来劲了。虽一瘸一拐，可忙乎得很，一会儿在这边，一会儿又走到那边，小手拨拉拨拉拾得可带劲啦。到最后我们俩又都拾了个大麦捆。正好给姥爷家割麦的人要装车运麦，我们就叫他帮忙捆好，撂到车上给捎了回来。

　　晚上吃饭时，姥爷说："咱家东湖的麦子，明天头午就割完了，咱要挪到北湖去割。明天，东湖里别人家的麦子才大溜开割，本庄还有老沂庄运麦的都走这条水沟路，大车小车的，路上很拥挤，小孩走路也不知躲，大车碾着，小车碰着，人挤倒了摔着，这些都很危险；要上北湖拾吧，又很远，来回累着。丫头，我看这个麦子咱就别拾了吧。"

一听说明天只拾一头午的麦子，我就很不高兴地说："我不，我还上东湖去拾。"

姥姥也忙着劝我说："东湖地里大溜割麦了，再去有危险，叫大人不放心。"

我不听，坚持要去东河堰拾麦子。没办法，姥爷和姥姥只得同意。姥姥嘱咐我要注意安全，还交代我不要拿人家的麦子，离人家的麦子远一点，拿人家的东西是小偷，人家看见会骂会打的。姥姥说的这些我都记在心里。

第二天吃完饭，我约小反一起去。一出南围门，路上的人就多起来。水沟路上，姥爷说得真准，大车小车，有的拉着整车麦垛往家走，也有的急急忙忙拉着空车往地里赶，熙熙攘攘，好像路上连个空身的人影都无法穿越过去。今天是庄上敲锣打鼓地招呼着人来的吗？

除本庄匆忙赶路的大人外，我还看见一些像小群和小火那么大的男孩，以及像小昌和小蜡那么大的男孩，还有老沂庄的大人和小孩们，也都上东湖割麦和拾麦来了。

水沟路两岸的小路上，挑麦的、送饭的、拿着镰刀、空着手的，也都急急忙忙，来来往往，像穿梭一样。

因为车辆太多，我和小反就不再走水沟路，而是走在了水沟路的岸上。我扶着小反尽量往庄稼地这边靠。我们既怕踩着庄稼，又怕被挤倒从岸上掉下。到桥头过桥时更拥挤，我们停下来，等车辆过完这一垛，桥上有点空了，我们才加紧过去。

到湖里一看，到处都是弯腰割麦的人，到处都是拾麦子的小孩，到处都是竖着的麦棚。车辆停在地头,牲口安静地等待,扁担和绳索横七竖八地撂在那里。

每个割麦子的人后面都跟着两三个拾麦子的小孩。落掉的麦棵,手疾眼快的小孩抢了去;手慢的刚一弯腰,麦棵就不见了,扑个空。所以得好好瞅着,一有落下的麦子,就赶紧去抢。

老沂庄一个小男孩瞅准割麦的没看见,便伸手抓了一把麦堆上的麦棵掖进胳肢窝。割麦的人会时不时直起腰,向后看看,喊一声:"拾麦的小孩,光兴拾,可不要拿啊!"又一个老沂庄的小男孩不上前去拾,光围着麦堆打转悠。他刚伸手去抓,正好被转身放麦棵的割麦人看到,割麦的人狠狠地说了他两句。那小孩红着脸离开了这块地。

我和小反说:"咱光拾,离人家的麦子远着点,免得人家赖上咱。"

快晌午了,拾麦的小孩陆陆续续地往家走,地里的人影越来越少。我和小反则加紧拾,一会儿就又拾了一小抱。我们捆成捆,抱着往家走。我腾不出手来扶小反,只好候着她,一起慢慢向前走。

刚走出地头,我们正为走路困难而犯愁呢,正碰上小火、小群和小朋他们这帮男孩,从外庄更远的地里拾麦回来,每人怀抱一个大麦捆,从东边呼呼地朝我俩这边走来。小火走近小反,夺过小反怀里的麦捆就说:"小反,让我抱吧。"小群走到我跟前也说:"小姑,我来抱吧。"

他俩各人怀抱着两个大麦捆,和他们的那一群人一起向庄里走去。我扶着小反插在人空里慢慢向家移步。

这以后,我和小反都是瞅晌午人们回家吃饭的空当,多拾一会儿,也正好让这帮男孩路过时,顺路给捎着。我们就不再担心拾多拿不动了。

又过两天,拾麦的大都到东边远处大片麦地去了。这样,我俩拾的麦子就比前几天多。一天能拾三趟五趟的。姥姥直夸我真能干。

七八天的麦收过去,一望无际的金色麦田变成了白色的麦茬地。劳力们也从地里转到场上，该干打场脱粒的活了。

我天天盼着，耐心等着姥爷能打完场，腾出场地，好打我拾的麦穗。好不容易等到姥爷打完场，垛好麦穰，我心里高兴，想着明天姥姥就可以打我拾的麦棵了。

第二天，天气晴朗。姥爷套上拖车，拉着犁和铁锨到东湖地去扶地瓜沟。姥姥则把我拾的麦棵抱到场上，抖散开，晒半天。下午，姥姥坐在场上用木棍砸麦棵。砸完，再一把一把地握住往地上摔打麦穗。然后，收拢起带糠的麦粒，用簸箕簸。簸去麦糠，剩下的麦粒整整装了一小�。姥姥说，等卖的时候再给我多添一碗两碗的。我一听，更高兴了。

等逢老沂庄集，我就可以跟着姥爷去卖我拾的麦子了。不巧，姥爷刚扶完地瓜沟，当晚就下雨。刚收完麦，正值播种，雨又下得不大不小，但一直在下。这雨真是又及时又得当。这预示着今年是个丰收年，这是庄稼人的喜事。庄稼人虽劳累在身，可乐在心里，喜在面上。你看，这个季节，农民们个个面带笑容，身穿蓑衣，头戴席荚，胳膊上挎着个筐子，筐子里装满剪好的薯秧，又冒雨到地里去栽种地瓜秧了。

我着急自己的事也没用，下雨不能赶集，即使不下雨也不能去，抢种是庄稼人的大事。我只好也披上小蓑衣头，带上席荚，跟着老爷到地里去栽地瓜秧。

我散秧，姥爷扒坑栽。姥爷夸我散秧又快又匀。姥爷这一夸，什么被雨淋啊，什么赶集的事啊，全都忘了，我只想把地瓜秧散得更匀，好不耽误姥爷的栽种。

地瓜秧栽完，雨也就停了。人们又都忙着种豆子。

种了几天豆子，姥爷有点清闲空，我就又盼起赶集的事来，开始一天一天地数着过。

终于盼到明天老沂庄逢集。夜间又下了一场小雨。幸亏我睡着了不知道，也就没有发急，天亮起床后才发现院子里的地湿乎乎的。这时，东方已升起太阳。吃完早饭，姥爷用筢子挎着我拾的麦子，领我去赶集。路上，呼吸着雨后新鲜空气，闻着泥土的清香，我蹦蹦跳跳地跟在姥爷后面，很是愉快。

路上赶集的人真多。挎篮的、挑挑的、推木车的，大概他们也是去卖新麦，卖了钱，再买一些用品或布匹吧？也许是因为这样，麦后赶集的人才会特别多的吧？

我们来到集上。先到粮市一看，卖粮食的筢子，一个挨一个，从东摆到西，总共摆了三四趟。

姥爷走到最前面一趟，靠东头，也把盛麦的筢子放在地上。他在筢子后面蹲下，等着买麦子的人来问价。我在姥爷身旁，手扶姥爷的膝盖蹲着，耐心等待。

有几个买麦子的人来回问价。可能是给的价钱便宜，姥爷舍不得卖吧，麦子总也没有卖出去。这个人问一回，姥爷不卖；那个人问一回，姥爷还是不卖。我等得着急，心想什么多几个钱少几个钱的，卖了不就行了。赶快卖了去买布吧。

我央求姥爷："姥爷，人家买麦的再来问价，给你钱咱就卖。蹲在这个地方多急人啊！"姥爷笑笑不说话。

一会儿又来了几个问价的，最后我们卖给一个卖烧饼的。定好价，过了斗，姥爷收了钱，挎上筢子，领我穿过熙熙攘攘的一道道市街，来到布市场。

布市场真大啊，有这么多卖布的。布摊有摆在架子上的，也有摆在地上的。布有各种颜色，各样的图案。

我走到这个布摊前，再走到那个布摊前，几乎看了个遍。看花了眼的我不知挑哪份。于是，我定了定神，当我重新再去挑选时，一匹布瞬间映入我的眼帘。

这匹布，白色的底上印着一束束蔷薇花。一束花中，三朵大花：一朵深红，一朵浅红，还有一朵粉红。花色明暗相间，再配上淡绿色的叶和黄色的花蕊。花束上，还有含苞待放和紧缩在绿托里正做着甜梦的花骨朵。花束周围有好多小碎花衬托。

我又看中一份裤子布。这块布，浅红色底上印着的淡黄色枣花，好像散开的星星。"星星"之间夹杂着蓝色的小樱桃。樱桃与樱桃之间，点缀着小白圈或是小黄圈。整块布色彩柔和，图案明丽，并且那些花花朵朵的，横看竖看斜看都成行。

买了这两份布，姥爷又领我买了一支糖粘、一根芝麻大糖。

到南围门后，姥爷挎着盛布的篓子回家，我手举糖粘和芝麻大糖拐弯上小反家。我迫不及待地想要带小反去我姥爷家看看我买的花布。

到小反家后，我从竹签上拨下两个糖粘给小反，又叫她娘把芝麻大糖掰一半给她。然后我俩就直奔我姥姥家。

果不其然，小反也很喜欢我的花布："这花布真好看！再逢集，我让我娘把我拾的麦子也卖了，也给我买这样的花布做衣服。"

几天之后，姥姥给我做好了花衣服，我迫不及待地穿上给小反看。小反她娘也买了一样的花布，正在给小反做呢。

等到小反穿上花衣服，村里的姑娘们也都不约而同地穿上了花衣服。各种颜色，各样的图案，新颖鲜亮。小男孩们则全是白褂蓝裤，也都个个神气十足。

小孩们在场上或路边或巷口，笑着，闹着，玩着。漂亮的衣服随风飘荡，争奇斗艳。而这个时候，家家户户的石榴树也枝繁叶茂，花开满枝，映红了整个村庄。

丰收了，大人们依旧忙碌，却都笑得合不上嘴。小麻雀落在地上凑热闹，蹦来蹦去。花喜鹊喳喳地叫着，从柳树枝飞上槐树枝，又叫喳喳地落在了椿树上。

我的童年，来不及忧伤

蝈蝈，冬天来了！
野外很冷，跟我回家吧？
这样的夜晚，
流星雨走过街巷。

而河水为什么要搬家呢，
扔下自己的孩子，
让河蚌都成了蚌壳？
多可怜啊！

井水很甜，
笆，搂过忙碌童年。
皂角在树上哗啦啦一响，
全村人就都乐了！
而忧伤又来自何方？

姥姥，你走了，
你看，我没流泪。

有你给我的，这世界再冷，

我也不觉得，

我总能长大！

黄爱席

第十章

又是一季农忙时

"姥爷，我想吃乌麦。"我对姥爷说。

姥爷说："明天我去河东堐的豆地锄草。等我耪完草，就去打豆地东边高粱地的叶子。打叶子时，给你打下乌麦炒着吃。"

第二天，天刚蒙蒙亮，姥爷穿着蓑衣头，戴着席荚，打起锄头就走。我要跟去拾草，姥爷不带我，说一会儿就回来，吃完早饭再带我去。

一直到东南晌，姥爷才回家吃饭。吃完饭，我们便一起去了豆地。

到了地头，姥爷告诉我，拾草不要踩豆棵，拾草摔土时要轻，不然会弄伤豆苗。

姥爷开始耪豆地。我先到姥爷早上耪的豆棵垅里，去拾耪下来的草。一弯腰，头戴的席荚划着了豆苗。我干脆把席荚摘下，扔到地头，然后，小心翼翼拾草，轻轻抖落掉草上的土。拾满一把就放在怀里抱着，抱满，再放到小车跟前。

晌午时，火辣辣的太阳照着。脸上的汗水流进眼里，我用胳膊擦一擦，泥土掺着汗水，抹成了泥汤。可是再热再累我也不叫苦。我和姥爷一起干活，高兴还来不及呢。再说，我拾一大堆草，没划掉一片豆叶，姥爷夸奖了我，我觉得我很厉害。

姥爷耪完地，把我拾的草装上车推到河边，再把草卸下，撩起河水给我洗头、洗脸，然后，把草一筐筐地在河水里使劲摇晃，冲去泥土，再倒在岸上控水。

我坐在水边的石头上，一边撩水洗身上的泥土，一边玩水。等姥爷把控完水的草装上车，我们爷俩一推一拉向家走去。这时，小车比姥爷推粪时轻快多了。

姥爷耪了两天的地，终于把这块豆地耪完。

第二天，姥爷要去打高粱叶了。为防虫咬，姥爷披了一件大蓑衣，戴上席笠。我也穿小蓑衣头，戴席笠。姥爷拿上绳，推着小车，我们一起向河东埝走去。

到地头，姥爷放下车，摘下席笠，对我说："高粱勒泡时需打叶。把高粱秸下半截的叶子打下，这样地里透风，高粱得风肯长，并且叶子少，省下养料，可以多供高粱长粒。打下的叶子，湿着能喂牛；晒干，铡成碎片，冬天也是喂牛的好饲料。所以，庄稼身上每一样都有用处。丫头，你个子还矮，打你能够得着的叶子吧。"

姥爷说完就走进高粱地打起叶子来。

姥爷让我打高粱叶，而我更心急如焚地想打乌麦。听姥爷说过，乌麦勒的泡和高粱勒的泡差不多，不仔细看认不出来，不过高粱勒的泡松，而乌麦勒的泡紧，肚子大，一捏绷硬。

姥爷走到南边地头一揽两行唰唰地撸着叶子往前赶。左一把，右一把，撸满一把夹在胳肢窝里，再撸。胳肢窝里夹满了，就麻利地用两三个叶子拧成腰绳捆成一个大把，放在走过的地里。很快，打完两行，又从北头一揽两行唰唰地往回打。

这些我都顾不上看，只想着打乌麦。我边向北走边仰头看穗，希望能认出乌麦。忽然看到一棵穗的勒泡很像姥爷说的乌麦：泡勒得紧，肚子也大。于是，我踮起脚，扳着秸棵慢慢向下拉，拉一下，手往上移一移。心想，可别拉断，万一不是乌麦，断了，姥爷会数落我。

我个矮，高粱秆那么高，扳着板着，扑哧一声，秸棵断了。我心里咯噔一下，吓愣了。平静片刻，赶快去扒穗，盼望扒出来的一定是乌麦。

扒开一看，不是乌麦，竟是一穗高粱泡。我又灰心又害怕，心里扑通扑通直跳，站在地里呆了一会。然后不断安慰着自己，再继续去找乌麦棵。可连续扳断四五棵都不是乌麦，都是藏在绿皮里的高粱穗。

这时，姥爷脖子上挂着两嘟噜用高粱叶拴着的乌麦，胳肢窝夹一抱叶子，唰唰地打到我跟前。他看见我扳倒的高粱棵，顿时涨红了脸，气呼呼地说："这丫头真可恶！你扳断这么多高粱棵，得打几碗高粱粒子？庄户人家种地容易吗，上粪，耕地，耙地，播种，大热天给庄稼锄草，又得钻高粱棵打叶，一直到收成，得花多少力气，流多少汗？你想想你糟蹋得，多可惜！"

我受到责怪，难过地直瘪咕嘴，实在忍不住，"哇"的一声张开嘴哭起来。我后悔没听姥爷的话，糟蹋了粮食。我难过极了，就对姥爷说："姥爷你别生气，我错了，以后我再也不糟蹋庄稼了。"

姥爷也安慰地说："好了，别哭了。你看，我给你打了这么多乌麦，赶快往地头上抱叶子吧。"

我开始从地里往地头上抱叶子。姥爷向地头上送叶子时，每只胳膊肘上夹两三捆，每只胳膊和腰间还夹三四捆。这样，很快把打下的叶子运到地头装上车，用绳揽好了。姥爷又把他打的乌麦拴在缆绳上。

我爷俩一推一拉往家走。出了地，一直到桥头，我还为折断高粱棵的事难过。过了小桥，想起吃乌麦的事，就盼着赶快到家叫姥姥给我炒乌麦吃。

到了家，姥爷在场里卸叶子。我解开拴在缆绳上的乌麦，抱着往家跑，不料，被大门外的门台石绊倒，手掌磕破了一层皮，膝盖也磕得冒血汁。我顾不得疼，爬起来，拾起地上的乌麦接着跑。一出过道，就喊："姥姥，你看，姥爷给我打了这么多乌麦。"

姥姥正在锅屋做中午饭，她转身递给我一个笊篱，叫我去剥乌麦的皮。

姥姥做好稀饭后，在锅里点上油，放上葱花，撒上盐，炒了一大盘乌麦。

姥姥说："今儿中午的菜就是乌麦，我们都吃。剩下的乌麦，晚上蒸蒸，浇上蒜泥调着吃。"

姥姥把炒好的乌麦端上饭桌。我卷着乌麦吃煎饼，乌麦真好吃啊，又面又香！

俗话说"立秋三天镰刀响"，也有的说"立秋三天，熟透庄稼"。今天一早，大门外就有人喊："齐大叔，我们上你家来找咸鸭蛋吃了。"也有人喊："大爷爷，我来找咸菜吃了。"

姥爷急忙走出门看。我也跟着出门。原来是三四个劳力上门找活干。姥爷告诉他们河东堰那块地里的高粱明天就可以割，其他地里的高粱和谷子也陆续熟了，他们可以连着干几天。姥爷说完，他们就走了。

第二天，天不亮姥姥就起来做饭。她捏了一撮茶叶放进茶罐，从锅里舀上开水泡上。我起来后，只见桌上有一盘切好的咸鸭蛋、一盘煎好的白鳞鱼、一盘辣椒炒酱麸子、一盘香油调辣菜疙瘩咸菜丝、一小黑盆粉皮熬瓠子、一盘蒜泥和麻汁调的莴苣片。这些菜，用小盖顶隔成两层，放进大提篮，上面盖好了盖子。

菜好后，姥姥又叠煎饼。姥姥说按一人六个煎饼叠。叠够了，她还叠。我就问："这不是叠够了吗。怎么还叠啊？"

姥姥说："有人吃饭，饭不剩就是不够。照数拿足，还得再多拿几个。剩了不要紧，最忌讳的是不够。人家给咱干活，咱自己不吃，也得先济着人家。人家吃饱了，才有力气干活啊。"

姥姥把叠好的煎饼用笼布包好，放进另一个小提篮里。

姥爷用勾担一头挑着茶罐，一头挑着盛菜的大提篮，姥姥又在勾担头上挂了一个用高粱梃子做成的大盖顶。就这样，姥爷去东湖给干活的送饭去了。

姥姥对我说："丫头，盛煎饼的小提篮子，你姥爷挑着挑子不好拿，你挎着送去吧。"

姥姥又放进小提篮里四个碗。于是，我挎着，跟着姥爷去了。我挎着篮子，越走越沉，两只胳膊来回倒换。走一会儿，把篮子放在地上，歇一歇。不敢歇时间长了，恐怕耽误干活的人吃饭。

紧走慢走，姥爷已经到地头，我才走到小桥头。姥爷放下饭挑子来接我。他接过篮子，我一下子轻快了，连蹦带跳来到地头。

姥爷把挂在勾担上的大盖顶平放在地上，摆上饭菜和茶水，对干活的人说："别干了，快来吃饭吧。"

这时，地里已砍倒一大片高粱。干活的人走到地头，一个一个挨着用磨刀罐子里的水洗罢手，蹲在盖顶边，拿起煎饼开始吃饭。

"齐大叔家腌的鸭蛋，不知用了什么方法，不咸也不淡，黄还淌油，真香。"

"大爷爷家腌的辣菜疙瘩咸菜和梨一样脆，甜丝丝的，还带着香味。"

"要解馋还是辣椒盐，这辣椒炒酱麸子才鲜呢！"

他们边吃边夸奖姥爷家的饭菜。你一言我一语，一会儿就吃完饭，接着又在烟枪嘴里按上烟丝，抽起烟来。抽完一袋烟起身干活。

姥爷对我说："丫头，这里有剩的饭，咱们就在这里吃吧。"姥爷这么一说，我可高兴啦。剩下的好几样菜都好吃，我得解解馋。我和姥爷蹲在盖顶前开始吃饭。我拿一个煎饼，用筷子夹一块白鳞鱼放上，择去刺卷好，吃起来。白鳞鱼又香又鲜，就是有点咸。我又去夹菜盆里的粉皮，好几次夹不起来。姥爷看见，端起盆，把粉皮几乎都拨进我的碗里，又把这大半盆瓠子菜放到我面前说："吃吧，这菜好吃。"

姥姥家只有过六月六敬老天时才做一次瓠子熬粉皮，所以，我很稀罕这菜。大半碗菜，我端着连吃带喝，一会儿就吃完了。

等我吃完，姥爷板起脸严肃地说："小丫头家，吃饭的样子要讲究，要细嚼慢咽，不能狼吞虎咽的。"

吃完饭，姥爷把剩下来的煎饼包好，放进小提篮底，又把剩菜折到两个盘里，放在煎饼上边。姥爷叫我挎着篮子回家。

下午，东湖地里的高粱棵已都被砍倒，开始往场里运。运完，姥姥也做好晚饭。干活的人吃完饭回家了。姥爷上场把高粱棵的捆腰打开，姥姥再用木杈把棵堆挑散摊匀，让高粱穗透透风，然后再垛成垛。我拿笤帚在一边扫高粱穗上掉下的高粱粒。我们一直忙到很晚才吃晚饭。

第二天，天不亮姥爷就起来扫场。姥姥做好早饭，姥爷又得去北湖，给在地里干活的人送饭。姥姥不让我去了，因为北湖远，我跟着走得慢，耽误时间。

姥爷走后，我和姥姥去摊场。姥姥用木杈挑着垛上的高粱穗一杈一杈往场上撂，我就往场的中间抱。撂完，姥姥再用杈细致地抖散摊匀，等太阳出来好晒。

吃完早饭，我和姥姥再上场挑拣饭帚苗。做饭帚的穗苗，得粒子饱满，梃子长，苗枝子还要紧凑顺溜。

我娘俩满场里拣。不一会儿就拣一大堆，摊在一边。姥姥抽空又去翻场。

中午，姥姥搬来两块平整的石头。我们戴着席荚，一把把举起拣出来的饭帚苗往石头上摔。一摔，高粱粒哗啦啦落下，也打得席荚子啪啪响，也有的打得脸生疼。每次摔，我都紧张得闭眼，恐怕高粱粒飞进眼睛里。

热辣辣的太阳照得我的头和脸直淌汗，身上就像被水泼一样，湿了一大片。

等下午姥爷一回来就得套牲口打场，天黑以前得把高粱打完收拾好，天黑以后，湖里干活的人又要向场里运来高粱。所以，我和姥姥得加紧干。

姥姥把摔好的带杆的高粱穗用绳子捆成几捆，抱到场边放好，又把两块石头搬走，再去翻场。然后，我们在过道里坐下休息。

下午，姥爷从湖地里回来打场。姥爷赶着牲口，牲口拉着碌碡，碌碡吱吱呀呀地响着。姥姥则拿杈在场里这边挑了那边撒，把堆积的高粱穗摊匀。我央求姥爷让我牵着缰绳轧场。姥爷让我缠磨得没办法，就同意了。我在姥爷身旁拽着牛缰绳，却被牛牵着大圈小圈地围着场子跑。

牛突然停下，又开腿要尿尿。姥爷急忙说："丫头牵好牛。"他赶快跑到场边，把事先准备好的一个罐碴子拿来，给牛接尿。

牛尿完尿，姥爷倒尿的一小会儿工夫，我自己牵着缰绳轧场。这时，别提我多高兴啦。我想，这样的活我都能一个人干，我可是大人了啊！

姥爷回来，把缰绳接过去对我说："丫头，你出去玩吧，你在这里耽误工夫。我得快一点，腾出场地好再放庄稼。"

我耷拉着头，不太情愿地离开场。

只听身后，姥爷大喊一声"嗬——"，接着扬鞭"啪"的一声打在牛身上。紧接着，碌碡咕噜噜的声音响得紧凑起来，碌碡廓上的橛子磨得碌碡眼也吱吱地响得厉害了。我回头看见，姥爷拽着缰绳加快脚步；姥姥围场也紧走慢跑起来，这边挑了那边匀，再把没轧到的穗子挑到正转着圈的碌碡前。

我玩了一会儿回来后，姥爷已经打完场，把牲口卸下，拴好。姥姥用杈把穗穰挑成堆。姥爷回到场里，再用杈把成堆的穰垛成大垛。我则忙着抖穰。

穰子垛好后，姥爷用推板，姥姥用木锨，把带糠的高粱粒推成堆。我下腰低头撅屁股，用一块破木锨板推着成堆的颗粒呜呜地跑，呼哧呼哧一趟，呼哧呼哧又一趟。我们三口来来回回穿梭在场上。

姥爷开始扬场。姥姥拿扫帚掠场。我用扫帚把崩出去的粒子划拉到一起。

扬完场，姥姥撑口袋，姥爷一锨一锨往里锄。装满，姥爷扛回家。姥姥又把扬场掠下来的瘪子和我扫拢来的带土的高粱粒一起扒进筻子里，再把糠堆成堆。

刚拾掇完场，给姥爷家干活的人又把北湖地里割倒的高粱穗运来。我们又和干活的一起忙着卸车。一直忙到深更半夜，我们才吃饭。

第二天，姥爷打完第二场高粱，就又从地里运回了谷子，紧接着黍子和稷子也都运回了家。

四巴家和小伟家都用姥爷家的场。四巴家运来的谷子放到场西南角，小伟家的谷子放到场东南角，我姥爷家用北半场。整个场上，一派忙碌景象。

这个时候，场上忙着，而姥姥和小伟她娘还有四巴她娘各人抱几个自家的谷捆到杏树下，围坐成圈，忙着把穗头从秸上掰下。她们边干活边拉呱。

我们小孩就凑在一起玩。我们抬来几个谷捆，围成一座尖顶屋，再留个小门。我回家抱一领蓑衣，搭在这屋顶上。在谷捆围成的屋里，我们学大人的样子做饭。破罐碴当锅，破碗碴当碗，干树枝当勺子，我到围墙根再划拉一些乱草当柴火，小伟又端着罐碴到杏树下的茶罐里倒些茶水。

我做着烧火的样子，四巴搅锅里的水，小伟把碗碴摆好准备盛饭。要下米的时候，四巴站起来，揪一个谷穗张在锅上就要两手搓粒，我急忙拦住。她愕然："小姑，怎么了？"我告诉她："姥爷说，庄稼人种粮食不容易，不能糟蹋，要爱惜。"

那用什么下锅呢？我们沉思一会，揪了一把谷叶，掐碎了撒在破罐碴里。

我继续向罐碴下续草。四巴则蹲着用干树枝搅锅里的水，嘴里不断学水开的声音，嘟囔着"咕嘟，咕嘟，咕嘟……"小伟坐地上，两手托腮，瞪着两眼准备盛饭。

过一会儿，四巴说："行了，饭熟了。"小伟急忙起身盛饭，一人一碗。凉一会儿，我们端起碗碴做着吃饭的样子。此刻，我们都有点自豪的感觉。

第十一章

田野里长出的果子，是童年悠长的回味

快割豆子了。姥姥忙着用秸莛给我编嘟篓和蝈蝈笼，还有蚂蚱拍。这些做好，等割豆时我好用。

豆子成熟，庄稼人又是一波的忙碌。一大早，姥姥就用细绳拴住嘟噜和蝈蝈笼的口沿，把它们连在一起，然后挂在我脖子上，让两个笼子耷拉在我胸前。我又挎上小竹篮，拿起蚂蚱拍，叫小反和我一起跟着姥爷下湖凑热闹。

到湖里一看，满湖地里都是人。大人弯腰割豆子；小孩扑蚂蚱，捉母蛐，逮蝈蝈，又时而互相追逐嬉戏。

小反用一根硬草秸拨拉着草丛根，我拿蚂蚱拍，发现蚂蚱就追扑。

有一种蚂蚱，我们这里叫它飞拉皇，颜色土黄，趴在地上不容易被发现。它很机警，有一点动静就飞走，而且飞得很远。我们跑着去追，追到跟前，悄悄靠近，用拍子猛一拍，逮个正着。我按拍不动，小反过去，掀开拍子，把蚂蚱捏脖拿起，掐去翅膀，放进我的嘟篓里。

再扑一个就轮到小反了。她在路边揪了一根鸡毛翎子草，把蚂蚱从脖子那儿串到草秸上。

还有一种蚂蚱叫苍拉蛺，绿色，身子比飞拉皇细长，却不像飞拉黄那么机灵。它飞不高，也飞不远，飞一下接着落地，在地上又容易被发现。所以，我们遇一个逮一个。

我们最大的收获是能逮到母蚰子。母蚰不会飞，只会蹦和爬。它和蝈蝈一样，身子是绿色，但身体比蝈蝈大。而它的尾巴却是黑褐色，像针一样。母蚰下仔时，把尾巴插进地里一动不动，我们走过去，用手捏住它的脖子就逮住了。这时候的母蚰一肚子的子，拿回家，在锅里烤熟后，一咬咯嘣咯嘣地喷香。

秋天的蚂蚱没有多大蹿头，所以比夏天时好逮。不一会儿我就逮了一嘟篓，小反也串了两串。

逮得差不多后，我和小反就赶紧跑到姥爷割豆子的地里去看姥爷给我们逮了多少。走近一看，姥爷席荚沿上已挂满一圈用草梗串起来的蚂蚱和母蚰，还挂着用豆叶包着的嫩蝈蝈。姥爷把包有蝈蝈的豆叶放进我的蝈蝈笼里。

大丰收后的我们又到还没收割的豆地里去摘马泡①和变木茄②，还准备拾一些灰包。

马泡一般长在高粱地、地瓜地或豆地里。它的秧和脆瓜秧一样，都是贴地扯秧。它的果子很圆，长成后大如山楂，成熟前绿色，成熟后黄色，像香瓜那么黄，也和香瓜一样香甜，但也有闻起来香，吃起来苦的。

变木茄的棵秧和叶子都比茄子的细小一些，但形状都差不多。夏天，变木茄的棵秧上，花开过后，结出一嘟噜一嘟噜绿色的果子。熟透的果子变成紫色，大小如豆粒，味道甜酸，虽水分不比葡萄的多，但也不像酸葡萄那样酸得焦人。变木茄味道清淡不冲，秋天，孩子们愿意拿它解馋。

———————

① 马泡：马泡瓜，是黄瓜属下的植物。
② 变木茄：野生蓝莓。

灰包类似蘑菇，但它更圆，没根，像山楂那么大小。一层灰色的薄膜里包着一腔很细的灰黑色面粉。如果谁身上被划破或割破了，捏一小撮灰包面按上，可止血消炎。所以人们割豆秧时，遇到灰包就拾起来收好。

我和小反走进豆地，小心翼翼地扒开豆棵，慢慢地往前赶，东望望西瞅瞅。我忽然看见前面有一棵扯了一大片的马泡秧，上面结满马泡。除梢上有几个青涩的外，其余的都发黄熟透了。我喊小反时，小反正一手提溜着两串蚂蚱，一手轻轻地扒拉着豆棵在仔细寻找。听我喊，她又扒拉着豆棵向我这边走来。

她把两串蚂蚱卷起放进我的篮子里。我们一人摘了一个马泡，用手擦擦上面的灰土，尝一尝味道。它的味道香甜，于是我们就开始把马泡摘进我的提篮。

摘完马泡，又开始满地里找。一会儿，小反找到一棵变木茄，喊我过去。我俩逮着变木茄的老木，一使劲连根拔出。这棵变木茄上的果子也是除梢上几嘟噜发青外，其余都是紫色熟透的了。

我想我们再找几棵马泡把篮子装满，再拔上几棵变木茄，就出豆地，坐在地边上吃个够。正想着，小反喊我过去。她又遇到一片灰包。我们拾起一个个灰包装进自己的褂兜。

我们走出豆地，坐在地边歇歇，开始享受我们的劳动果实。马泡能放住，放一个月也不坏，可以留着零碎吃，所以我们先不吃它。我们先吃变木茄上的紫粒子。变木茄粒子又小又软，没水洗，用褂子一擦就破，我们只好用手拂去浮土，再品尝这酸溜溜、甜滋滋的味道。

我们吃够后，摘下剩余的粒子，放进自己兜起的褂大襟，准备带回家。

临走时，我又给小反的蚂蚱多串了一根草秆，放回篮里的马泡上面。我一手提褂大襟的两角，一只胳膊挎篮，脖子上还挂着盛满收获的嘟噜和笼子，和小反一起找到姥爷，给姥爷打声招呼后，就向家走去。

到小反的家后，我把篮子放下，喘着粗气歇了一小会儿。小反娘从篮里拿出两串蚂蚱，放到桌上，又拿来个碗，让小反把兜着的变木茄粒倒进去，然后又拿来笊篱，把马泡分成两份。小反的娘直夸我俩能干。

我从小反家出来，一进姥爷家大门，就大声喊："姥姥，我的脖子快勒破了，快点，给我拿下来啊。"

姥姥急忙从锅屋里跑出来，说："这丫头，在湖里拾多少东西啊，累成这样？"

说着忙把挂在我脖子上的两个笼子取下，把提篮接过去，把我褂大襟里的变木茄倒进一个团筐。姥姥怕蝈蝈被豆叶包得太紧会闷死，就赶快把笼子门上的锁锥子拔下，把包着嫩蝈蝈的豆叶从蝈蝈笼里拿出，打开，捏着蝈蝈放进另一个隔有四个小空间的鸟式莲笼里。

蝈蝈解放了。房子宽敞，但它们还是急得乱蹦乱窜。我赶快跑出大门，到场东边南瓜地里摘几朵南瓜花，撕成细条塞进笼子。它们哪有心思吃呢，仍然不安分。它们是留恋无拘无束、自由自在的豆地生活吗？

可是，蝈蝈啊，你们哪里知道，秋天一过，冬天的寒霜会把你们冻直腿的。你们本应能活半年，可你们出生晚，还没长成大个，冬天就来了，你们就会立马被冻死饿死。这有多可怜啊！姥爷把你们逮到家里，是为了保护你们啊：夜晚把你们放进被窝，白天搁在怀里，姥姥还给你们准备好一冬天的美食。你们吃住不愁，想唱就唱，想玩就玩，这有多好啊！小小蝈蝈，可别东碰西撞啦，安静下来，在这里暖暖和和地过个冬天吧。

就在我安慰蝈蝈的这会儿工夫，姥姥已经把蚂蚱上锅焯好，盛到筛子里了。

姥姥说："光炒母蚰就够吃了。蚂蚱吃不着就焯好晒干碾碎放起来，冬天喂鸡喂鸭。"

姥姥给我炒了满满一碟的母蚰，又端上一碟咸鱼。这时，姥爷也满载着收获回来了。他席荚沿上的一圈全是挂着的蚂蚱串和母蚰串，而且又逮了几只嫩蝈蝈。

我赶紧让姥姥把姥爷带回来的蝈蝈从包着的豆叶里拿出，放进鸟式莛笼里。姥姥又把姥爷逮的母蛐放到枣树下石台上，用笊篱扣好。

姥姥说："今天吃不着这些母蛐，明天再炒吧"。

趁姥爷洗手的工夫，姥姥点着火又把姥爷逮的蚂蚱焯出来，盛到同一筛里，端到石磨顶上晾开。我们这才上桌吃饭。

母蛐的子咯嘣咯嘣真香。我叫姥姥和姥爷也夹着母蛐吃。姥姥夹起一个母蛐边吃边说："丫头家的，怎么就愿吃这虫虫那虫虫的呢！"

姥爷接上话茬："土生土长的虫子，小孩子吃了好，壮筋骨。"

吃完饭，涮洗完，姥姥找出一个泥瓦罐，用水刷净，再用抹布擦干，把我摘的马泡装进去。姥姥告诉我要少吃马泡，吃多了会拉肚子，再说，马泡长时间放着也不会烂掉。

我忽然想起，我褂兜里还鼓鼓囊囊装着一布袋灰包呢，就告诉了姥姥。姥姥找出往年盛灰包的带盖小黑坛，我把灰包掏进坛里。

姥姥嘱咐我："这个季节一过，地里的灰包就没有了。再下湖，遇到灰包就拾。多拾一些，一年里咱都不用到货郎挑上去买涂抹膏，也不用上药铺买药面。谁的手脚破了，捏点灰包面抹上就好。不论自己用还是别人家来找都方便。"

姥姥说完，我就带上一副石子，端起盛变木茄的小团筐出门去找伙伴们玩了。我把四巴、小伟、松巴叫到姥爷家的场里，围坐在一起吃变木茄。小伟和松巴是背着弟弟、妹妹来的，他们一边自己吃，一边捏着喂她们的弟弟妹妹。

这个季节，我和小反几乎天天下湖，每天都收获很多。我们在豆地里格外留心，遇到灰包就拾。一季下来，拾的满够大半个庄用的。我们也摘了好多马泡和变木茄，并且拿出很多送给邻居们。

一天，姥爷说："丫头，你划拉个伴，到地里去拾豆粒吧。割完豆秧，地里还有不少从豆角里掉落下的豆粒，丢了怪可惜的。”姥姥也说：“去吧，丫头，拾了豆粒，我有空就做薯头渣豆腐给你吃。”

一听又要下湖，我当然高兴，就挎上玩具篼连蹦带跳来到南门里，约小反和我一起去。她也高高兴兴地挎着一个小提篮，和我一起去了河东堐姥爷家的豆地。

到河东堐一看，湖地里大变样。空荡荡的田野上，成熟的庄稼已被运回了家，种下的小麦还没露青，除远处一层树影遮挡着村庄，一望无际的田野，只有零星的几个人在裸露的大地上拉着大筢搂草。

我比小反大。和她在一起，不论干什么活，我都想多干一些，把她落下。而她每次，也好像有意要和我比试。她手疾眼快，干活利索，拾起豆粒来，手像穿梭，将一把一把的豆粒放进了篮里。

我们正拾着，稍门里的三巴用筢扛着个筐头走来。她走近了说：“小丫姑，我帮您拾。”

于是她放下筢和筐，和我们一起忙活。

忽然，从我身旁的小洼坑里蹿出一样东西，嗖地一下跑了。我吓得“啊”了一声，坐在了地上。小反站起来愣了神。三巴反应快，猛地起身拿起筢子，边喊“兔子，快逮兔子”，边跑着去追。

这时，湖里有几个拉大筢的外庄人也去追兔子。有的用筢扑，有的脱下鞋砸，还有的跑到路旁捡起石块向兔子投去。我和小反也反应过来，一起追着去看。

兔子拼命跑，而人们无论如何也不放过它。兔子终于跑不动了，穷追不舍的人们围圈堵住。兔子急得又使出最后一点力气，东闯西撞，上蹿下跳。最后，兔子不行了，一个外庄人趁机用一块石头把兔子砸瘫。

这个外庄人赶快跑过去，拾起兔子高高举起，骄傲地喊：“我逮着了，我逮着了！”

看着兔子，我心里很难受。地里收拾完庄稼，兔子没有了藏身的地方，已经够可怜了，现在连命也没保住。

要是我能逮着，那就好了，把它带回家，养起来，或者叫姥爷把它放进筐里，背上山，再送进山洞或石塘，让人们看不见它。可惜我逮不着。要是三巴逮着也好啊，我就问三巴要过来。

没逮着兔子的人们白跑一阵，像泄气的皮球，失望地往回走。三巴追出去老远又回来，累得张口喘粗气。她迎上我说："兔子让人家逮去了。等再遇到，我非追上逮着给你不可，叫你姥姥给你做兔肉丸子吃。我听人家说，兔肉丸子可好吃了。"

我就说："姥姥家不吃兔肉，我看见剥兔子的就呕。三巴，如果我们再遇见兔子就叫它跑掉，可别喊了。你看，这兔子叫人砸死多可怜啊！"

三巴双眼忽闪一下，说："就是呢，小丫姑，我听你这么说，心里也怪难受的。"小反也伤心地说："姐姐，看人家把兔子砸死，我都哭出声来了，这兔子真可怜啊！"

小反说着，眼泪吧嗒吧嗒掉下来。这时，我们谁也不吱声了，只呆着脸默默地往前走。走到我们拾豆子的那块地，又捡了几把豆粒后，我们开始替三巴拾柴火。

三巴拉笆，在豆地里来回搂草。我和小反上坑洼处或刨完地瓜的地沟里，还有路沿上，去收敛被风旋在一起的豆叶和草秸。

我和小反腿快，手又麻利，呼呼地跑这跑那，像小老鼠搬家一样，收敛一抱又一抱，送回一趟又一趟。三巴也是一趟一趟地从笆上卸下柴火。

不一会儿工夫就堆起了一大堆柴火。我和小反帮三巴把柴火搂进筐，装好。三巴背起筐，我和小反各自挎着已盛满豆粒的小篮，一起走在回庄的路上。

到家，我把拾到的豆粒倒进碗里一量，足有两平碗。姥姥高兴地说："丫头手真快当，一头午就拾了两碗豆粒。吃完晌午饭就别再下湖了，在家歇歇吧。"

第二天，我和小反下湖后，又与三巴碰伙一起拾豆子，搂柴火。

这样干了两天，豆地里光光滑滑，连豆荏子都没有了。湖地里拉大筢搂柴火的人也越来越少。

三巴说："明天，我不来这湖了，我上山刨狗皮毡子草去。你们俩也别来了，湖里没人，怪吓人的。"

从那以后，我就没再下过湖。

第十二章

姥爷姥姥的忙碌和一缕萦绕心头的凄凉

"姥姥，你哪天做薯头渣豆腐啊？小伟家还有四巴家都天天吃薯头渣豆腐，咱们家还没吃过一回呢。"我问姥姥。

薯头渣豆腐就是用带渣的豆浆掺上嫩薯秧头熬煮，而做成的一道菜。

姥姥说："场里的活还没拾掇完，这几天没空，等一有空我就做。"

一天，吃完早饭，我看见姥姥簸薯秧头，簸完后倒进盆里用水泡上，然后再簸豆子，簸完的豆子也用水泡上。我知道姥姥晚上要做薯头子渣豆腐了，心里很高兴。

下午，太阳还老高，姥姥就开始淘薯秧头，再刷洗小拐磨，磨豆子。磨完，拾掇好，把淘好的薯秧头和带着豆渣的豆浆一起倒进锅里，开始生火烧锅。

我等得发急，出去玩了一会儿，回来后，姥姥把大半碗渣豆腐放在了锅屋的饭桌上。我在锅屋门外就闻到了扑鼻的鲜香味，急不可待地来到饭桌前，趴在桌上就去吞碗里的渣豆腐。姥爷正从院子里走进锅屋，看我这样，板起脸，瞅着我大声吵起来："小丫头家是怎样吃饭的！你看见谁这样吃饭？"

姥姥就说："小孩没吃过的，头回吃欣幸，她爱怎么吃就怎么吃吧。小孩子吃着饭别吵她。"

姥爷不听，还是一个劲吵我。

姥姥又顶他一句："你不嫌吵得孩子可怜啊！"

姥爷接上茬说："小孩子不管教能行吗，看你把孩子都惯成啥样了？"

你一句我一句的，越吵越厉害，以致后来，姥爷竟开始动手打我姥姥。姥姥开口骂道："你这个老鬼不嫌吵得孩子可怜，你就使劲吵！"

姥姥骂，姥爷就打姥姥，姥姥抓闹着向门外退。这样，从锅屋一直打退到堂屋门前的迎路上。

我从没见过姥爷发这么大脾气，更没见过姥爷和姥姥打仗，别说打仗，就是吵嘴都没见过，所以，吓得我心扑通扑通乱跳，浑身打战。我哇哇大哭，喊着："姥爷别打了，姥爷别打了。"

打到门口，姥爷竟薅着姥姥的头发，把姥姥拉倒，骑在了姥姥的身上。我想，这会把我姥姥打死的。我边哇哇大哭，边呼地一下趴在姥姥身上，用身体护着姥姥。姥爷却戗着茬拽着姥姥的头发向堂屋拉。

这时，在过道里挨号春碓的人听见，边喊边朝院子里跑来。

小伟她大嫂喊："小姑，赶快起来。"

四巴她娘把我从姥姥身上抱下，说："小妹妹你憨吗？你趴在姥姥身上，你姥爷拽你姥姥的头发，她不更疼？"

众人连拉带拥让姥爷出了大门。人们又把姥姥扶起，架到堂屋坐下，安慰了她一会儿，就都回去挨号春碓了。

姥姥呆呆地坐在坐床上，憋得喘不开气，脸上显得很悲伤凄凉的样子，不吱声，直掉泪。我站着愣愣地依偎在姥姥怀里，心里空荡荡的，什么也想不起来，吃渣豆腐的兴致荡然无存。

第二天早上鸡叫头遍时，姥爷照常用锨撅着粪筐到庄外拾粪。

天刚蒙蒙亮，姥姥起来给我擀面条，然后烧水。水开了，姥姥在碗里打上个鸡蛋搅拌好，舀上开水冲好鸡蛋茶，再向鸡蛋茶里浇一汤匙蜂蜜。然后，在开水里下上面条，又去舂好蒜，滴上香油调好蒜泥，最后，把煮好的面条盛到碗里，拌上蒜泥。

我开始吃面条。姥姥开始喝鸡蛋茶。

姥姥有慢性支气管炎，早上起来会不停口地咳嗽，有时会憋得喘不上气，所以早上起床后常喝点儿汤水，泡泡嗓子，缓过气来才能干活。

吃过早饭，姥姥潦潦草草地拾掇一下，锁上大门，把钥匙放在大门头上，就领我上桥西头庄我老姥姥家去了。

老姥姥家的庄在房庄北边，与姥爷家相隔七八里路。我们到了老姥姥家，她们还没吃早饭。

我和姥姥一进大门，老姥姥一家人忙着把我娘俩迎进堂屋。姥姥坐下就诉苦，老姥姥就责怪姥姥说："小孩就得管教，不管教，怎么成人？别太惯孩子了。"

舅姥娘也说："小孩，疼是疼，但是也得管，你也别太护着她。"

我大舅、二舅和我小姨他们与我年龄相仿。这时，他们都站在屋当门里听。我知道这些人在说我，所以我觉得怪丢人的，很后悔，心里难过极了，恨不得有个地缝钻进去。

这个说一段，那个说几句，没有替姥姥说理的，把姥姥说得不掉泪了，看样子也不那么伤心了。

听姥姥说，姥姥的娘家是个大家庭，光我老姥爷就弟兄八个。我老姥爷排行老八，年轻时就去世了，撇下老姥姥还有我姥姥和我舅姥爷姐弟俩。老姥姥领着他们过日子，把姐弟俩拉扯大：女儿出嫁，儿子也娶了媳妇，生了俩儿一女。老姥姥家的土地不少，舅姥爷又是木工，日子过得还算殷实。只是，后来老天不贪恋人，我舅姥爷得了不治之症——肺痈，年龄不到四十就去世了，撇下老少三辈，让他们孤儿寡母地过日子。不过我几个老姥爷都很团结，对我老姥姥一家很照顾。

听说我们来了，本家的就都过来问好。屋子里挤满了人。几个老姥姥都争着让我们去她们家住几天。

我舅姥娘就说："今天哪也不去了，就在家里吧。要是不走的话，明天开始轮着各家住吧。"

中午，舅姥娘又是炒鸡、烙饼，又是熬小米绿豆稀饭的。舅姥娘还单独给我和小姨各盛了一小碟没放辣椒的炒鸡。我和小姨就着鸡肉吃饼。舅姥娘烙的饼一层一层的，夹层里有盐、葱花和花椒面，吃起来喷香。

舅姥娘给我和小姨盛的鸡块，都是肉多离骨又好嚼。用酱炒的鸡肉，趁着酱味，又有种特别新鲜的味道。

第二天早上，舅姥娘熬好地瓜糊涂。我和小姨、大舅和二舅在院子里围着磨台吃饭。大人们在堂屋饭桌前吃。舅姥娘给我和小姨每人撕一块煎饼卷上虾皮。我们边吃煎饼边喝糊涂。吃着吃着，我的牙突然疼起来，禁不住把嘴里的煎饼吐出来。一看，我嘴里竟出血了。

舅姥娘赶快从堂屋出来。她一看，是掉了一颗门牙。我一听掉牙了，吓得哭起来。这时，在堂屋吃饭的姥姥和老姥姥也出来了，她们都说不要紧。

我老姥姥说："小孩到了年龄都要掉奶牙。等再长出新牙，就不怕吃煎饼了。"

这时，我小姨连蹦带跳地拍着巴掌喊："小豁牙吃年糕，越咬越长，咬不断。小豁牙吃年糕，越咬越长，咬不断。"我追着想要打她，但追不上，她就喊得更欢，我就更生气，也就哭得更厉害了。小姨和我同年生人，她是六月生日，我是十月生日。她比我长得高一些。

舅姥娘在我身后追我，边追边说："丫头，你小姨逗你玩，不要紧的，别和她一般见识。"

舅姥娘追上我，一把抓住我手，领我到堂屋门前。大舅用水瓢舀水给我漱口。二舅用小木棒拨拉着，在我吐的饭里找到那颗牙。舅姥娘说掉的是上门牙，得扔到屋顶。她就从二舅手里接过那颗牙扔到屋顶上。舅姥娘还说要是底牙掉了，就要扔到阳沟口里。

一阵忙乎过后，一家人又恢复了平静。舅姥娘又给我和小姨每人煮了一个绿皮咸鸭蛋，撇了一碗糊涂汤，让我用糊涂汤泡煎饼就着鸭蛋吃，说这样就好咬了。

刚吃完早饭，姥爷就推着独轮小木车来了，要接我们回去。老姥姥一家人，还有本家的几个老姥姥、舅姥娘和一些年轻人也陆续过来送我们。她们一直送到庄头。

一路上，我们仨谁也没有说话。我看着姥爷，脑子里又闪现出姥爷和姥姥打仗的画面，感到堵得心疼。

到家后，姥爷把车推进去放好，径直走进锅屋，掀开锅盖端出一碗渣豆腐，说："丫头，我给你留了一碗渣豆腐，恐怕变味，又熘了一遍。中午叫你姥姥放上葱花，用点油炒炒吃。"说完，他就出去干活了。顿时，一股暖流袭击我全身。姥姥和姥爷是多么疼我啊！

可是，姥爷给我留的这碗渣豆腐，再也没有提起我的兴趣和贪恋。我心里是无尽的后悔，还有一种从没有过的忧伤：是对姥姥和姥爷无限依恋的感情，还是现在微微萌发出的凄凉的感觉，年纪小小的我又怎么能说得清楚呢？

秋收完，庄户人该歇歇了吧？可姥爷和姥姥还是从早忙到晚，从来没有闲着的时候。每天鸡叫头遍，姥爷就起来拾粪，一早晨拾三趟，每趟都拾满满一粪筐。白天，姥爷就开始整理积攒在南屋北墙外墙根前的木头、树枝和树墩：

大的成用的用锯或斧头修整好,等空闲时,装上牛车,拉到煤窑换煤炭,换回的煤炭,冬天有时就用来生火做饭或取暖;不成用的,就锯成短木棍,再用斧头劈成小木块,等冬天特别冷时,用这些小木块在铁火盆里生火取暖。

而树墩,大都需要用镢头劈。劈树墩可不容易。一个大树墩一人搬不动,姥爷就把它一点一点磨到空地上,然后用镢头顺着年轮纹转着圈劈。每当高高抡起的镢头劈向树墩,姥爷的胸腔内都会发出一声闷响。一个大的树墩得两三天才能劈完。阴历十月的天气,人们穿棉袄棉裤还嫌冻得慌,而姥爷都七十岁的人了,竟穿着单褂还热得满头大汗。

十几天,姥爷终于把四五个树墩劈完。然后,他把这些劈好的木块层层摞上,用破席子和破蓑衣盖好,免得下雨淋湿腐烂。

收拾完,姥爷再把事先留下的合适的小木棍锯成几截,给我做了几个转转牛。

姥爷给我做的这些转转牛,有大有小。每个转转牛的底尖都镶有一粒铁砂,顶面贴上红纸或绿纸。贴有彩色纸的转转牛,转起来很好看。冬天冰封河面,我和小伙伴们就在冰面上玩转转牛。

拾掇完木头,开始打麻捻子。打麻捻子得用捻砣。

姥爷站着或坐在高凳上,一团麻往胳膊上一搭,再把一绺麻系在砣勾上,一只手提砣系,另一只手抓着砣使劲一发。砣子转起来,就把麻拧成了麻捻子。然后,姥爷不断续麻。这样,边拧,捻子边往前延长。

麻捻子,用来扎笤帚或者饭帚。姥爷把姥姥早已扎好捆的带杆的高粱穗穰提到院子里,拆开,用水淋湿,再拿出扎饭帚和笤帚的工具,就开始干了。

姥爷把一根长木橛揳进院子里的地上,再用一根短绳,一头拴在橛上,另一头挂住姥爷的腰带。姥爷坐在板凳上,手拿这根短绳缠紧一把高粱穗穰的杆,脚蹬木橛,身子使劲后挣。身子越往后挣,苗把就被绳子勒得越紧,直到勒出沟。用麻捻在勒出的沟里缠上两道，系结实，再用弯刀的尖把多出来的麻捻头掖进勒紧的莛子缝里。这样，在苗把上从上到下接连勒几道沟，系几道麻绳，饭帚就扎完了。

我在一边看着，觉着自己也行，于是叫姥爷起来，换成我干。

姥爷很不耐烦地说："小丫头家不学这个，出去找小伙伴玩去吧。"

姥姥却在一边说："再揳个橛子，拴上绳子让她学。学到手里的就是活。艺多不压人。"

于是，姥爷解下腰上绳子的挂钩，起身到西屋找来木橛和绳子，在紧靠他干活的地方揳下木橛，拴好绳子，再把绳子的另一头系在我腰上，又给我找个小板凳让我坐下。我拿一把秫穗，开始忙活。

可是我使足了劲，苗把上也勒不出沟。

姥爷见状就说："你手小没劲，身子也没劲，很难勒紧饭帚苗的。你拿一小把苗试一试吧。"

我心里紧张，怕扎不好姥爷就不让我干了。我按姥爷说的，换成小把的穗苗，再使一使劲。总算扎成了第一把饭帚。

扎完饭帚又开始扎笤帚。扎笤帚可没扎饭帚那么简单。笤帚把长，勒紧一截黍子秫莛后，要续长好几次。每次都要接好茬固定结实。而扫帚下端叶形处的工艺也更复杂。

我扎得不像样，里出外拐，歪歪扭扭，可也扎到一块了。姥姥看了看，说："扎上就好。一把生，两把熟，三把就不用请教师傅了。"

姥爷又手把手教我一会儿。我按姥爷说的方法去扎，扎出来的笤帚果然好多了。

姥姥夸奖我："丫头学什么像什么，你看嘛，扎的笤帚平整多了，弯乎得也很像样。丫头好好学，等你姥爷年纪大了，咱也不缺饭帚和笤帚用。"

经姥姥这么一夸，我劲头更大了。老狸猫也从大门外匆匆跑来，蹲在我跟前，看我干活。看了一会儿它就开始动手，用前爪抓挠苗子，又想扒拉我手。老黄狗也懒洋洋地走来，它或许守夜熬眼了，刚睡醒。

老狸猫看见老黄狗走来，就龇牙咧嘴地向黄狗吼了几声。老黄狗瞥它一眼，径直走到姥爷跟前蹲下，看姥爷干活。安安静静的老黄狗，就像是姥爷的老朋友。

我扎的这些，姥爷又用弯刀一把把地给修整一番。除留出几把准备当前用外，其余的，姥爷用绳子把饭帚和笤帚各捆一捆，都挂在了西屋墙的橛子上。

我扎的饭帚，锅台上放一把，堂屋炉台上放一把，过道石碓臼的边沿上再放一把。西里间，我们睡觉的床头桌上，放一把我扎的笤帚，用来扫床。

我心里特别高兴，并且也很自豪，觉着学会了一种大活，做了一件大事。

傍晚，有邻居到姥爷家过道里挨号舂碓，看见石臼沿上放着的新饭帚，问明是我扎的，就夸奖我。而姥爷却叹一口气，脸色阴沉，好像心里不是滋味，没有说话就走了出去。

姥爷总是放下笆子拿扫帚，一年四季不闲着。入冬，按说该清闲一会儿，遛遛弯，或是到庄的南门外墙根下晒晒太阳，和老头们一起聊聊天吧。可是他又搬出夏末秋初时沤的麻秆，开始剥麻。这样，我又跟着姥爷天天学剥麻。

忙完秋收，姥姥在西屋门前支上锅，把春天时我偷着喂的那些病蚕、赖蚕拾掇拾掇全倒进锅里，放上水和碱面，盖上锅盖，生火熬煮。一直煮到茧非常柔软，再停火焖到水不烫手。趁焖茧工夫，姥姥用我的小玩具筢子装上豆粒，让我放到煮茧的锅前，又让我拿来鞋筐。锅里的水凉得差不多了，姥姥搬来小板凳坐下，开始拔丝。

我也搬个板凳坐在一边看。看一会儿，觉得拔丝很容易，只不过一手抓茧，另一手往外拽。于是，我让姥姥让开，我来拔。姥姥不让，说看着容易做着难，还说我手小，抽不动丝。但姥姥拗不过我，只好起来，把地方让给我。

姥姥告诉我："抽丝时不能急，要沉下心。这样才能抽出粗细一样的丝。用这样的丝织出的布才厚薄均匀。"

我急着下手捞茧拔丝，姥姥的话，哪能听得进去。当右手插进锅里，抓起一把茧时，我心里发慌，手打着哆嗦，深一下浅一下的。拔出的丝，粗一段细一段。粗的就像疙瘩，细的又像头发丝。

锅里的水快凉了。姥姥又向锅底续一把柴火，拉一拉风箱，火又旺了起来。姥姥等得着急，就说："丫头，起来吧，别耽误工夫。天不早了，让我拔。等你大大，这些活，自然会教给你的。"

我只好起身，让座给姥姥。姥姥一手抓茧，一手抽丝，手轻巧地挥舞着。我只看见她的手来回地向鞋筐里撩，却看不清丝线落筐。

姥姥抽一层丝，我就向筐里撒一把豆粒。这样，免得线乱缠，纠成疙瘩，解不开。姥姥抽得快，我撒得也快。水凉了，就再续把火，把水烧热，继续抽。

这样干了大半天，剩下的不上手的茧，抽不出丝来，姥姥就用笊篱捞出，倒进筛里晾上，等以后闲时，再撕一撕，套在秫秸莛上捻成线，染上各种颜色，给我割花鞋、做扎头绳用。

下午，姥姥搬出纺线车，再拿一把秫秸棵，用剪子剪成三寸来长的几个小段。先拿一段秫秸套在纺车轴上，开始摇动纺轮，把鞋筐里的丝线往车轴的秫秸段上纺成穗子。纺满一个大穗，卸下，再套上另一段秫秸，再纺。最后，纺了大半鞋筐线穗，我端都端不动。这些是我养蚕的收获，看着姥姥高兴的样子，我心里也非常满足。

我想，等过了年，不忙时，就把这些纺好的丝线，送到外庄有织布机的人家，给织成布。用这布给姥爷做一套短裤短褂，夏天时，再用树上掉下来的青柿子把它擦成夏布。这样的衣服，穿在身上不沾皮肤，也很凉快。

第十三章

冬季趣事

阴历十月底，姥爷家堂屋门前西侧的菊花争奇斗艳，一片金黄，缕缕清香袭人；鸡窝北头，西屋南门旁，成片的一串红，如串串火苗；大盆里的麦苗也已长高，已绿油油的了。深秋，是花谢叶落的季节，而姥爷的家院，依然充满生机。

那些小蝈蝈，现已长大，姥姥把它们从笼里挪到温暖的新家——开了八个小窗户的葫芦头里。葫芦头上有门，能打开也能关上。我们每天给蝈蝈续一两次新鲜菜叶。平时，把葫芦头放进被窝，有时，姥爷和姥姥还会揣在怀里。

再过几天，堂屋里生上火，姥姥就把温罐刷干净，装水，在炉上保温。然后，拿来刚下的五个鸡蛋、两个鸭蛋，放进温罐热乎乎的水里。二十天后，姥姥把铺有麦穰的席笼子放在炉台上烤热乎，从温罐里捞出鸡蛋，用干布擦干后放进席笼，再用小破棉被盖好。过几天，鸡蛋壳上就有了白点，壳里还会传出咯嘣咯嘣的响声。姥姥说这是里面的小鸡在啄蛋壳，啄破蛋壳，它们就钻出来了。

我搬个小板凳坐在炉台边，把小席笼放在腿上，掀开小被子的一角，想看看小鸡是怎么出壳的。

里面的雏鸡先把蛋壳啄透，露出尖尖的小嘴，再用身体不断地向外撑，直把蛋壳撑裂一条缝后，攒足力量，使劲一挣，蛋壳裂成两半，雏鸡出壳。这时，小鸡唧唧叫，头和身子挣扎着、试探着往上挺，最后，铆足劲忽地一下站了起来！这是一只小黄鸡，毛茸茸的，像小毛球，惹人喜爱。眨眼工夫，又有一只火红色的小鸡脱壳而出。

傍晚，五只小鸡都出壳了。姥姥轻捧小鸡放进一个垫有破席头的小筐，撒上蒸熟的小米。小鸡就低头撅屁股，争先恐后蹦着去啄米粒吃。

姥姥又在席笼里铺了一层旧棉花，把吃饱了的小鸡逮回席笼，再用小破被裹好，放上炉台，让它们取暖。

第二十八天，一对小鸭又破壳而出。它们扁嘴，长着一对小蹼脚，黄腾腾、软乎乎的绒毛。把小鸭放在盆里的温水上，小鸭就游来游去，一会儿钻进水里，一会儿又浮出水面，连甩头带摇尾。它俩争着抢着去吃我放进去的煎饼碎片。吃饱，就浮在水面上一动不动。这是累了，还是想睡觉呢？姥姥把它们捧进筐里，盖好，让它们休息。

虽是寒气逼人的季节，街上也冷冷清清，而姥爷家里却热闹有趣，洋溢着温暖。此刻，姥爷脸上皱纹舒展，露出笑容。庄户人家的日子，难也有，苦也有，但忧愁、贫苦、孤独、劳累似乎都被劳动的快乐冲散得荡然无存。

等到天上无云，地上无风，太阳高照的时候，姥爷、姥姥就把种着麦苗的大盆抬到堂屋门口，敞着门给麦苗晒太阳。手闲时，姥爷、姥姥就剥麻，一边再忙着照顾那些小动物。姥姥先把蝈蝈放进麦盆，蝈蝈就一边吃麦苗，一边"吱咯——吱咯——"地叫，声音响亮清脆。等蝈蝈吃饱，晒完太阳，再把它们装进葫芦头，放回原处。姥姥再把小鸡、小鸭放进麦盆，让它们边吃麦苗边玩耍。可它们一进盆，就无所顾忌，撒起欢来，又是扑扇翅膀，又是伸懒腿，然后相互追逐。特别是小鸭，笨手笨脚跑不动，一出来就扑扇翅膀，摇摇摆摆，把麦苗都扑踏倒了。等欢够了，小鸡和小鸭才开始吃盆里的麦苗。

有时候，我的伙伴们会来我家看这些小动物。她们感到很稀奇。看完，我们就围着炉子烤火。这时，姥爷会放下手里的麻秆，起身，先燃起火盆，再到西屋的檐下，摘一瓣玉米棒子，让我们搓粒。我们知道姥爷要给我们炸玉米花吃，就高兴得接过棒子，开始搓粒。

玉米粒在晒干了的玉米棒上很结实，我们搓不下来，姥爷就给我们搓开个头，再让我们在小木板上搓。我们还是搓得很慢。姥爷干脆不剥麻了，拿个板凳坐下，自己在小木板上搓，一会儿就搓下一干瓢玉米粒。

姥爷把玉米粒埋进火盆刚着完火的木炭里。一会儿，火盆里便噼里啪啦响起来，这里崩出个粒，那里又炸出一朵花。眨眼工夫，玉米花就开满了整个火盆。

姥爷忙着用火钳往干瓢里夹。要是夹晚的话，玉米花会冒一股儿黑烟，着火的。我们从干瓢里一个一个地捏着吃，一嚼又香又脆。

乡邻们常来姥姥家坐坐，像南园的大嫂子、北门里的胖三舅母、井台上的小跟她娘。

听姥姥说，南园大嫂嫁过来不久，男人病死，撇下她自己一个人过；北门里胖三舅母，眼前也无儿无女；俗话说"嫁出的女儿泼出的水"，小跟的两个姐姐都嫁到了外庄，很少回娘家，所以家里也有些冷清。她们和我姥姥一样，忙里忙外，春天养蚕，即使冬天拾掇完，串串门，拉拉呱，手里也要提着线砣子捻丝线。

不过，数姥姥活计好，有耐心。姥姥嫁接的青盖柿子树，结的柿子又大又甜；另一棵树上的牛心柿熟了后，焦黄焦黄的，也又大又甜，而且柿子仁，嚼起来格外脆生，晒成的柿饼就更好吃了。平时，姥姥也会端出一些柿饼或其他零食之类的让乡邻们品尝。

姥姥有心劲儿，整天这样忙活着，总想把日子过好，家里也总是热热闹闹的，她哪有时间想不痛快的事呢！

姥爷的外庄朋友也会相互约好，在农闲时，趁赶册山集，推着小车，一起来姥爷家坐坐，拉拉农事家事。中滩的孟姥爷，常旺的韩姥爷，他们家里殷实，日子过得还算富裕。孟姥爷河滩上有果园，还有四五十亩地。韩姥爷家里也有十几亩地，还开着酱油铺子，自己还会压榨花生油和香油。秋天，姥爷收成来的花生和芝麻，都是让韩姥爷给加工成花生油和香油的。

孟姥爷来时，常带一布袋水果，其中有平时给姥姥压咳嗽的梨，而我最愿意吃孟姥爷送来的山楂；韩姥爷常送来一嘟噜酱油和一嘟噜醋。姥姥说他们送来的足够我们吃到过年。

春天的时候，姥爷会泡一坛药酒。泡好后，姥爷下地劳作时常带上一小壶，中午在地里吃饭，就喝上一盅两盅的，解乏。孟姥爷和韩姥爷这次来，姥姥炒了一盘鸡蛋，煎了一碟咸鱼，切了一盘自家制作的松花蛋以及摆了一碟生辣疙瘩咸菜，然后再摆上一壶姥爷泡的这药酒。

姥姥说："你们喝酒就当个引子，主要是借酒拉呱解闷，让心里敞快敞快。"

韩姥爷夹起一瓣松花蛋送到嘴里，对着我姥爷说："大哥的活好，今年雨水又可以，您家有个好收成是必然的。"姥爷则夸奖孟姥爷说："看看老孟家的菜园，几个庄里任谁家都赶不上。人家种不出的瓜菜老孟就能护着长好。"

寒暄捧场之后，几盅酒下肚，一阵沉默。

孟姥爷叹口气，摇头说："大哥你说，咱少儿缺女，老了怎么办？俺想收养个四五岁到八九岁的小男孩，养到十五六就能帮帮俺。太小的孩子，没等养大咱就老了。"

姥爷接着说："我早有这打算，给你嫂子商量几回，她不同意，恐怕孩子长大了落麻烦。她觉得眼前有这么个丫头闹腾着就行了。"

韩姥爷平声慢气地接上话茬："要说咱们的日子过得还算可以，就是公饷太多。一年辛辛苦苦种的粮食，还不够他们搜刮的。家里添人口吃饭，日子就过得紧巴。可眼前没人手也不行！我也想领个小男孩，等长大了也能帮替帮替。如果咱实心实意疼他，他也不会变心吧。"

一提到公饷，姥爷就说："小日本快作到头了，秋天的蚂蚱还能蹬踏几天？看看那些汉奸还敢不敢狗仗人势！"

酒慢慢饮，话慢慢聊，似乎一年的辛苦和满足，一年的喜悦和苦闷，只有在这场酒里释放出来，才能轻轻松松地迎接来年。

韩姥爷和孟姥爷临走，姥爷掀开萝卜窖，给每人拾了一筐萝卜，又抱了几棵大白菜，放在他们各自的小推车上，再给每人一嘟噜自家泡的药酒。姥姥还拿了一些大红干枣给他们。

故乡河

命运，在谁的遭遇里长大。

冬天太冷，路过家门，谁能把心暖透？

高粱在地里结穗，蝈蝈叫醒夏天。

童年记忆留在了瓜棚。

山上的庙，庙里的王母娘娘，

果实累累的家园。

姥姥一死，大花猫出走，

老黄狗守住悲凉。

扶着脚脖号啕的奶奶，

像仰天抒怀，嬉笑怒骂。

夜，捱过这段路，再过个桥，

天就蒙蒙亮了。

姥爷的一生，用一袋旱烟点亮黎明，

然后，走向土地，

耕一架犁，把仁慈和坚韧

翻作一生的波涛。

今晚，是前生还是来世？
我从故事情节里走来，
沿一种娓娓道来，溯流而上，
去寻找故乡河的源头。

黄爱席

第十四章

家是浓浓的乡情

我正在屋里烤火吃玉米花，忽然听到屋后街上有人喊："封河了，滑冰去了！"

我放下盛玉米花的干瓢就往外跑。跑到大街上一看，西头和东头的大男孩们都已在街上。他们还在大声地吆喝着。

我急忙跑回家，拿起鞭子，挎起装有转转牛的小玩具篓，就又跑回大街。我准备去叫我的那些伙伴，可一看，小伟、四巴、松巴、柳巴她们都早已拿着鞭子和转转牛来到街上。天冷，她们冻得直跺脚。

一会儿工夫，又聚来了几个小孩。我们齐刷刷向东河方向跑去。跑到南围门里的时候，小反正袖着手站在那里，两只胳膊抱着鞭子，转转牛躺在地上。我们到了，她拿起转转牛就随我们跑起来。

我们来到河的冰面上。大一点的男孩开始从西涯向东涯滑去；我们小一点的却只顾袖着手看着他们。

冰面不滑，小群就喊："先开一条滑冰道。我们一直滑到东岸去！"然后，大家齐声喊："开道的来了，使劲滑啊，向东岸进军！"

　　大壮和他弟弟一冬天没出门，听说封河了，也急乎乎跑来。他俩都是上身穿一件又破又小的撅屁股袄，下身穿一条破旧的灯笼裤。他俩冻得脸发紫，浑身打哆嗦，却两手抱着膀子，随大伙猛跑猛滑。

　　等滑开一条顺溜冰道，大家就滑得更快了。一条冰道拥挤，就又开一条新冰道。这回他们拉长趟子助跑。猛跑一段路，张开臂膀，一口气就滑到了对岸。

　　滑一阵，不但不冷了，额头上还冒出了汗珠，只是手还冻得发紫。他们每当滑到岸边，就两手猛搓，再齐声喊："冲啊！"就又一气滑到对岸。

　　这时，我们看热闹的冻得浑身打战，手脚麻木。松巴说："我们去打转转牛吧，站在这里一会儿就冻僵了。"

　　我们反应过来，哄地一下散开，走向河湾冰面，开始打转转牛。

　　这样，鞭声、嬉闹声、滑冰的摩擦声、转转牛旋转的嗖嗖声和冬天阵阵呼啸的寒风声交织在了一起。转转牛的顶面上都贴有带色的纸，所以，转起来，花花绿绿，好看极了。可是，抽一鞭，站一会儿，越站越冷。我们袖着手，搂着鞭杆冻得直跺脚。

　　于是，我们开始在冰面上玩推车游戏。小伟在我背后使劲推我。我蹲着，脚踩冰面，头枕她的胸口，仰脸朝上。我们东倒西歪，撞上冰疙瘩，扑哧一下，摔作一团。就这样，跌跌撞撞，摔倒了，爬起来再推，玩得不亦乐乎。当正玩得高兴时，那边滑冰道上，忽然有人喊："快来逮鱼呀，冰下面有条大鱼！"

　　听到喊声，大家围拢过去。又有人喊："这鱼有半斤重呢！"

　　伙伴们赶快上岸找来石头，有的砸冰，有的扒冰碴子。扒冰碴的手冻得通红，扒几下就在衣服上擦一擦，手对着手搓一搓，然后再袖进袖筒里暖一暖。

　　有人出主意说："没动手的先暖着，咱们替换着来。"围看的人齐声说好。

　　砸着砸着，鱼扑棱一翻身，跳出冰面。大家激动了，都喊："逮着它，逮着它！"

小群扑上去，逮住了鱼。他一手抓鱼头，一手抓鱼尾，刚要拿起，哗啦一下，鱼又从手里挣脱掉，在冰上乱蹦乱撞。

"小火，张开你的褂襟。再逮着鱼就放到你的褂襟里。"小火很听话地张好自己的褂襟，两手撑开褂襟的两角。这回，又逮着了那条鱼。鱼也就进了小火张开着的褂襟篼里。

小群说："小火，赶紧兜着鱼回家吧。"

小朋开玩笑嚷嚷着："晚上熬好鱼，别忘了给我留鱼头啊！"

那些大男孩们，也都嬉笑打趣地说："晚上到你家喝鱼汤啊！"

小火说："晚上你们都到我家吃鱼好了。"

就这样，在大家的欢声笑语中，天上的太阳似乎暖和了一些，没有人再感到寒冷了。孩子们玩得正欢时，忽然淌水绺子那边有人大喊："救人啊！救人啊！"

一听见喊声，大家立刻停下来，呼地一下子向淌水绺子那里跑去。

"不好，是小三掉进冰窟窿里了，这可怎么办？"那地方深浅不一，水还淌得急；冰又薄，撑不住人，向前一踩，冰就啪啪地炸开了裂纹，并且整个冰块还会往下陷。

忽然，小群大声喊："都抽出自己的腰带，一截截接上，拽他上来，别让他掉进深水！"

那些男孩子都急着解腰带。小群和小朋给腰带接头打扣。我们几个女孩就在旁边劝小三别害怕，告诉他一会儿就能上岸。

幸亏小三站着的地方，水不算深，到他的肩膀。这时，腰带连好，小群大喊一声："三，接住了啊！"就很准确地把腰带绳的一头扔进小三张开的手里。小朋又在冰面上给小三滑过去一块石头。几个大男孩小心翼翼地试探着往上拽。小三就一手砸冰，扒拉开碎冰块，一手握住绳子的一头往前走。

移步到冰面稍结实的地方，小三试着往冰上爬。没爬上，冰就开始啪啪响，又裂开几道大纹。

岸上的人试着向前靠近小三。小群着急地喊："不要往前走了，冰撑不住，都得掉进去。"

小朋说："我从东边慢慢往前走，试试能够着三儿吧。"

小三在冰窟窿里冻得嘴唇发紫，脸发青，急得嗷嗷哭喊："我快冻死了，你们还能把我拉上去吗？"

大家都劝他别着急，也不用害怕，马上就会把他拉上来。站在岸上的人虽嘴里这么说，可心里也没底，都紧张地屏住气，巴望着赶快把他拉上来。

这边慢慢往上拉，那边小朋和小昌试探着靠近小三。他俩伸手够一够，够不着，再小心往前挪一挪。这时，冰又咔嚓咔嚓地响起来。人们更紧张了，没一个喘大气的。小朋和小昌救人心切，顾不了更多，使劲往前伸手。终于够着小三伸过来的手了，他俩紧紧抓住，一起使劲，猛地一下把小三拽了上来。

"赶快往岸上走，别等冰塌了。"小群喊。

等他们三人接近岸，人们吊着的心才算落下。我们几个女孩子高兴地拍着巴掌跳起来。再一看，他们刚刚离开，整个冰面就塌陷进了水里。

这时，那些抽出腰带的，都提着裤子围成一圈，去解系成绳子的腰带。

小三一上岸，连吓带冻，哭得厉害。小群和小朋赶紧解开自己的大袄扣，敞开怀，顾不得小三身上的湿衣服，一左一右把他揽进怀里。大男孩们簇拥着小三向前走，边走边劝："别哭了，回家生炉子烤火就不冷了。"你一言我一语，渐渐地，小三便不哭了。

忽然，松巴说："咱们赶快回去告诉他娘。"

这一提醒，我们几个呼呼地就往庄里跑。我们上气不接下气地跑进小三家大门里。小伟直起腰，喘口气，大喊："大娘，三儿掉进冰窟窿里了……"

没等小伟喊完，小反抢话："大嫂你快去看看，三儿都冻成冰人了。"

松巴忙解释："不要紧的，大嫂子。救上三儿来了，这就快到家了。"

三儿他娘一听三儿掉进河里，眼看着就要晕倒，又听说被救了上来，才松一口气。他娘赶快找来火镰和火石点火，我们忙着上锅屋抱豆秸，扯麦穰，松巴又跑到大门外秫秸垛上，抱一抱秫秸拖拖拉拉弄进堂屋。

刚把火烧着，大男孩们就簇拥着三儿进了院子。屋里的人出去把三儿迎进来。他娘又把三儿领进里屋，给他脱掉湿衣，裹上被，扶他出来，让他坐在板凳上烤火。

几个大男孩手撑着三儿的棉袄、棉裤还有冻得硬邦邦的鞋在火旁烤。

小群他娘听说三儿掉进了水里，赶快从家里拿来一块姜，让三儿的娘给三儿烧碗姜汤喝。

大男孩们把棉袄、棉裤和鞋子烤得干了一些，再靠近火堆，搭在凳子上，继续烤着，他们就都走了。

小火临走时对三儿的娘说："二婶，那鱼我放到你家门口了，留着给三儿补补身子吧！"

三儿的娘刚要抢着拿鱼还给小火，嘴里还说着"那怎么行，那怎么行"，可小火一溜烟地跑了。

我回到家，告诉姥姥三儿掉进水里的事，姥姥端上家里的半碗红糖，和我一起向三儿家走去。

走到三儿家堂屋前，正好三儿的娘端着刚烧好的姜汤向堂屋走。姥姥说："没有红糖，姜汤很苦辣，不好喝。我把红糖放这里，让孩子多喝几顿。"

三儿的娘很感激，就说："我正愁姜汤苦辣，孩子喝不进去呢，正好大奶奶送红糖来，这就好了。"

姥姥问："河面封了，怎么还掉进冰窟窿里了呢？"

三儿说："我看他们逮了一条鱼，说很好吃，我就到淌水绺子那里去，也想逮条鱼。"

姥姥叹道："可怜的孩子，自从他爹不在，娘俩连顿饱饭都没吃过，哪里还有鱼有肉吃呢！孩子受苦了。"

回家吃过午饭后，我跟着姥姥给三儿家送去一大碗咸糊涂，正好碰见柳巴的娘也端着满满一碗地瓜糊涂往三儿家送。

姥姥说："三儿他娘忙了一上午，连累带吓的。这样他家就不用做饭了，叫他娘俩喝了歇歇吧。"

第二天早上放鸡时，姥姥说："堵着鸡窝门，把那只八月十五前就不下蛋的肥母鸡逮着，给三儿家送去，叫三儿他娘杀了，给三儿炖母鸡汤喝。你看看三儿瘦的，怎么忍心呢！"

逮住那只又大又肥的黄母鸡后，姥姥用细绳拴住两腿，又找来篮子，叫我下萝卜窖拾上几个萝卜，再让我在篮里放了几根葱、几块姜和一包花椒，说这些煮鸡时好用。

姥姥挎着篮子提着鸡，我又抱着一棵大白菜，就给小三家送去了。路上，姥姥说："这些菜够吃几天的了。"

第十五章

过 年

过了腊月二十，姥姥开始簸麦、洗麦、晒麦，准备磨面过年包饺子。

姥姥说："今年收成好，打的麦多，多磨点面，要够吃半年的。"

我问姥姥那要推多少面呀，姥姥说："年前年后吃一顿半顿的饺子，正月十五再吃一天饺子和汤圆，年就走了。剩下的面留着日后来亲戚时擀面条吃，再就平时谁头疼脑热、伤风感冒的，不想吃饭，就烧碗面疙瘩汤喝。这样，就能吃到六月初，接上新茬麦面了。"

姥姥还说："麦推头两遍，箩出来放在一起是细面，省着吃；第三遍箩出来的是粗面，平时做粗面疙瘩汤喝。"

我想，粗面疙瘩汤也怪好喝，于是我问姥姥什么时候烧粗面疙瘩汤，姥姥说："推完面就烧。"我一听，很高兴！

好不容易盼到把麦晒干。一天，吃完早饭，姥姥把盛面的大盆搬到磨道前，拿来箩面的撑子和箩子，把晒好的一筐子麦也挎过来。

姥姥又牵来驴，给驴蒙上眼套，套好上磨的套子。我拿半截秫秸干号一声，轻抽驴身，驴开始拉磨。

姥姥不断地用干瓢往磨眼里续加麦子。磨出的麦麸面沿磨石边沿唰唰地落在磨台上。等麦麸面落满磨台，姥姥就用干瓢舀进空箢。姥姥向磨眼里添麦时，空当的时间就箩这些麦麸面。等麦子全部磨完，也就箩完了第一遍。接着，再磨箩出来的麸子。姥姥再把第二遍磨出的麦麸面箩好，并把两次箩出的面混在一起，舀进小缸，把小缸搬进堂屋盖好。

姥姥拾掇完，又开始边向磨眼里续加前两遍磨出的麸子，边坐下箩正在磨出的麸子面。不一会儿，第三遍麸子磨完，紧跟着也箩完了。姥姥把箩出来的粗面和最后剩下的麦麸各装好、放好，再把驴卸下，牵到驴槽旁拴好。姥姥又和我把家什收拾利落。

姥姥生着火后，我烧火，姥姥往锅里点油，炒葱花，加水。

我使劲往锅下续柴，想让火旺一些。姥姥就教我说："烧火不要续那么多柴火，火的当中要空。像你这样把柴火堆在一起，不透气光沤烟了。"

我哪能听得进去，光想着赶快喝粗面疙瘩汤了。姥姥蹲下拿火棍向两边拨拉开木炭。柴火的中间空了，火也就旺了起来。

姥姥上堂屋舀来刚箩出的大半碗粗面，加水拌成糊状。锅里的水开了，姥姥拿开锅盖，端着碗，让碗口倾斜，用一根筷子沿碗沿往锅里刮拨面糊。拨完，姥姥用大勺搅一遍锅里的汤，盖上锅盖。

姥姥开始坐下烧火。我起来坐到一边，眼巴巴地等着。

疙瘩汤做好后，姥姥先给我盛了一碗厚实的，端到堂屋桌上，接着又给自己和姥爷各盛一碗稀的，泡上煎饼。

我等不迭，赶紧拿汤匙舀了一个面疙瘩，用嘴使劲吹一吹，放进嘴里。一嚼，真香啊，不但香，还很筋道呢！

磨完干麦后，姥姥又得忙着上碓舂米。舂米前，不管是黍子米还是稷子米，都得先簸去糠，泡水里捞几遍，淘去沙后，晾在盖顶上，然后，再过一天或两天，才可上碓。

春米时，姥姥脚蹬碓脚，手拽碓绳，伴随着姥姥的手和脚有节律地自如收放，石锤不停地升起又砸下。我则蹲在碓臼前，趁石锤升起的空当，时不时用半截滑溜的秫秸秆在臼里搅拌一下。春一遍，箩一遍。一遍遍春，一遍遍箩。直到最后剩一小把渣为止。

天气虽然冷，可姥姥还是解开袄扣敞开怀，脸上冒着热气。

姥姥说，这些米渣做糊涂时可掺进去一起下锅。箩好的黍子面或稷子面，摊在事先搭好的箔上晾。晾好，都分装进两个小筐子里。

为了摊煎饼，姥姥又得忙着簸高粱、泡高粱，簸麦子、泡麦子。忙完这些，只等第二天一早，套上驴推磨，磨这些泡好的粮食。

推磨时，先磨一份麦糊子，再磨一份高粱糊子，还得磨一份穄子糊子。

吃完早饭，姥姥又坐下摊了一份煞白的纯麦煎饼，是过年时给我吃的；再摊一份高粱掺着麦的，是姥爷和姥姥过年时吃的；还摊一份穄子面的，给要饭的吃，有时姥爷和姥姥也吃。一份一份的，一直到下午才烙完。

离年越来越近，又该做豆腐了。姥姥簸豆子，泡豆子。第二天一早，姥姥端上泡好的豆子，套上驴，开始推磨。姥姥添磨，我赶驴。豆浆很快淌满磨台，流到磨嘴下张着的盆里。盆满了就倒进一个陶缸。

磨完豆子，卸下驴。磨台上残留的豆浆，用手掌刮过，再用少量水冲，都汇进盆里，再倒进陶缸。完事，再把磨刷干净。

然后，姥姥扯一把豆秸放在锅屋门口，点着火烧成灰，把灰放进盛着开水的瓢里，搅拌匀，倒进盛豆浆的陶缸，再使劲搅拌豆浆。停一会儿，煞一煞沫，把豆浆舀进吊包过滤。

开始，我双手撑吊包，姥姥往里舀豆浆。等吊包里盛满豆浆，姥姥接过吊包系，提着系子摇晃吊包。渗出的豆汁一滴一滴漏进吊包下面张着的大盆。

第一遍豆浆过完，剩下的渣加水再滤一遍。

姥姥把滤出的豆汁舀进大锅，盖上锅盖，生火熬煮。姥姥让我烧火，她再给渣里加水，滤第三遍豆浆。

姥姥说："第三遍滤出的豆汁，加上小米和煮烂的豇豆，一起做糊涂喝。"

姥姥把第三遍过出的豆汁倒进一个小盆，再把小盆端到磨顶。拾掇好，姥姥又烧了很长时间的火。开锅后，大熬一会儿，熄火，把烧开的豆汁用瓢舀回缸里，盖好。

姥姥对我说："丫头，到堂屋拿个碗来，我给你舀豆汁喝。"

我很高兴，跑进堂屋端一个碗过来。姥姥把留在锅里的半碗豆汁给我盛上。还很热呢，我着急地趴在锅台上喝起来。这半碗香喷喷的豆汁还没回过味来，我就喝完了。

姥姥端出盛盐卤的小坛子，取一小块盐卤，放进水瓢，用开水化开，再用小勺舀着，一点点向豆汁缸里添加，并用一把舀饭的大勺不断搅拌。这叫点豆腐。点好，盖上缸盖闷一会，就出来豆腐脑了。

姥姥又盛半碗豆腐脑放在锅台上，让我上堂屋拿个小碟，到大桌的坛里夹进一筷子韭菜花过来。韭菜花是秋天腌的，就是等过年时用来喝豆腐脑、吃鲜豆腐的。我就着韭菜花喝了这半碗豆腐脑。

姥姥把筛子刷好，铺上笼布。我两手各拽笼布的两个角往外抻着。姥姥向笼布里舀豆腐脑。舀完，姥姥接过笼布，提着四角控水。然后，对角系上，把整块豆腐脑坐实在筛子里，上面放上盖顶，盖顶上压一个很沉的泥陶盆。

不一会儿，姥爷从外面回来。姥姥解开笼布的对角，姥姥和姥爷一起抬起筛子，猛地一下翻过，扣在盖顶上。掀开筛子，揭去笼布，姥姥再用菜刀将成型的豆腐切成很多个拳头大小的小方块。

正好吃晚饭，姥姥分出一块豆腐放进碟里，再用刀犁成小细块，又端上盛着韭菜花的小碟。姥姥撕一块煎饼给我卷上豆腐和韭菜花，我接过来，大口吃着，说："姥姥，咱天天过年，天天吃好东西该有多好啊！"

姥姥慈祥又温和地笑着说："你见谁家天天过年？小馋丫头，就想吃好的。"

姥爷却板着脸严肃地说："小女孩家别光想着吃，人家听了笑话。"

第二天早上，姥爷对我说："丫头，去洗脸梳头，早吃饭，跟我去赶年集，给你插花。"

一听去赶年集，我心里乐开了花。我赶忙端来洗脸盆，放到锅屋门旁。姥爷掏出在锅台内温水的砂壶头，把温水倒进盆里。我洗了脸，姥姥又给我梳好头。吃完饭，我挎上我的小玩具篓，蹦蹦跳跳地跟着姥爷去赶集。

集市上的人真多。我们先来到花市。花市从南到北扎了五六排插花的屏障，屏障上插满各种各样的布艺仿真花。这些花都姹紫嫣红，非常好看。

眼花缭乱的我不知选哪样的好了。我定定神，看见有一种扎在细弹簧丝上的布艺桃花。它花红叶绿，枝上有开放的花朵，也有抿嘴含羞的花骨朵。我挑了两枝。我想，过年时戴在头上，花朵颤悠悠的，一定很好看。我又选了另外两枝布艺大红花，也很好看。我小心翼翼地把这四枝花放进玩具篓里挎着，心想可别叫赶集的人碰坏了。

买完花，我和姥爷经过干果市场，买了黑枣和山楂糖球。我们又转到南边炸货市场，去买麻花和馓子。

馓子炸得不起泡，细如面条，干着吃风脆喷香，用开水泡着吃也很筋道。早晨起来，泡上一碗馓子当早餐，喝了又暖和又舒服。

我们买了满满的一大篓子年货，装在姥爷背着的布袋里，我也挎着我的玩具篓子，高高兴兴地回了家。

过年真是又忙又累。我和姥爷赶一上午的年集，回来没休息，吃完午饭，又要下地瓜窖子拿地瓜熬糖稀，做过年的花子糖。

姥爷挎筐头，我抱井绳，我们一起来到大门外东墙根的地瓜窖旁。掀开窖井子门，我坐进筐头，姥爷用井绳把我续到窖底。只有井口有点亮，井下一片漆黑。我怕里面有蛇或蚰蜒什么的，心里砰砰乱跳，赶紧从筐头里出来，蹲下摸索着朝筐头里拾地瓜。拾满后，我拽了一下井绳，姥爷先把地瓜提上去，然后又把筐头续下，将我提出井口。上来后，我提溜着的心才算放下。姥爷盖上窖门，挎着盛满地瓜的筐头，我抱井绳，一起回到家里。这时，姥姥已把洗地瓜的水烧热。

我和姥爷将地瓜择去根毛，放进热水盆，姥姥则用手搓洗。洗两遍，倒进支在地上的八印锅里，添水，盖上盖，生火熬糖稀。

这时，姥姥把挨边的锅台已打扫干净，把另一只锅轻蹾在锅框上，把存放在布袋里的银生菜花籽倒进去，生火翻炒。

我还是不会烧火，一会儿工夫，锅底下堆满了柴火，浓烟弥漫，呛得我鼻子一把泪一把。我用祆袖擦眼，可还是睁不开眼，什么也看不见。

姥爷就同时忙活两个锅底，浓烟慢慢向外飘去，一会儿，锅屋里又亮堂起来。这回，我好好学着烧火，火很旺了，我不再挨呛。

一会儿，花籽啪啪炸开，有的还崩上了锅台。我边烧火边捏锅台上的花籽吃。

糖稀熬好，姥爷把多余的地瓜拾出，把事先用竹签串好的十几串山楂都放进锅里，让每个山楂粘匀糖稀，这样就做成了糖粘。然后把糖粘放进小坛，让它们都站在坛口。过一会儿，糖粘凉了，我拿一支先给姥爷，再给姥姥，姥爷和姥姥都不吃，都说年纪大了不能吃酸，我就自己吃。糖粘酸酸甜甜的，很好吃。吃一支，我还想吃，姥姥就说吃多了倒牙。姥姥让我捧着坛子送到堂屋桌上，好以后慢慢吃。

花籽炒好了，姥姥熄灭锅台下的火，撂下翻花籽的木铲，又去照看熬糖稀的火。姥爷起身，把炒好的菜花籽快速倒进糖稀锅里，拿起木铲使劲搅拌。

姥爷的脸被烤得通红，额上流下汗珠，费好大劲才把糖稀和花籽拌匀。这时，姥姥往外抽糖稀锅下面的柴火，只留点细火温着锅，好不让糖稀冷却。

姥爷搬来桌子，放上做花子糖的模具，快当利落地用铁铲向模子里锄拌好的花籽糖稀。姥姥压下锅底的火，站起来，用木铲把模子里的花籽糖稀摊匀并拍打压实。姥爷锄完，接过姥姥手里的木铲，继续摊匀压实弥平。稍微冷却一会儿，姥姥就把模子起出。姥爷拿来两头都有把手的刀，两手握把，把刚起出模的花子糖哧哧地割成多个巴掌一般厚薄大小的方块块。

我很想吃，可姥爷没开口。忙完，姥姥叫我到堂屋拿来两个碟子，拾上花籽糖。姥姥说，等初一时，一碟摆在院子里敬老天，一碟摆在屋里大桌上敬我神娘。

都完事了，我们三人每人一块花子糖，津津有味地品尝起来。姥姥边吃边说："今年糖稀熬得正好，不老也不嫩，比往年的都好吃。"

腊月二十九这天，姥爷又赶了册山的最后一个年集。

年三十清晨，姥姥忙了一上午，蒸好年糕和发团，就只等着下午拌饺子馅。

吃完午饭，姥姥将萝卜洗好切片，用开水焯了，捞进笊篱里控水；煮好的粉条，用凉水拔后，也控水；事先到园子里剜的一把菠菜用开水烫好；剥好葱、洗好姜；把控完水的萝卜片和粉条剁碎，把豆腐剁碎，把菠菜、葱、姜剁碎，都放进盆里；再在盆里放上花椒面、虾皮，点上油，撒上盐；最后用筷子拌匀。

拌好馅，再和好面醒着。这空当，姥姥把敬老天的供桌拾掇好，从堂屋抬出，正对着堂屋门，摆在打扫得干干净净的院子里，姥姥和我用湿布擦掉桌子上的灰尘。然后，再拾掇另外一张小一点的桌子，也擦干净，摆在堂屋里：这是敬我神娘的供桌。

姥爷在敬天的供桌上放一香炉，并点上。姥姥开始做供菜，一共五碗。我一碗一碗地端上敬天的供桌，摆好，又端上盛着花籽糖或柿子饼之类的五个干果碟。这样，八仙桌上几乎摆满。

姥姥又给我神娘做了三碗菜：一碗菠菜熬鸡蛋，一碗白菜熬豆腐，还有一碗是金针花熬粉皮。姥姥说："这三样菜是你神娘最爱吃的菜了。"我一一端上神娘供桌，摆好。姥姥又在神娘供桌上摆开三个果碟：一碟柿饼，一碟花籽糖，另一碟里盛着三个大石榴。

我看着石榴惊叫起来："姥姥，大冬天，你哪里弄来的石榴啊？"

姥姥好像心里很难过的样子，说："这有几年了，你神娘都没捞着吃石榴。今年我特意拣几个没生虫、没裂口的大石榴留在树上，一直到九月初才摘下来放进竹篮，挂在东里间的西墙上，日子长了就翻腾翻腾，看看有烂的没。还好，一直快到腊月，还没有烂的呢。可一进腊月就陆陆续续有烂的了，我再拾到麦缸里盖上。这不，老天爷行好，直到今天还给留了三个没烂的。虽说皮有点干，可里面的籽还好好的。今年你神娘总算能吃上石榴了。"

我一直很纳闷，姥姥为什么这么疼我这个神娘呢，不就是一个木块做的牌位吗？她会吃东西吗？疼她，她知道吗？这些我都不敢问，我只好放在心里装着。

摆好祭品，姥姥端出一个木制茶盘，茶盘上站着一个事先由北门外我大舅用木块做好的牌位。姥姥平托茶盘递给我，让我端好；姥姥又手托一张大舅母给剪好的黄纸钱。姥爷则有些不情愿地站在我们后面。

姥姥说："走吧，我们到大门外请你神娘回家过年。"

到大门外，姥姥斜立手掌托着纸钱，靠近我端着的神娘的牌位。我们东转转西走走。忽然，纸钱呼地一下贴到牌位上。

姥姥惊喜的样子，并说："来了，丫头她神娘来了啊。"

于是，我端着牌位走在前头，姥姥跟在我后头不断地喊："丫头她娘家来过年了。"姥姥喊一声，姥爷跟在姥姥身后就无精打采地答一句："来了。"

我们边喊边往家走。一直走进堂屋，姥姥从我端着的盘子上，捧起牌位，小心翼翼地放在供桌上靠北边的正中位置，立起来。

姥姥又忙着到锅屋去包水饺。姥姥刚出堂屋门，姥爷突然冒出一句话："现在你请她，等你死了不知道谁请你呢。"

我听不懂这句话的意思，好像是心疼我姥姥，又好像是心烦。

姥姥没有理会，准备着包饺子。我和姥爷就忙着贴对联，贴门神年画，贴锅门钱子，挂香牌子。

我端盛糨糊的碗，姥爷用饭帚沾糨糊刷门板、门框；然后，我递，姥爷贴。忙乎一大阵子，才完事。

彤红鲜艳的对联、年画，门头上轻轻飘扬着的各种颜色的锅门钱子，既让我感到神秘，又让我觉得非常好看。

姥爷又把大门外和院子里的旮旮旯旯重新打扫一遍。这样看上去，家里家外都干干净净的了。

我和姥爷回到锅屋，姥姥已经煮好水饺和汤圆。一进门，姥姥就吩咐我："丫头，端碗汤圆给老天破破，再端一碗去给你神娘破破。"

照着姥姥的话做完后，我们三口就开始围着饭桌吃饭。吃汤圆时，姥姥告诉我，汤圆是黏性的，不能多吃，吃完也不要哭和生气。水饺的皮很筋道，馅又鲜又香。姥姥却告诉我，过年还有吃不上饭的人家呢。姥姥说："南围门的小送和他奶奶娘俩、小三家娘俩、壮家六口，要不是昨晚给他们都送了一瓢面、几个萝卜和豆腐，还有拌馅的料，这个年他们就吃不上饺子。大人吃不吃没什么，可是孩子盼一回年，哪怕初一吃一顿饺子也算说得过去！"

我听了，心里有些难过。

吃完晚饭，我帮姥姥拾掇完，姥爷抱出一大摞烧纸，又找来盖冥钱图案的木章和木槌，我们开始打烧纸。一沓纸放平，按上木章子，用木槌往下敲打，移一移位置，再敲。这样，沟纹图案就成排成行地刻在纸上。盖完一沓再盖一沓。

姥爷刻一沓，姥姥就用手把纸划拉成扇形铺张开，我再折叠放好。

姥爷抱着打好的烧纸，我拿香，姥姥端火镰盒，我们一起去烧纸。到大门外，姥爷把纸放地上，姥姥打上火，用嘴吹出火苗，我借火苗把手里的香引燃。于是，我们三口你续一沓纸，我续一沓纸地开始烧。姥爷用火棍挑弄烧纸，好让火更旺一些。听人说，火旺，纸烧得干净就吉利。

回到屋，姥爷犹如满肚子的苦水没处倒一样，一坐下，就发牢骚："人家都是初一大早上出门发纸。庄上就数我辈分高，人家来咱家磕头，咱家都没个人还礼；一个女孩子家，又是外姓人，不能顶门面。没办法才干脆三十晚上发纸，初一早上，咱就干脆不开门了。"

初一，姥爷很早起床，从早就劈好的碎木里，抓上一些放进铁火盆，我又进锅屋抱来一抱柴火。一会儿，火旺了起来。姥爷用铁钳子夹干红枣在火上烤，烤得黄澄澄、硬邦邦的。姥爷烤一个，我吃一个。吃到嘴里，甜蜜蜜的。我吃够后，姥爷又烤了一大把，放进昨晚装满水的铁壶，开始烧枣茶。姥爷说初一早上喝枣茶，这一年里就能处处赶早，事事赶早。姥爷烧好枣茶，倒三碗。我们每人喝一碗，喝得身上暖和和的。

喝完早茶，姥姥便去下饺子了，姥姥嘟囔着："一年了，咱家的牛驴干活，狗看家，猫抓老鼠，公鸡打鸣，母鸡下蛋，大大小小的牲畜家禽都出了不少力，让它们也都过个年吧。"

于是，姥姥盛上半碗饺子让我分送给它们。我先给牛和驴留出两个，等开大门，就放到车屋里的牲口槽里；猫早早蹲在饭桌下，瞪着大眼，摇着尾巴喵喵地叫着要吃的，我给了它一个；我还在狗食盆里放了一个，等会儿打开大门让狗进来吃；最后，我打开鸡窝门和鸭窝门，鸡和鸭撒着欢连飞带跑到堂屋门口，我把剩下的三个水饺掐碎往地上撒，它们争先恐后地抢着吃。鸭子生来笨，跑得慢，抢不过鸡，总扑个空，我就把鸭子唤到一边，把掐碎的饺子放在手掌上喂它们，它们很快就吞咽完了。

回到锅屋，姥姥已把汤圆和饺子煮好，盛进碗里。吃完早饭，我们又上堂屋围着火盆取暖。一直等太阳升到东南晌，姥爷才去开大门。

一开大门，北门里的三舅、庄西头的学敏哥、柳巴她大爷等几个人就一起来我姥爷家给我姥爷、姥姥拜年。他们早已在门外等候多时。姥爷很亲热地招呼他们。他们走到院子里的供桌前跪下，给老天磕头，然后进屋。有叫大叔大婶的，有叫大爷爷大奶奶的，都说来拜个晚年，他们齐刷刷地跪下，又给我姥爷、姥姥磕头。姥爷赶忙让他们坐下，姥姥拿出年货，姥爷又倒上枣茶，他们边吃边喝边聊。

在家闷的时间长了，我早就急得心里发慌。一打开大门，我就把留出来的两个饺子放进车屋的牲口槽，然后一溜烟跑去大街找伙伴玩了。

姥姥一大早就把我整理好了。姥姥给我梳完头，再拿用丝线染成的红头绳和绿头绳给我扎好辫子。我身穿深蓝色印有白猫蹄花的崭新大褂，脚蹬一双有丝线绗着的新花鞋，帽子上，插着赶集时买来的两枝花。我要让伙伴们看看我穿的新衣服，我也想看看她们过年时穿的是什么样的衣服。

在大街上，我看见几个小伙伴从小伟家出来，小伟也跟在后面。我就和她们一起到各家去拜年。

她们都说我穿的大褂好看。小反瞪着一双羡慕的眼睛说："早知道有这么好看的花布，也叫俺娘买一块了。"

这帮伙伴，大多身上只穿一件新衣服，要么一双新鞋，要么一件新袄，或者一件新裤。庄西头小朋他妹妹穿的大褂和我的一样。走到稍门口，正好安敏和玉珍一起出稍门。她俩穿的新鞋很好看，红花绿叶的，花心上还趴着一只"小蜜蜂"，跟真的一样。而我的鞋，我认为姥姥只为结实，才在鞋头绗上花当挡头，不如她姊妹俩的好看。我就说："再过年，我拿布和花线叫小火的姐给我做双绣花鞋，也肯定很好看。"

几个小伙伴附和着，说来年也做一双绣花鞋。

初二晚上，撤了敬老天的供桌，我们又上堂屋，我端木茶盘，姥姥小心翼翼把桌上的牌位捧到木茶盘里，再拿上打好的一叠烧纸，姥爷端着火镰盒，我们一起来到大门外。

我们蹲下，姥爷打火引纸，姥姥把神娘的牌位轻轻放进火里。姥姥嘟囔着："丫头她娘走吧，在家鸡叫狗咬的，你害怕。"

姥姥用袄袖擦泪，接着说："丫头的娘，这是你在家过的最后一个年了。你爱吃的东西，都给你留了，给你做了，你也都吃上了。下年过年就别来了，你那边也有好几个用人呢，你们一块过年就行了。"

姥姥几乎要哭出声，用袄袖捂着眼，蹲在纸灰旁不起来。看我姥爷沉默的样子，心里也一定很难受。又过了一会儿，姥姥犹豫着站起身，用袄袖擦了擦泪。受情绪影响，往家走时，我们都显得心事重重。路上我还在想，这神娘是什么神啊，送走她，姥姥为什么这样难过？这样想着，可是我还是不敢问。

到家后，姥爷把竖在各个门旁过年图吉利的拦门棍，都搬回南屋北墙外的墙根前摆好。等正月十五下午再吃一顿汤圆和饺子，晚上放完烟花和提提景，这个年就算过去了。

第十六章

编什么锁子呢！我没娘，可是，姥姥，我有您

过完年，我就盼三月三赶庙会，好让"王母娘娘"给我编锁子。锁子是用五色线串上几个明钱编成的辫子，小孩几岁就串几个明钱，辫子末梢要打好扣。因我六岁，所以要串六个明钱。等编完锁子，我就可以上学了。这些都是姥姥告诉我的。

总算盼到三月三。这天，我们早早吃完饭，姥爷挎一个大筬子，姥姥挎一个小点的半升筬，我们爷仨一起，高高兴兴地出发了。我们出庄的南围门，向西一拐，就沿路直奔大山走去。

到了庙会，姥爷去会场买东西；我和姥姥又向上走一段山路，就看见了"王母娘娘"庙。

锁子编好后，姥姥领我出了大殿门，直奔会场找到我姥爷。姥爷的筬子里装满了买来的物件，有牛笼头，有驴嘴笼子，还有其他做农活的小用具，肩上还扛着个碌碡框子。

我们又一起去玩具摊前。姥爷给我买了一个瓷的大胖娃娃玩具，和一个哗啦棒槌。这个瓷胖娃娃和家里大桌上摆着的那三个样子差不多。我还想要个花

公鸡小泥哨，姥爷也给我买了。最后姥爷又给我买了一个王八打鼓小车玩具。

集上人多，山路也崎岖不平，所以不能推，我就扛着玩具车。姥爷和姥姥又领我找到卖饭的地方，买了一小碟油煎包给我吃。走在回家的路上，姥姥又给我买了两支糖葫芦。我带着满满的幸福和喜悦，跟着姥爷姥姥一起回到家。

到家，我急忙走进堂屋，把锁子从脖子上摘下，挂在堂屋门东扇内面的挂鼻上。

一天上午，我在家实在无聊，就推着王八打鼓玩具小车，出大门，又出了姥爷家院子东边的小巷。刚到东西大街的街口，往西一看，小火他姐正坐在她家大门外槐树下的门台上缝补衣裳。她也看见我了，喊我过去。我推着小车咣当咣当地走到她家门口。她顺手递过一个麦秸墩子，让我坐下。

我刚坐好，她就问这问那地闲扯，我都一一回答。接着，她话题一转说："小姑，我和你说过几回了，叫你回家问问我老奶奶，这庄上小孩，没一个管爹叫姥爷，管娘叫姥姥的，可你怎么就叫姥爷、姥姥呢，这到底是怎么回事呢？"

我听了也没吱声，可心里堵得厉害，脑子里一片空白，一下子愣在了那里。等缓过劲来，我隐约感到，的确有一件不幸的大事一直在我身边摆着，现在，顷刻间，就要被揭穿了。我呆呆地坐了一会儿，起身就走，路上也无心推玩具小车，把车扛在肩上。沿姥爷家后墙，我心事重重地拐进小巷。

以前，小火她姐老让我回家问这事，可每次听了，我都当耳旁风，从不入耳。今天小火的姐又说，我好像忽然开窍，明白了什么，而这背后的隐情一定会让我非常害怕。

我支撑着空虚的身子进了大门，没看见姥姥。我把王八打鼓小车扔在院子里，径直往堂屋走去。这时，在堂屋里的姥姥正要进东里间，听见我回来，止住步，说："今晌午咱煮咸鸭蛋卷煎饼吃吧。"

我根本顾不上吃什么，开口就问："姥姥，这庄上小孩都叫娘叫爹的，为什么我偏偏叫姥姥姥爷？"

姥姥一下子愣住，接着眼睛里就有泪珠往下滴答。我继续追问："姥姥你说呀，这是为什么？"

顿时，姥姥的眼泪如决堤的河水，哗哗地流出来，嘴唇哆哆嗦嗦地张不开口，好像话到嘴边，又咽了回去，有话实在难说。

我紧逼不放："姥姥你说呀！怎么不说的？"

这时，姥姥实在忍不住，嗷地一下放声大哭，边哭边断断续续诉说道："我苦命的孩子，你三岁的时候你娘就死了。她真狠心啊，撇下二老一小撒手不管。我们这二老一小怎么往前熬啊。苦命的丫头呀，你的命怎么这么苦呀！"

这一听，好像晴天霹雳，顿时，眼前一片漆黑，我什么也看不见了，头也一下子懵了，心被掏得空空的。我完了，我禁不住扯着嗓子使劲哇哇大哭，边哭边喊："姥姥你哄我！姥姥你骗我！我娘死了，你怎么从来没和我说过呢？原来我和三巴一样啊，都是没娘的孩子！"

我哭得嗓子沙哑，喊不出声米了，但还是不停抽噎。

这时，我睁眼一看，姥姥不知什么时候坐在了地上。她两腿伸直，两手扶腿，身子一仰一合地大哭着。边哭边念叨："我苦命的丫头呀，你娘撇下你不管，可你也是多病多灾啊，你知道我是怎么拉扯你的吗？"

看着姥姥哭得这么伤心，我一肚子苦水好像少了不少，心里也不那么难受了，倒觉得姥姥这么大年纪，真是可怜。平时，姥姥又那么疼我，庄里人都说，姥姥待我是含在嘴里怕化了，托在手里怕掉了。

想到这，我止住哭，坐到姥姥身旁，拉着姥姥一只胳膊说："姥姥你别哭，我不可怜，我给稍门里的三巴不一样。她没姥爷姥姥疼，我有人疼。我长大好好干活，孝顺你和姥爷。姥姥你别哭了。"

这时，邻居们听见哭声都到姥爷家来安慰我们。小火他姐也来了。她们问清缘由，都劝我姥姥，这个让注意身体，那个说要往前想往前过。几个人又把姥姥从地上架起，扶她坐在凳上。

我赶紧从地上爬起来，到院子里晾衣服的绳上拽下一块手布，递给姥姥。

小三的娘说："大奶奶，这几年听不见你哭了，这又怎么了？你身子骨还不好，整天忙里忙外的，怎么又引出这事来了？"

姥姥眼里又流出泪来，说："这些年都避着孩子，没人提这事。谁知今天孩子一进门就冒冒失失地逼着我问。"姥姥边说边用褂袖擦眼泪。

"是她让我问的。"我手指着小火他姐。小火他娘一听，上去就给小火的姐一巴掌，打在她背上，并生气地嚷道："你这不是搬弄是非，惹事吗！全村人都避讳不说，你倒好！丫头家能说，会惹大事。"

姥姥就说："你二嫂别吵孩子，她是一个很要脸面，很懂事的闺女。这事瞒是瞒不住的，早让丫头知道也好。现在，她还认为她姓齐呢。过几天就要送她到南学堂上学，她一出生她爹就给起好名了，到那时也脱不了要闹一场。"

送走她们，我再用水弄湿手布，递给姥姥。我又到东里间捞出咸鸭蛋，到锅屋放进锅里，加水，点火去煮。煮好后捞出，向锅里添水做糊涂。

在锅屋，我抱一小抱麦穰铺在地上，我和姥姥挨边坐下。我问姥姥："我记着东里间靠后墙铺了一个大床，床头挡板上雕着花，床前有踏板，后墙上沿着床钉了一圈红席，床顶还有红席搭的顶棚。那时，我在那床上睡觉，一个大狸猫跳到床上'喵——喵——'地叫，把我吓醒，我就嗷嗷地哭。这时，有个人把我抱在怀里摇晃我，在地上走来走去地哄劝我'别哭，别哭，别害怕，我打狸猫'，还用手摸我的头。姥姥，我想着抱我的那人不是你。"

姥姥听了，又唰唰地掉眼泪。她哽咽着说："我苦命的丫头啊，那就是你娘啊。"

我又问："那个大床呢？"

　　姥姥边烧火边说："你娘死后，我和你姥爷看着床心里难过，后来就叫搁金家抬去铺①了。"

　　我又想起一件事，好像就在眼前，越想越清楚，就又问姥姥："咱家里有两头驴是吧？一头大的，一头小的，放在地里吃麦苗，那天傍晚没回家。是谁抱着我，站在咱炮楼上，扒着围墙垛口'嘟——嘟——嘟'地唤驴来？"

　　姥姥用褂袖擦了一把泪水说："我可怜的丫头，你娘死的时候，你那么小，我心边上也没想到你能记这么多事呀！那也是你娘抱着你的啊。"

　　"姥姥，我还记得一件事：一个人背着我去打针，我害怕，就'哇——哇——'地哭，边哭边蹬踏腿，把一只鞋蹬掉了。走出很远，那人又背我回来找鞋。那人又是谁啊？"

　　姥姥告诉我："他叫来福。你爷爷看他在煤窑上流浪要饭，怪可怜，就把他领回了家。那时，他跟着你家的人躲鬼子来咱家住，你肚子里长皮子，让他背你上册山去打针的。"

　　后边这件事我听了似懂非懂。姥姥累了，我不再多问。而那两件关于我娘的记忆，我要永远记住，因为，我知道，从那以后，这世上再也不会有一个娘亲好好地疼我稀罕我了。

---

①　铺：使用。

第十七章

第一回进学堂

"丫头，明天早起床，吃完饭，我送你到南学堂上学。"晚上，我听见姥姥的话，别提有多高兴。总算盼到这一天了。

第二天，公鸡一打鸣，没等姥姥起床，我就一骨碌从床上爬起，到院子里舀水洗脸、梳头，然后，坐在堂屋凳子上等姥姥起床。

姥姥起床后就忙着生火做饭。饭做好后在锅里温着。姥姥找出她自己染成的红头绳和绿头绳，坐下给我扎辫子。一条辫子的辫根扎红的，辫梢扎绿的；另一条辫子反过来扎。

姥姥认真地说："丫头现在上学了，好好吃饭，吃得白白胖胖，小辫也锃亮，让人家都说丫头上学变得好看了。"

姥姥这么一说，我心里乐滋滋的。

吃完饭，姥姥到东里间柜子里找出一块薄石板，又找来一块红色包袱皮，包上，系好。

姥姥告诉我，薄石板是我姑上学时用的，是躲鬼子时，和爹家的其他家什一块运到这里来的。姥姥又告诉我，姥爷这庄是小庄，不靠公路，离城镇远，鬼子不走这里。所以，当时，姥爷套上大车把王家的人和东西都拉来了。从那时起，我爹不再教学，和杨苏一起参加八路军打鬼子去了。鬼子在城里安营扎寨，汉奸在付庄修围墙，垒碉堡。老百姓不能老在外面躲，王家人在这里住了一年多，等风声稍松一些，就都回家了。娘和我留下来，那么多的东西也暂时寄存在了这里。

姥姥说完这些事，就领我向南学堂走去。这是一个明媚的春天。我提溜着红布包，蹦蹦跳跳走在姥姥的前面，把姥姥落远了，再蹦蹦跳跳地回来迎姥姥。

姥姥说："小女孩家要文明，走路要板板正正，一步一步稳当地走。连蹦带跳地，人家看了笑话。"

于是，我就偎在姥姥身旁和姥姥一起一步一步往前走。出南围门，在皂荚树旁，我听到南边池塘里的柳树枝上，有几只花喜鹊在喳喳地叫，就指给姥姥看。

姥姥说："平时也有花喜鹊叫，只是今天有好心情，心里明亮，就听见了。所以说，喜鹊叫喜事到。喜鹊看见你上学也特别高兴，喜鹊是告诉我们，先生收下你上学了。"

我们走到池塘边。池塘里没水，一行行柳树排列整齐，新鲜的柳条上已长出嫩黄的叶。微风一吹，柳丝飘飘扬扬，散发出柳芽的清新味。

我边走边看，不知不觉，已走过学校的西院墙。学校大门朝南。我们向东一拐走几步，再向北过个小桥，就进了学校大门。校园里静悄悄，学生正在上课。我们坐在白果树下的一块大石头上，等先生下课。

过了一会儿，从学屋后头走来一位白发苍苍的驼背老人。他头上缠着发髻，满脸胡须。来到白果树下后，他便拽起挂在树枝上的铃铛绳打铃。

铛，铛，铛……铃声停了，老师从教室里走出来，学生也都涌出了教室。顿时，校园里热闹起来。

我和姥姥走到老师跟前。姥姥说："先生，我们是房庄的。我是来给孩子报名上学的。"

老师说："咱们到后面办公室说吧。"

而围过来看热闹的学生也都散去。

我和姥姥跟着老师去了办公室。办公室是两间通着的小屋。外间一张办公桌上，有两摞本子，一瓶红墨汁，还平放着一支毛笔。一条凳子在桌前，另一条凳子靠墙。

老师让姥姥坐下，老师也坐下。老师把我叫到他跟前站着，问："你姓什么？"

"我姓齐。"

"那你叫什么？"

"我叫丫头。"

姥姥赶紧更正："这孩子姓王，叫王月玲。出生时，她爹就给她起好大名和小名了。"

老师又问："这孩子家是哪里？"

姥姥告诉老师："她家是付庄。"

"她父亲叫什么名字？"

"叫王仲起。"姥姥回答。

老师惊讶地说："啊，原来是仲起的孩子啊！我和仲起不但是老相识，而且还是好朋友！要是别的孩子，我就不收了，因为现在开学已两个月了，再插班怕赶不上课程，再说也没有书；既然是仲起的孩子，那我无论如何得收下。"

老师让我们先回家，从我父亲的那些书里找本《三字经》，明天带来。老师就用这本书单独教我，等来年招生，我再跟一年级的班。

老师送我们走出校门，铃声一响，老师急忙回身去上课了。

在回家的路上，姥姥告诉我，这学校的房子以前是座庙，后来才成为学校。

打铃的那老人，就是以前看庙的老道士。校院东北角的那两间屋，就是他一家人住的地方。

"姥姥，在庙里上学，我害怕。"我说。

姥姥就劝我："不要害怕。明天来上学，好好学习，好好和同学玩。"

我认真地点头，和姥姥说："姥姥，你说的话我都记住了。"

到家，我放下包袱，对姥姥说："姥姥，我到北门外叫当先生的二舅来给我找书。"说完，我就跑去二舅家。现在，庄的北围门正堵着。我出南围门，走一阵跑一阵，累得气喘吁吁，转了好大一个圈，才到了二舅家。一进门，我就拽着二舅的胳膊，让他赶快走。

二舅来到姥姥家，翻找很长时间才找到一本《三字经》和一本《百家姓》。二舅指着这两本书给我介绍，并且说："这两本书就够丫头念一年的了。"

第二天，我早早起床，洗脸梳头，准备带这两本书和装着石板的布包去上学，姥姥却让我放下《百家姓》，说念完《三字经》再换另一本。我按姥姥说的做了。

到学校后，学生们正在读书，而老师没在学屋。姥姥领我到老师的办公室，老师正坐在桌前批改作业。我取开书包，拿出《三字经》给老师看，老师说："我让你找的就是这本书。这本书很能教育孩子。"

老师领我进学屋，姥姥也跟着进去。老师把我安排在最前头，和一个小女孩坐在一起。

老师告诉我："她叫管季芹，是个学习好的学生。"然后转头对姥姥说，"你老人家把孩子送到学校里来，我就照顾好她。大娘你放心就是了，你现在就回去吧。"

上课后，老师给同学们教完课，把我叫上讲台。我站在他的跟前。

老师念一句，我跟着念一句："人——之——初，性——本——善，性——

相——近，习——相——远。"

一会儿工夫，我自己就会念了。老师夸我学得快，又领我念了两遍，叫我回到自己位子，把这四句背诵下来。

我背得滚瓜烂熟，坐在位子上没事干，急得慌，就和同桌一起念她的书。没多久，我把她书上的一段话也背熟了。

不到一年时间，我背会了《三字经》《百家姓》，我同桌的《国语》，我也背得滚瓜烂熟，但是，离开书本，我几乎一个字也不认识。

有时，晚上吃完饭，姥爷让我背诵，我就很顺妥地背。可是，后来姥爷发现我只会背，不识字，就问："你老师不教你认字、写字吗？"

我告诉姥爷姥姥："老师让我先背过，等下年和新学生一块学新书时，再教我识字。现在老师没空教我。"

姥爷姥姥听后，从此，没再过问这事。

一年过去，新学期开始时，我发现学屋里念完第四册的学生不见了，问同学，都说不知道。没听说这近处还有学屋啊，难道老沂庄又安了新学屋？算了，不去管这事，以后说不定就听说了，我很纳闷地想。

交上买书钱，过两天新书就发下来了。上课时，老师站在讲台上告诉我们：厚的一本是《国语》，《国语》这本书教我们识字、说话；还有一本《算术》书；《修身》，是品德教育的书。

《国语》里有一页插图。插图的画面上，一棵树和姥爷家的茶树有点像，树上的花朵正开得鲜艳，花瓣舒展。我问同学这叫什么花，有说是红玫瑰，有说是大月季。

我从没见过这么好看的画，我只见过过年时姥爷在门上贴的门神画，还有在门头横框上贴的各种颜色的门钱子画。那些画，风一刮，飘飘扬扬的也很好看，但都没这张画好看。我看了又看，越看越想看。

上课铃一响，我就赶快把书阖上，等着老师进教室。

老师进门走上讲台，告诉我们，今天给刚入学的学生上算术课，其他学生预习《国语》。

老师先提问我，问我识几个数。我说能数到一百，是姥姥教的。老师让我数一数，我就一直数到一百。老师又让别的学生数，都没我数得多。

课间或课外活动的时候，同学们三三两两在一起做游戏，可开心了。我们的游戏有老鹰叼小鸡、瞎子摸瘸子、溜手绢、贴烧饼等。

老鹰叼小鸡的游戏最热闹。有一个叫李冠英的大同学当领头老母鸡；几个小同学分别在李冠英的两边，手扯手，让李冠英领着，当母鸡的两个翅膀；又有两个小同学在后面拽着李冠英的褂后襟，当母鸡的身子；再有一个小同学扯着前面这两个小同学的褂后襟，当母鸡的尾巴；再后面就是跟着一群小同学当小鸡。

这时，另一个同学当老鹰，和母鸡面对面，张开双臂当翅膀呼扇着飞。老鹰向左飞，想叼走小鸡，老母鸡就伸开翅膀向左拦；老鹰又呼扇着翅膀向右扑，老母鸡又展开翅膀向右拦。随着李冠英的东挡西拦，她两边和后边的一群小同学也跟着一会呼啦啦东，一会呼啦啦西……场面很是壮观。

那只母鸡，不顾自己劳累，拼命保护自己的孩子。但是，不管怎样尽力，老鹰还是能接连不断地叼走小鸡，结果，一群小鸡都被鹰叼走了。游戏做完，我们都累得气喘吁吁，满头大汗。

第十八章

姥姥，让您的背再温暖我一次

春苗长得老高时，庄户人家就开始大溜地给春苗除草、松土。姥姥家种了几亩春苗，忙不过来，就雇两个人帮忙。

这天是星期天，我不上学。清晨一大早，我出门找伙伴玩。玩了一会儿，回家时，到姥爷家的巷北口，迎面碰见姥姥。姥姥说："饭都做好了。我上菜园拔几棵葱，剁把野菜，就回来。"

我答应着。姥姥可真忙啊，早上我起床时，她就推完磨，烙好煎饼；现在早饭做好了，又得上菜园拔菜，开始给湖里干活的人准备饭菜。

走进大门，我闻到煎熟的咸鱼的香味，再到锅屋一看，炉台上摆着一盘刚煎好的咸鱼，正冒热气，还有一盘切好的咸鸭蛋和一盘切成细条的生辣疙瘩咸菜。

我忍不住用手捏着咸鱼吃，真好吃啊。我明知道这咸鱼是给湖里干活的人准备的，但我已忘得一干二净。我吃了一条又一条，不知不觉，一会儿工夫一盘咸鱼全吃没了。等我反应过来，心里发慌，害怕极了。我想姥姥回来肯定会数落我，说不定还会打我，那我该怎么办呢？我急忙转身往外走。

　　我正一步门里一步门外，姥姥连葱带菜抱着一抱向锅屋走来。一看我嘴边沾着鱼渣，姥姥似乎明白了，嘴边下意识冒出一句"不得了啦"。我的心如落石般地"扑通"一声！

　　姥姥再没说什么，撂下怀里的菜，回头向石台子上的水缸里舀了一瓢凉水给我喝。我咕嘟咕嘟地喝了一阵。姥姥又给我盛了一碗用小豌豆和烙煎饼剩下的面糊做的糊涂，拿一个煎饼上堂屋舀两勺白糖卷上递给我，并且告诉我："这顿饭不要再吃咸味了。"我赶忙点头答应。姥姥又去忙着炒菜。

　　下午，我在大街上正和伙伴们玩着，就开始咳嗽，气管也呼啦呼啦地响起来。我知道是吃咸鱼鮰的，不敢吱声，起身就往家走。我憋得喘不过气来，边走边咳嗽，腿也没劲，只能一步一步地往前挪。

　　走到姥爷家小巷口，正好遇见小三他娘。他娘问我："小妹妹怎么了，你的嘴唇怎么这么紫啊？快回家让我大奶奶给你看看。"

　　我没吱声，只管低头向前挪步。

　　好不容易到家。走到天井，看见姥姥在锅屋正忙着给下湖的人做晚饭。我不好意思告诉姥姥，也害怕姥姥会吵我，埋怨我，就挪步走进堂屋，进了西里间，上床睡倒。

　　睡了一会儿，憋得更厉害了，我立身坐起，仰脖直喘，不停地咳嗽。这可怎么办呢，没法上学了！想着想着眼泪流了出来，可是我只能忍着！

　　我听着姥姥一趟一趟把炒好的菜端到堂屋饭桌上，估摸着姥姥已经做好饭了。等我从门缝往外瞧，姥姥又把做好的糊涂盛到盆里端到桌上，筷子和碗也都拾掇好了。姥姥还没来得及喘口气歇歇呢。

　　我强忍着尽量不咳嗽。但终于我还是忍不住了，便从床上下来，走到外间，对姥姥说："姥姥，我咳嗽，憋得喘不开气。"

　　话还没说完，姥姥似乎明白了。她既没埋怨我，也没吵我，顾不得饭菜的事，背起我就走。

"走吧，上北门外，叫你大舅母用针给你挑挑手指。挑的时候别哭。"

我边咳嗽边说："只要不憋了，再疼我也不哭。"

姥姥背着我。我很害羞地把脸贴紧姥姥的背，生怕人家知道我偷吃咸鱼鮰着了，怪丢人的。幸亏正是做晚饭的时间，没看见大街上有人。

走到南门里，遇见小反她娘。她站在街口，东张西望，不知有什么事情，看见我们，就问我们这是上哪，并说我这么大了，让我自己走就行。

我把脸藏得更严实了，并用脚轻轻踢姥姥，让姥姥赶快走，心想别多说话露了馅。姥姥也只是说："丫头不好受，我背她到北门外，让她大舅母给看看。"说完，出南围门，向东走了一段路，再拐弯走上向北去的大路。

我在姥姥背上，咳嗽和喘得厉害。姥姥又累又着急。她喘着粗气，迈着小脚，走这么远的路，也没放下我歇一歇。走到庄东北角，往西拐，又走了一段路，才到我大舅母家。

一进堂屋门，没等大舅母招呼，姥姥就急巴巴地把来由说了一遍。大舅母赶快拿来一个麦秸墩子，让我坐下，又搬来一个凳子让姥姥也坐下，再急匆匆地进里间屋找来针线筐，从针线筐里找出针筒子，起开盖，倒出几根银针。

她拣出一根四棱子银针，我急得心如火燎，巴不得赶快给我扎上。大舅母拿针坐好，我伸开手掌，她向我食指中间的节骨处使劲扎了一针。我"嗷"的一声刚要哭，大舅母就说："丫头，听话，不疼，别哭，扎一针就好了。"

我想，我已经向姥姥保证不哭了，我得咬牙坚持。等针拔出来，针眼里淌出的不是血，而是清汁。大舅母用大拇指和食指捏着一挤，又淌出一些清汁。大舅母用手布擦去清汁。针完左手和右手除大拇指外的各个指头后，大舅母对我说："丫头，你看，流的都是清水，这是盐水。你吃的盐太多。你连着来挑三天，忌三天的盐味，病就好了。"

姥姥紧接着叮嘱我要记住舅母的话，姥姥又交代我以后要少吃盐。我感到很丢人，心里烦得慌，该记住的我都记住了，你们就别再多说了吧。

临走，大舅母和我姥姥说："大姑，你家忙，我家春苗少，他爷俩就能忙乎过来，明天晌午，我去你家给丫头挑。"

这家的大舅，还有也是住在北门外当教书先生的二舅，都是桥西头我老姥姥门上本家近门的人，所以，我们和这两家很亲。

回来时，大舅母帮着背了我一段路，姥姥接过来后一直把我背回家。还好，路上没再遇见别人。

从这以后，姥姥特别注意，光给我吃煎饼卷白糖。我吃够了，一点也咽不下去，一咽就想呕。姥姥再在煎饼里卷上葱给我吃，我也不想吃，一顿吃不上一个角的煎饼。而姥姥既要忙着给湖里人做饭送饭，又要担心和照顾我，可真是怪累的。

几天休养后，我咳嗽得轻了，也不憋得慌，而且想吃饭了。

上学时，怕我累着，姥姥背我去，从湖里干活回来的姥爷再背我回家。

在学校，老师怕我累着，课间和课外活动时间都让我在教室里待着。落下的功课，老师抽空给我补上。

我学习很用功，学过的课文不但读得很熟，而且都能背过，字也都会默写。第二册念完，我考了年级第二名，老师表扬了我。回到家，姥爷姥姥也夸我，并且鼓励我等新书发下来要更用功！

故乡情

你给了我别离

给我往事

给了我思念

给我泪无声息

是难以割舍

还是我已明白……

从此，会少了许多真爱

所以，您的身影

从我的眼前

一次次消逝在天际

是您说过的话吗

虽然很轻很轻

却一直压得我心

很痛很痛

您不再唤我的乳名了吗

而您早已用井水

把它淘洗得干干净净

是您不爱唠叨

只知道埋头干活

还是心里能装得下

太多悲喜

不是都说

一方水土养一方人吗

可为什么

咱庄的水甜

外庄的水涩

为什么，那碗苦涩的水

您喝得酣畅淋漓

就这样吧，就这样吧

从什么时候起

在我的心里

岁月就没再老去

记忆却永远崭新

黄爱席

第十九章

我必须长大

一天中午，我放学回家，走到庄南门外柳树塘的北头，看见姥姥提着几副中药，站在皂角树下，和人聊天。走近了，看清楚药包上还铺着一张药单。有人问姥姥："大奶奶，您怎不叫咱庄的夏先生开几副药吃呢？"

"叫夏先生看了，吃他三副没见好，热没退，这才上老沂庄找吴先生看的，再吃他的三副药看看。"

姥姥少气无力的样子。一会儿又围拢上几个人，问长问短的。正说着话，姥爷扛着锄头从东湖地里回来。我和姥爷、姥姥就一起回家了。

到家，姥姥不顾自己有病的身子，把药包往堂屋大桌上一放，就忙着上锅屋拾掇锅，生火，准备熬饭。我这边烧火，姥姥又去剥葱、切葱，刷小菜锅，再生一堆火，用小菜锅给我姥爷炒好一盘鸡蛋。这时，大锅里的水烧开，姥姥和好面汤搅到锅里。等糊涂烧开，姥爷也喂完牲口进了家门。我们三口开始吃饭。

姥姥不停地咳嗽，仰着头喘粗气。我看姥姥憋得厉害，就着急地说："姥姥你上床躺下，我给你捋捋心口窝，顺顺气，兴许你就不憋了。"

姥姥说："我这是发热烧的，捋捋也没有用的。"

"要不，我上北门外叫大舅母来给你挑挑手指头？"

姥姥摇摇头，无奈地说："傻丫头，那是给你挑脶的。我这病挑是没用的。"

我再也想不出别的办法了。

还有一大堆活儿等着姥姥去干。她喂的蚕慢慢长大，每个蚕筐里几乎都已盛不下，马上就得搭架子铺席，整理这些桑蚕。

姥姥每年喂十几席蚕。往年，蚕吃老食时，自家桑树行里的桑叶被蚕吃没，就得上外庄点桑（给人家钱，包下人家的桑树，采下桑叶甚至折下枝条回家喂蚕）。蚕过四眠，姥爷推着小车带上镰刀，到外庄点的桑树上连枝带叶装一车，推回家，蚕唰唰地一会儿就吃完了。姥姥忙着喂了这席的蚕，又脚不停歇地喂另一张席上的蚕；这席没忙完，那席的桑叶又没有了。姥姥没白没黑地干，不是下腰低头伸着胳膊向底层的席上添桑，就是跐着坐床仰着头架起胳膊向上层的席上添桑。

今年姥姥病了，我看着她，实在撑不下来了。可庄稼人全指望出力干活吃饭，正当人忙季节，不干怎么办呢？

得把蚕摘到粮囤里铺的麦秸上；等蚕做完茧，抽完丝，接着就得割麦。没办法，姥姥带一身重病，也得不分白天黑夜，继续干这些没完没了的活。

晚上，姥姥再抽一点时间，在院子里，用三块土坯头子支撑着药壶，生火熬中药。姥姥一边照看中药，一边还不断地到西屋去察看蚕架子上的桑叶。

听着姥姥不停咳嗽，看她憋得上气不接下气，又忙得不可开交，我实在不忍心，就想替替她。我说："姥姥，我来熬药吧。"于是，我就守着火熬药。中药熬好后，我学姥姥那样，在壶嘴里插一根饭炊苗，挡住药渣，把药汁倒进碗里。先凉着药汤，我再赶快舀进洋铁壶半碗水，烧开，倒进另一只碗里。凉得差不多后，姥姥就喝中药，再用这温开水漱口。我让姥姥上床稍微休息一下，姥姥舍不得这点儿时间，还没坐下，就又去忙了。

从那天开始，我天天晚上给姥姥熬药。我觉得我长大了，饭也可以自己盛，煎饼也自己卷。我天天眼巴巴地盼望姥姥吃了中药，能早日把病治好！

麦收后，姥姥的病不但没有好转，反而比以前更重了。她干点轻活就得坐下，连咳嗽带张着嘴喘粗气地难受一阵子，无奈还得起身接着再干。秋天时，姥姥的痰里竟带着血丝；又过几天，姥姥大口大口地吐血，最后竟然睡倒，不能再起床了。

姥爷只要一听说哪里有好的看病先生，就请到家里来给姥姥把脉抓药。谁知道越就医越吃药病越厉害。听姥爷说，当年，卖十几亩地给我娘治病，也没治好；现在又没钱给姥姥治病，还得卖地。姥爷用苦力拼命劳动，换来的这几十亩地，就这样快卖光了。姥爷的日子过得好苦啊！

现在，姥姥躺在床上，大口大口吐血，大热不退。

而我也不能上学了，在家伺候姥姥。我把坐床搬到姥姥床前，上面放一只黑色陶碗，碗里盛一点水。姥姥不能起来吐痰，我就把碗歪着放在姥姥嘴下，让浓血浓痰落到碗里。吐满，我端到院子的东南角，倒进浑水汪，再用瓢舀上水，用木棒拨拉着碗沿涮几遍。涮完用破布擦干，再加上点水，放回坐床。姥姥不停咳嗽，不停吐脓血浓痰，我就不停地端着碗来回去倒。

又过了一段日子，姥姥的病更重了。邻居、亲戚还有姥爷要好的朋友知道了，就都带着礼品来看姥姥。北门外大舅母带来橘子和山楂糖球；南园的大嫂带来山楂糕；中滩的孟姥爷自己有果园，送来半布袋水果，里面有梨、苹果，也有山楂；还有的送来了白糖和点心。这些东西，抽桌的两个抽屉里都装满了，后来陆续送来的东西就都堆在抽桌的桌面上和大桌子上。

可惜，这些东西我姥姥一点也吃不进去。看着姥姥病成这样，光喝苦药水，一点东西不吃，我心里难受极了。我用洋铁壶装上水烧火煮苹果，试着给姥姥吃。我把煮好的苹果捞进碗里，用汤匙把苹果捣碎，拌上白糖后，舀一汤匙，续进姥姥嘴里，她嚼嚼咽了。我又舀一汤匙续进她嘴里，她又嚼嚼咽了。我高兴地喊起来："姥姥，你好了！姥姥你好了啊！"

这以后，我也给姥姥煮过两三次山楂。煮之前，都是先把山楂掰两半，抠出仁扔掉。趁她不咳嗽的短暂一会儿，把煮烂的山楂一半一半地续进她嘴里。我还给她煮过梨。梨煮熟后，也用汤匙碾碎，拌上白糖，碰巧了，姥姥也许吃一口两口。

临近中秋节，我们家冷冷清清，没有一点热闹气氛。姥爷只忙着到处打听哪里有能治好病的医生。

一天，姥爷本家远房一个我叫五姨的，听说姥姥生病，来看姥姥。她看见姥爷忙里忙外，我又小，不顶用，怕没人手，就替我们着急，干脆留下伺候我姥姥。这样，我就不用光守在姥姥身边了。

我走出大门，来到院东小巷的北巷口。小火的姐正坐在她家大门口的槐树下纳鞋底，一看见我就喊："小姑，好几天没出来了，快过来玩吧。"

我心情忧郁地走过去。她递过一个麦秸墩子让我坐下，问我："我老奶奶的病好些了没？"

"不知道。"我眼睛看着别处，茫然回答。

她接着问："你姥爷家的石榴都熟了吧？你家石榴的籽又大又甜；我家院子小，不得风，石榴籽不好吃。现在，老奶奶在床上躺着看不见，你去给我摘一个吧？"

我听了很生气，但又不好意思拒绝，就很不情愿地答应了。坐了一会儿，回到家里，我没吱声，就到堂屋东旁石榴树前摘了一个大石榴,给小火的姐送去。

谁知，送她一个石榴不要紧，却引出事来。第二天，庄西头的松巴、柳巴、小跟，不光这些小女孩，就连本庄的一些小男孩也在大门外喊我，都说自家的石榴不好吃，要我摘姥爷家的石榴给他们。没办法，我只好又摘了几个大的,用褂大襟兜着出门给他们分。这样，来要石榴的小孩多，几天就把三棵石榴树上靠下一些我能够得着的石榴摘没了。可是还有小孩陆续来要，我就搬出坐床趿着，拽着树枝摘。

石榴树上的大石榴让我摘得差不多了，姥爷也没发现。他根本顾不上家里的这些东西了。我感到我们家过得真凄惨啊：姥姥有病，家里的东西没人管理，就好像没了主人一样，谁爱要谁就要。

姥爷一辈子用汗水挣来的比较丰厚的家底子，先是为我娘治病卖了十几亩地，但地卖了，也没换回我娘的命，从此，姥爷和姥姥失去他们唯一的孩子；现在姥姥又病了，并且病得这么厉害，姥爷还得卖地，还得东奔西跑找先生抓药，就这几十亩地快折腾完了。姥爷又没人手，现在，家里东西也没人照望，丢了也没人管。姥爷这辈子过得太辛苦，太累了！我觉得他真可怜啊！

快到阴历十月了。姥姥没病时，我早该穿上大棉袄和棉裤了，可现在我还是只穿一件小撅腚袄和一条夹裤。凛冽的西北风呼呼地刮着，天上的太阳好像也发出寒冷的光芒。我冻得不敢出门。五姨因家里有事，回去了，服侍姥姥的担子又落在我身上。我天天守在姥姥身边张罗着。有时，趁姥姥不咳嗽那一会儿，我赶快爬到床的里边靠近姥姥睡倒，扯个被角盖在身上取暖。刚睡倒，姥姥又咳嗽，我就赶快爬起，下床端起小黑碗，给姥姥接痰。姥姥不停地咳嗽，每次咳嗽得几乎要憋过去。她咳嗽一下，我就揪一下心。

姥姥没病时，整天没白没黑拼命干活。她没在饭桌前吃过一顿完整饭，没在板凳上踏踏实实地休息过一回，没悠闲自在地喝过一口水，五冬六夏没睡过天明觉，可是没想到竟得了这么要命的病。姥姥的命可真苦啊，姥姥您也真可怜啊！想到这，我就一个人躲起来偷偷地哭泣。

一天，姥爷上桥西头庄把我舅姥娘叫来，让她先服侍着我姥姥。第二天吃完早饭，姥爷好像气哼哼地对我说："丫头，我把你送到三重镇，叫你爹找人给你套棉衣去！"

于是，我跟着姥爷出南围门，向西南方向走去。寒冷的西北风呼呼地刮着，凉透我的全身，冻得我战栗不止，手也生疼！姥爷叫我在他身子的左边，他用身体给我挡风。我的左手缩进袖口，右手插进姥爷外衣与外腰带的夹缝。这样就能稍微避点风了。

我跟着姥爷紧走慢跑。我不停地问："快到了吗？"而每次的回答都让我失望。路，真是漫长啊！

太阳偏西时，姥爷告诉我，我们到了我爹住的这庄的西门。我们走进庄里，朝东走。走到庄的当中，又朝南走了一会儿，来到一个朝东的大门前。我和姥爷上三磴台阶，进大门，穿过道，再拐弯朝北穿过二门子后，来到正院。

好大一个深宅呀！走到堂屋门前一棵枣树下，我们看见堂屋门敞着，风门子也没关，屋当中冲门是一个带腿的大铁火盆。一个女人坐在火盆旁，手拿铁火钩，正拨拉着火盆里燃得通红的木块。

我们没进屋。那女人抬头向我们瞟了一眼，又若无其事地低下头，继续拨弄那些木块。那神态，好像院子里就根本没有人来。

我姥爷突然对我说："你站在这里等着吧！"

说完，姥爷转身向大门外走去。我站在那里，立刻感到，我就像被风刮断了线的风筝，飘落在这棵树前。我的家呢，我的亲人呢？我使劲喊我姥爷，可没人应声。姥爷已出大门走远。我哇哇大哭起来。

站在冰冷的树下，寒风一阵阵拍打着我，我冻得上牙直砸下巴骨，全身打哆嗦。我哭声越来越大，心想总会有人听见来帮助我的，哪怕领我到屋里暖和暖和也是好的。可是，这深宅大院，除烤火的那个女人，又有谁能听见我的哭声呢！我使劲哭了一阵，就睁眼看看堂屋里那烤火的女人。那女人根本不理我。我哭呀，哭呀，嗓子哭哑了，最后没有了力气，只好小声抽泣。

　　我脸和手冻得像针扎一样，后来却麻木了，也不觉得疼了。我浑身打战，肚子饿得吱吱响，腿僵得站不住，就一下子靠到了枣树上。

　　姥姥病在床上，姥爷又把我扔在这里，这回我是真的没人疼，没人管了。

　　堂屋那女人时不时咳嗽一阵。不关风门，可能是怕被烟呛着吧。不管怎么样，你家里来人，也不能不搭理啊。我在姥爷庄上可没见过这样的人。这个女人一定不是好人！这时，我朦朦胧胧地记起不知从哪里隐藏着的一点记忆：这个女人，或许就是从我娘身边抢走我爹的那个人吧。

　　嗓子哑了，眼泪哭干了，身上的血好像也冰凉冰凉的了。家呢，亲人呢？想着想着，我两腿一软，一下子坐在露出地面的枣树根上。

　　天快黑时，从门外走进一个大人，他领着一个十来岁的小丫头。我想，这个大人可能就是我爹。他看见我，松开小女孩的手，走近我，扯着我的胳膊，把我从地上拉起来，说："走，我送你到你五姨家去吃饭！"

　　我费力支撑起自己的身体，感觉腿像大水罐一样粗，麻木得不会走了。站了一会儿，试着走走，腿还是麻，浑身还是哆嗦，只好跟着爹一瘸一拐往前挪。

　　那丫头跟在我身后不住声地骂："你是哪来的死丫头，上俺家干什么来的？快滚！"

　　咕咚一声，她在我背上捅一拳。我打了个趔趄，幸亏有人拽我，才没磕倒。接着，她又捅第二拳，我又向前一撞，又差点磕倒。她紧走几步，和我并排，继续骂我："小死丫头，你不滚我掐死你！"

　　她把我的手脖连拧带掐。我不敢吱声，只能咬牙忍受。她一直跟到过道，又在我背后用足力气狠狠地推我一把。我的头差点撞在大门上！

　　她大声叫喊："别在俺家，快滚吧，可别再来了！"

　　她停住脚步，不再往前走。

　　我已经连饿带冻快一天了，又遇见小姑娘这样待我。我爹看得清楚，可他却自始至终没吭一声。

出大门往北，走到街北头，路东有一人家，单扇院门，门很矮，个高的人得低头才能进去。门关着，爹在门口和我说："这就是你五姨家。你推门进去吧。"

说完，他转身走了。委屈和难过又袭上心头，我就又哭起来。但嗓子哑了，已哭不出声。天色已黑，路上没有行人。这时，我想起小火他娘在我面前经常说的那句话"宁要要饭的娘，不要做官的爹"；小火的姐也说过"有了后娘，就有了后爹"。看看我爹，牵着那孩子的手该有多亲热啊，可是对我怎么就像不认识一样呢？

站在五姨家门口哭了一阵，再想了一阵，实在撑不住了，我就要倒下了。我小心翼翼地向前走两步，试着去推门，心里揣测如果见到这个五姨，她会给我做饭吃吗？

推开门，没有一点防备地，竟从里面窜出一条狗。"汪！汪！汪！汪！"狗很凶地朝我扑来，对着我的左边小腿就是一口，接着又咬第二口。血流了出来，黏糊糊的，浸透了我的裤子和袜子。

这时，听见狗叫，堂屋里有人出来。先出来的是个老年人，她把狗撵跑，接着说："呦，呦，丫头来了，丫头来了啊。别害怕，狗光会叫，不咬人的。"

她领我往屋里走。这回，我顾不得冷和饿了，只感觉腿疼得厉害，扑通一下坐在了地上。她们这才知道我的腿被狗咬破了，裤子也被狗撕扯了两个窟窿。

天色黑得厉害。老人把我抱进屋里，摸个墩子，叫我坐下。

这时，腿疼得再厉害，我也不想哭了。我心里萌生出一股倔强的力量，只觉得应该默默忍受。

等别人找来火柴点上油灯，我才看清老人竟是在姥爷家服侍姥姥的那个五姨。顿时，我像看到希望，感觉有了依靠，心也不再悬空，慢慢安顿下来。我想，我可找到管我的亲人了！

五姨吩咐一个年轻女人说："你大嫂，赶快找剪子，去绞儿撮狗毛，放到铁勺里生上火炒焦，捻成碎末，再用香油调成糨糊。"

大嫂去忙乎了。五姨端着灯，东找西翻地扯出几块破布头，然后把油灯放在我近处的板凳上。她蹲在我跟前，慢慢卷起我的裤腿，用破布轻轻擦拭我腿上的血。只擦几下，那块布头就被血浸透。五姨就再换一块。找来的布头全用上了，可还是没有止住血。再也找不出可用的布了，没办法，五姨只好去撕她套在袄里的褂子。五姨掀开自己的袄，撕扯下一块褂子布，又去捂我的伤口。

这时，大嫂端来炒好的狗毛，五姨用手捏着捻成粉末，又滴上几滴香油，捻匀。五姨把捂着伤口的褂子布慢慢地掀开，血淌得慢了。大嫂又找来一根鸡毛翎子，沾着捻匀的糊糊往伤口上涂抹。一抹，煞得钻心疼，我强忍着不出声，一直忍到大嫂抹完。大嫂子夸奖我。我五姨说："抹上狗毛粉，伤口就不会发，过三天五天结了疤就好了。"

五姨再从她的内褂上撕下一长截宽布条，包扎好伤口，并绕腿缠几圈，用线绑紧，再慢慢放下卷起的裤腿。

虽然伤口还火辣辣地疼，但不像刚才那么难以忍受。我心里也不再感觉那么孤单了。

处理完伤口，五姨叫大嫂去给我煮两个鸡蛋，说是要把刚才失掉的血补回来。后来，五姨又让我们去锅屋吃饭，说围着锅台暖和。

原来，她们为我忙乎了一大阵子，做好的饭还没捞着吃呢。五姨把我抱进锅屋，在炉台的风门口给我安上一个麦墩，让我坐下。这时，伤口疼得轻了，肚子却饿得咕噜咕噜响个不停。我多么想赶紧吃饭啊！

大嫂煮好鸡蛋，用凉水拔了拔，剥去皮递给我。我也顾不得害羞，接过来一口并作两口地就往嘴里塞；我又喝了一大碗地瓜糊涂。吃完饭，肚子不难受了，身子也暖和了一些。

晚上，五姨搂着我睡觉。五姨向我说起了我的家事：

我家本是付庄。付庄是临沂南的一个大镇。日本鬼子侵略时，进到临沂这一带，付庄的人们都大车小车的到乡下躲鬼子。这时，我姥爷急急忙忙地套上牛车就上付庄给我们搬家。到了付庄，那个女人拦住我爹，又哭又喊，在地上打滚，不让我爹上姥爷家去。没办法，我娘抱着我，和我奶奶还有家里其他一些人一起上了车。车上又装了一些衣物和一些贵重物件。就这样，我们来到房庄的姥爷家。我爹和那个女人就领着她带过来的那个小女孩，跑到付庄南的河庄去住了。住了一阵子，爹看到在这乱世里也没法教学，就把她娘俩送到河庄南的丰庄她娘家，自己参加八路军去打鬼子了。几年后，爹回来了，和那女人还有她的孩子一起，在这三重镇，搬进这邓家大院。我娘气出病，在我三岁时死了。下葬了我娘，姥爷和姥姥一直养着我。

在五姨家的第二天，爹送来了布和棉花，让五姨给我套棉裤。人嫂子忙活一天，直到傍晚才给我套好棉裤。第三天，五姨补好被狗咬破的夹裤，又重新包扎好伤口。

我穿上大嫂子给我做的新棉裤，说："我想姥姥和姥爷了，我想回去看我姥姥的病好了没有。"

五姨说："一会儿你爹来送你。咱先吃饭吧。"

吃完饭，过了会儿，爹推着一辆一前一后两个辘轳的车子来了。

五姨说："丫头，你爹骑洋车送你回家快，一会就能见到你姥姥和你姥爷了。"

我头一回见这样的车子。大嫂把补好的夹裤叠好垫在车子的后座上，再把我抱上去。我叉开腿坐好。五姨又让我揽着我爹的腰，让我别掉下来摔着。

五姨她们把我送到大门外。爹骑上洋车很快出了三重的西围门，向北一拐上了路，就直奔东北方向而去。

我只感觉洋车带着我往前跑，路边的树、庄稼地、地沟里的枯草，则呼呼地往后跑。我无心看景物，心里很难过。从五姨家出来，一路上，我没和爹说一句话！一句话也不想说！

到了姥姥家，爹把洋车放在大门外，把我送进堂屋，只给我舅姥娘打了声招呼，也没上里间屋看看、问问我姥姥的病怎么样，倒头就走。我这个爹啊，真是没有一点人情味，连一点良心渣都没有了。那一刻，我真是恨透了这个人！

这时，姥爷正从里屋出来，望见爹的背影，只平静地说了一句："只要能打鬼子，就算是好人啊！"

这话我有些似懂非懂。

我跑进里间，一下子趴在姥姥怀里，真想张开嘴大哭一场，把去三重这一趟所受的委屈和痛苦全哭出来。可是，我不能哭，那样会让姥姥的病更厉害。所以，我忍住了。

姥姥看见我，只说了一句："我可怜的丫头……"下边的话就说不出来了。姥姥泪如泉涌。我的泪水也扑簌扑簌地往下掉。

我只和姥姥说："我是在五姨家住的，是我大嫂子给我套的棉裤。"

第二十章

痛到最深处，烙在心上，我无法哭泣

过了年，姥姥的病越来越重。我天天给她熬药喝，可是姥姥还是大热不止。现在，她已卧不了床，一睡下就喘不开气，要憋过去，只好白天黑夜地跪着趴在床沿上，不停地咳嗽，不停地吐着鲜血。姥姥一会儿就能吐一陶碗血。两个碗倒换用，每次去倒的时候，我都把碗刷得干干净净。

姥爷现在还是到处打听，寻找好的医生。近处的先生都来过了，都不管用。现在，姥姥一点儿东西都吃不进去，身子瘦得只剩下几根干骨头棒子。姥爷愁得整天吃不下饭，睡不着觉，只好上更远的地方去打听治病的先生。

一天，姥爷从外边回到家，进了里屋，在姥姥的病床前，对姥姥说："河东有个看病很好的先生，咱找几个人抬你去，住在那里，叫他给看看，吃几服药，看能见好吧！"

常听人说有毛河东也叫小河东，还有沂河东也叫大河东。不知道姥爷说的是哪个河东。看姥爷心里又急又躁，我也不敢问。姥姥一听说河东有能看好病的先生，也心急如火，巴不得这就叫人抬去，好让先生一下子就拨拉掉她身上的病根！

头天晚上，姥爷把搁在炮楼上的一张小床搬到院子里，扎好架子。第二天早晨，我起床时就不见姥姥了。肯定是姥爷头天已找好人，今天天不明就抬着姥姥去看病了。

姥爷给我交代了几句："丫头，锅里有做好的糊涂。给你煮了两个咸鸭蛋，早晨吃一个，晌午吃一个。剥剥皮卷到煎饼里，再捋上根蒜薹吃。吃完饭出去玩的时候别忘锁上大门。我得赶快给你姥姥看病去，晚上我再回来。"

说完，姥爷急乎乎地走了。就这样，姥姥在外边看病，姥爷每天天不亮就去看姥姥，晚上很晚再回来。

这段日子，我整天在家服侍姥姥，小伙伴们知道我没时间玩，都好久没找我了，我也一直没有去找她们。

现在姥姥不在家，我心里很难受，也无心去找伙伴们玩。吃完饭，我无精打采，走到小巷北头，心不在焉地东看看，西望望。大街上空荡荡的，只有小火的姐照常坐在她家大门口槐树下的门台石上纳鞋底。一看见我出来，她就招手让我过去。她给我一个墩子让我坐下。她问我什么话，我也无心回答，只是两手托腮，呆呆地坐着，心里光想姥姥的病能治好吗！坐了一会儿，觉得没意思，我就回家了。

夜里，没见姥爷回来，我什么时候去的外屋，怎么去的，我全不知道。睡着睡着，忽然睁眼一看，月光穿过窗户的木格，照得屋里亮堂堂的，地上，却蹲着满屋子的黄鼠狼。这些黄鼠狼的样子像小黄狸猫。它们都瞪着两只圆溜溜的眼睛瞅我，好像要扑过来咬我一样。

我呼地一下爬起来，嗷嗷大哭大喊，过后，我从空缝里跑到门前开门。心想，我得赶快跑出去，别叫黄鼠狼把我吃了！可是，不管我怎么晃门、砸门，门就是打不开。我使劲哭着喊姥爷，我哭啊、喊啊。我想，那么多黄鼠狼，一个咬我一口，也把我给吃了啊。

我知道，我再怎么哭喊，也不会有人听到。因为四巴一家想着省点口粮，还想挣点钱盖自己的房子，就又出去逃荒，不再住姥爷家的外屋了；姥爷家的宅院又深，无论院后的小火家或是小三家，还是院东一巷之隔的小伟家，都离姥爷家的外屋很远；院子的西墙外是一片空地；外屋对着的是大场，大场的周边又是房庄高高的围墙。

我完了，我完了，今夜非得让黄鼠狼给吃了不可。我哭喊累了，浑身哆嗦着，躲躲闪闪地回到床上。过了一会儿，我不知不觉就又睡着了，一直睡到天大亮，井台上小跟娘给我开门，喊我上她家吃饭，我才醒。

爬起来，揉揉眼睛，睁开眼一看，屋里除了两个席折子粮囤和一张小床，还有东墙角一些农具外，地上什么都没有。这到底是怎么回事呢，是梦吗？想来想去，想不明白。算了，不去想了。我跟着小跟她娘上她家去吃饭。

吃完饭，从小跟家出来，我就想着上小火家大门口找小火的姐坐一会儿。可还没走到她家大门口呢，就听小火的姐大声喊我："小姑，你赶快回家哭姥姥吧！"

一句话，简直是晴天里炸响的霹雳，把我震呆了！我一直觉得姥姥会好起来的！我脑子里一片空白，心里像堵着块大石头，憋得喘不过气来；两条腿又酸又沉，挪不动步，巴不得一下子坐在地上不动了！可是，我必须回家看看姥姥现在到底怎么样了。

我硬撑着走到姥爷家的堂屋后，却又害怕起来，不敢回家，半天一步半天一步地挪进小巷，再挨到姥爷家的大门口。

一进大门，就看见堂屋里挤满一群陌生的大男人。这些人围着姥姥的小床。搭在床上的架子没有了，床上铺着被，还放着姥姥的一些衣物，可是姥姥不在床上。

我走进西里间，看到平时我和姥姥睡觉的那张床，还是只铺着一领光席，姥姥不在上面。我从人群里再挤进西屋的套间。因为套间的窗户对着夹道，并且用秫秸堵着，所以里面黑黪黪的，什么也看不见。我用手在套间里摸了一圈，也没有摸到姥姥。

我姥姥上哪里去了啊？我又挤出套间。当我走出西里间，回到堂屋，陌生的男人们都不见了，围着小床的，是北门外我大舅母，和另外一伙人。我走到床前一看，姥姥已经穿好看上去很滑溜的衣服，脚蹬蓝布绣花鞋，头戴绣花帽，脸上盖一张草纸，平躺在床上了。我看不见姥姥的脸，她真的死了！顿时，我的眼泪唰唰地掉了下来。

等她们都往外走的时候，一个乡邻一转脸看见我，就说："丫头，快上大门外等着给你姥姥泼倒头汤去。"

我出大门一看，门外放着一堆柳枝棍，腰绳也准备好了。执事的人头戴孝帽。我姥爷的本家，还有姥爷远房的亲戚，男的戴孝帽，女的戴搭头。北门外大舅母给我戴上带尾巴的孝帽子。

几个舅母商议，没娘了，得让我顶替我娘泼汤。泼汤时，让北门外大舅母架着我。现在，泼汤的人都束好腰绳，手里各执一根哀棍（柳枝棍），并排几行地往庄外走。队列前面，两个抬汤罐的，是山上我表哥的两个孩子。泼汤人都大声哭，有哭婶子的，有哭奶奶的，还有哭老奶奶的。

房庄没有土地庙，得上老沂庄南门外的土地庙去泼汤。从房庄到老沂庄南门外有三里多路。泼汤的人们走到房庄南门外时，房庄北门外的两个舅母看我光拉着哀棍不哭，大舅母就提醒我："丫头，快张开嘴，大声哭姥姥。"

二舅母则说："丫头平时很懂事。她姥姥长病，姥爷又整天忙里忙外不在家，都是丫头服侍她姥姥。这是怎么回事，现在姥姥死了，怎么不知道哭了呢？"

大舅母接上话茬，像是埋怨我："疼外甥女白搭，要是孙女看见奶奶死了，保准得张着大嘴哭奶奶。这可好，姥姥算是白疼了。"

二舅母又接着说："丫头这孩子生来就病病歪歪，是在药罐子里泡大的！不到三岁，她娘死了，这不，七岁，姥姥又死了。可怜的孩子，以后让谁来管啊！"

北门外的这两个舅家，是桥西头我老姥姥门上的，在这个庄里，算是和我很亲了。现在，两个舅母这么说，我心里就更难受了。

我心里好像堵着块大石头，一点气也透不过来，嗓子又干又燥，脑子也呆滞了。我怎么也哭不出声来，任由大舅母架着我往前走。我想，这回是完了，再没人疼我了。不知姥爷还要我不？

今天，也不知姥爷去哪里了。泼汤后回到家，我把哀棍放到大门外，进大门，看见满院子的陌生人。我没处站没处靠，走进堂屋，想再看看姥姥。姥姥仰躺在小床上，一动也不动，脸上还是盖着一张草纸。姥姥啊，你也不看我一眼，我光想看看你，但你脸上盖着草纸啊。我傻呆呆地在她床前站了一会儿。

我又走出堂屋。院子这么大，人又这么多，我不知道该干什么。这时，北门外大舅母一手端大半碗干饭，碗上放一双筷子，另一手端半碗豆芽熬豆腐的菜，急急忙忙地走来放在磨台上，对我说："人家都在大门外场上吃饭，丫头你别出去，就在磨台上吃吧。"

说完，又急火火上大门外忙乎去了。于是，我就跪着地趴在磨台上吃饭。我干嚼咽不下，吃两口就不吃了。过了一会儿，我趴在磨台上，睡着了。

给我做棉裤的我五姨来收拾碗筷，把我喊醒，叫我把饭吃完。我不想吃，她就说："你不吃，就上堂屋灵床前哭你姥姥去吧。"

五姨指派完我，接着把我没吃完的饭菜拾掇起来，端到大门外去了。

我爬起来揉着眼睛走进堂屋，在姥姥的灵床前，跪着趴在麦穰上，愣愣地睁着两眼看一波一波的人进来吊丧。山上的表哥和表嫂在我身旁，一进来人，他们就放声大哭，但我却哭不出声来。

我只想，一会儿姥姥醒了，她把脸上的草纸掀开，坐起来，就会看我一眼。

我也要看看姥姥的脸现在是什么样子了。等姥姥醒来，我就把我一个人在家睡觉，看见黄鼠狼的事说给她听。告诉姥姥，那时，也没人来救我。我要扑到姥姥怀里大哭一场，把我的委屈，所受的惊吓全都哭出来！可是，现在姥姥怎么就是不睁眼呢？想着想着，我就稀里糊涂地倒在麦穰堆上又睡着了。

第二天，该给姥姥泼早汤了，北门外大舅母把我喊醒。泼完早汤回来，一进大门就看见我老姥姥坐在堂屋门前的坐床上，用手布捂脸，身子一张一合地哭我姥姥。

可是，这两天怎么看不见姥爷呢，姥爷不在家，忙什么去了呢？这两天，我很少见最亲近的人，现在老姥姥终于来了。

老姥姥，我姥姥的娘。姥姥一有空闲就领我去看她。每次，老姥姥都会煮鸭蛋或煎咸鱼，来卷煎饼给我吃。老姥姥可疼我了，她是我的亲人。于是，我紧走几步，到堂屋门口，一下子扑进她的怀里。谁知道，她一看见我，哭得更伤心了。她边哭边说："我苦命的丫头啊，咱娘俩的命怎么这么苦啊！我快八十岁的人了，没想到我的那一儿一女，都没等到给我送终，早早撂下我这个老嬷嬷。这让我孤苦伶仃地该怎么活啊！还撇下了你这个没长大的孩子。丫头啊，以后谁来照看你呀！我苦命的孩子啊，我没想到啊，三岁，你娘就没了，这才七岁又没有了姥姥，以后可有谁来管你呀！"

老姥姥越哭越悲伤，越说越难受，最后喘不过气来了。我从她怀里站起来，在一旁傻愣愣地看着。围着一圈的人，有的给她轻轻捶背，有的给她按摩胸口。过一会，老姥姥缓过气来，接着又哭。人们又纷纷蹲下或弯腰，拉她的手，揉她的背，劝慰开导她。几个人把我老姥姥架到堂屋西里间，叫她躺在床上歇歇，老姥姥的哭声也渐渐小了。北门外的大舅母对旁边的人说："我们都出去吧，让八奶奶躺下安静会儿。"

这时，又来了一个吊丧的人。北门外大舅母领她上堂屋灵床前，陪她哭了一阵。停了哭声，大舅母安排她到天井里的坐床上坐下，让她歇一歇，再去泼中午汤。大舅母回过头来对我说："丫头，刚才哭你姥姥的就是你新娘。她是你亲人。赶快上你新娘怀里，叫她揽着亲亲去吧！"

北门外大舅母把我领过去。我倚在新娘怀里，她两手揽着我。我一看，我认识她。在那个不让我进门的女人死后，爹娶这位新娘时，姥爷还把我送到了三重。在那里，我住了好几天。我又想起另外一件事，就是听别人说，娶新娘那一天，我穿的一身花衣服是我奶奶给做的。我又想，这个新娘，比死了的那个女人要好吧，因为我在三重时，大桌上放着的一包包点心，我可以随便拿着吃，我还可以随便用开水泡炒米茶喝，我新娘看着也不制止，现在她还来哭我姥姥，她一定是个好人！不过，现在她问我什么话，我也不想说，只是傻愣愣地倚在她怀里发呆。

一会儿，北门外大舅母抱来搭头、孝褂子、腰绳，让我新娘都用上，等一会儿跟着他们去泼中午汤。这是让她顶替我死去的娘行孝。泼汤时，北门外大舅母架着新娘，就不再架我，我就随便地跟在后边。我知道，这是安排好了的。

泼完中午汤，姥爷和几个我不认识的大男人一起赶着马车拉来棺材。到大门口，人们七手八脚地把棺材卸下，再往院子里抬。

有人说，这个棺材是最劣质的。另有人叹道："辛辛苦苦劳累一辈子，到头来连个好棺材都轮不上。"

村西头我学敏哥就说："给闺女治一年多病，卖了十几亩地。这又给自己治了一年多的病，又花不少的钱。庄户人家撑不住这天灾人祸的折腾，能占上个假五子①也就算不错了！"

院子里的人们七嘴八舌地议论着。

---

① 假五子：一种棺材名称。

人们开始把躺着姥姥的灵床抬出门，把棺材移到堂屋正中，然后再把姥姥抬进棺材。这时，盖在姥姥脸上的草纸飘然落下，我一眼看见姥姥的两眼睁着。姥姥还在看着我呢！我失声大喊起来："我姥姥没死，我姥姥没死，她还活着呢！"

"我大姑临走撇下老娘和一个没拉扯大的丫头，她是放心不下啊，死了也没合上眼呀！"北门外大舅母哭着说完，又面对着我姥姥说，"大姑，您就别挂念她们了，挂念也挂念不来，您就安心上路吧！"她边说边用手给姥姥拂阖上眼皮。接着学敏哥手端一碗酒，朝我姥姥身上连喷几口。人们盖上棺材盖，封上铆钉。满屋的人都大声哭起来。我顿时陷入迷茫，仿佛坠入无边无际的黑洞，六神无主。

人们把棺材抬到房庄南门外，放下，行路祭。行完路祭，人们又抬起棺材向东湖墓地走去。姥爷、山上的表哥和我姥爷本家远房的男人，都跟在棺材后面一起去了坟地。我学敏哥去送我新娘。我随看景回来的人流恍恍惚惚地进了庄，回到家里。

走进大门一看，院子里满地上扔着姥姥的小尖木底绣花压床鞋和我爹的书。听姥姥说，这些鞋，是她出嫁时，我舅老爷特意给她做的木底，我姥姥自己用缎子布做的帮。鞋帮有红色、绿色还有藕荷色的等等，都很鲜艳。上面绣着花草雀鸟，栩栩如生，好看极了。平时，阴天下雨时，我不能出去玩，就把鞋筐端到堂屋当门，把这些鞋一双一双拿出来，整齐地摆在地上看。越看越好看，越看越想看。我从没见姥姥穿过这些鞋，这些鞋可能就是专门为了看而做的吧。

扔在院子里的这些书，听姥姥说，是日本鬼子进付庄，姥爷搬家时用车拉来的。这些书是我爹珍藏的好书。姥姥还说，等我长大上学，这些书就给我念。可是，这是谁啊，拿这些书不当好东西，都扔到院子里。

我进堂屋，上东里间一看，满屋子里被翻得仰脸朝天。衣柜、箱子和大站橱都大敞着,里面的衣物还有我喜爱的小用具、玩具之类的,全都没得一干二净。

怪不得在房庄南围门外还没行完路祭,姥爷本家和亲戚家的几个女人就都慌慌忙忙地向庄里跑呢,原来是趁姥爷家没人来抢东西的啊!

一鞋筐的小凉帽一顶也没有了。我姥姥曾对我说过,这些小凉帽是老姥姥及姥姥的娘家其他人给我做好,在我出生十二天送米糖时送来的。这些小凉帽用绸或缎做成,帽檐一圈都有缝好的小细褶,帽顶上留有一个明钱大小的洞,帽子的耳际处,两边各缀一绺黄穗子。姥姥还告诉我,我小时候戴这样的小凉帽,姥姥抱我一走,穗子就抖抖擞擞,很是好看。现在我长大,戴不上了,搁着也没用,她们拿去给她们的小孩戴也很好。

可是,我最喜爱的小花洋伞和装着晃啷的皮球也叫她们拿走了!平时,姥姥嘱咐我要好好爱惜这些东西,因为这些东西在我们这里都买不到。姥姥说,这些东西是我爹上我老四爷爷家时,在济南给我买的。可是现在都没有了。

箱子、衣柜、大站橱里,姥姥的衣服和我娘没穿过的新衣服一件都没剩下。

三重庄我五姨还没走,她正和北门外我大舅母一起忙着,给那些到墓地去的人准备饭菜。我五姨是不会拿姥爷家东西的。

那些人,趁姥爷不在,一抢而空。可是,我回家的路上,怎么没碰见她们往回走呢?哦,肯定是她们拿别人家的东西,怕被碰见,就从西头井台上的小角门溜走了。

上三天坟时,桥西头舅姥娘来要存放在姥爷家的我老姥姥的寿衣,结果没找到。当时,老姥姥只知道伤心,哭得死去活来,走时却忘记找出自己的送终衣裳带走。姥爷说,衣裳是我姥姥搁着的。现在,姥爷到处找,连屋里的每一个旮旯都翻遍了,也没找到。

老姥姥的送老衣裳确实放在姥姥家。前几年,土匪横行,老姥姥的庄上没围墙,自家的院墙和屋门又没多大挡头。而房庄,围门结实牢靠,围墙坚固,围墙上散布着炮楼，炮楼上每晚都有打更的人看守，听说以前土匪几次都没打开房庄围门，再说，姥姥自家的大门和院墙也高大牢固。所以，我记得很清楚，有一回，老姥姥用包袱皮包好寿衣，叫我姥姥带回家搁着，省的让土匪抢去。姥姥也曾说过，等土匪走远，不到庄上来了，抽空就把寿衣送回去。可是谁知道姥姥这一病就没再起来，竟死在老姥姥前面。这可把老姥姥攒了半辈子积蓄而置办的送老衣裳给弄丢了，要想再置办一套那又怎么可能呢！

第二十一章

送走姥姥，姥爷一如既往的平静、沉默

　　送走姥姥，所有屋子里都空荡荡的，我坐也坐不安，睡也睡不着，玩也没心思玩，好像丢魂一样，满脑子里都是姥姥的影子。

　　我忽然想起放在东里间门头框上我娘的两个首饰箱。姥姥在时，空闲了，她就端下来，拿出一样样的首饰给我看。有各种各样的银簪子和银头花、银耳坠、银戒指，以及两副大手镯和两副小手镯。听姥姥说，两副小手镯，和我手脖上正带着的这一副，都是我出生十二天，送米糖时老姥姥送来的。我姥姥还说，这些东西等我长大后都给我。

　　想到这，我搬来坐床放在东里间的门前，爬上去，趿着墙，够下门头框上的首饰箱，掀盖一看，里头是空的，什么也没有。唉，我姥姥死后，撇下的这些留念物一样也没剩下！这几个女人都是哪个庄来的啊，她们根本不是来哭我姥姥，她们是瞅准姥姥家没人，专门来抢东西的啊！也怪我太不懂事，姥姥死了，我都不知道守住家门。

　　地卖了，钱花了，人死了，东西没了，姥爷整天不说也不道，像个闷葫芦，愁眉苦脸的样子，可是有谁能体谅他内心的那份悲凉和痛苦呢！

送走姥姥没几天，姥爷又和往常一样，每天早上鸡叫头遍就起床出门拾粪。出门时，姥爷锁上大门，让我在家里睡觉。

我还是睡在西里间姥姥生前搂我睡觉的那张床上，姥爷则睡在西里间的套间里。自从姥姥死后，我总是惊惊觉觉睡不好觉，醒来时，一会听见屋顶"啪，啪"的脆响，一会床下有出溜的动静，一会桌底又"哐啷"一声。我爬起来，上套间的床上，摸不着姥爷，吓得心里直跳，就赶快摸衣披上，打开屋门跑到院子里站着。

还好，院子里月明星稀。老黄狗在锅屋的柴火堆上趴着，它听见开门声就跑出来，摇着尾巴围我转，又是舔我手，又是舔我腿，好像在对我说："丫头，别害怕，有我给你做伴呢。有我护着你，你不要害怕！"

自从姥姥死后，每天晚上，姥爷都把老黄狗关在院子里。这样，姥爷出去拾粪，狗就看护着我。

后来，只要我醒得很早，姥爷又出去拾粪了，我就打开屋门，搬出一个坐床，再搬一个小板凳坐下。老黄狗一听到我开门，就从锅屋里跑出来蹲坐在我跟前。我搂住它的脖子，头趴在它的头上睡觉。老黄狗蹲坐累了，头一动弹，我就醒了。我抬起头，松开手，老黄狗就趴在地上，四腿蜷曲，头枕着前腿，睡着了。我坐着板凳，趴在坐床上，一会儿也睡着了，一直睡到姥爷拾第二趟粪回来。这时，有邻居在大门外等着舂碓或拐磨，姥爷就拨开锁，打开大门，让邻居们进来。

她们进大门，到过道里的碓前或拐磨前，按顺序开始劳作。这时，家院里，响起碓和磨忙碌着的吱吱呀呀的声音。干活的妇女灵便的手脚加快了节奏，而等着排号的，则手端盛着谷物的干瓢，站着，或坐在门槛上，安静地聊着天。

家里有人来，就感到不那么孤单了。来到过道，轮到谁，我就帮一帮。一直到姥爷拾第三趟粪回来，拾掇锅生火做饭，我才回到锅屋，帮姥爷烧火。

烧开锅，下上生面汤，再烧开后，把火熄灭沤一会儿。我们开始洗脸吃饭，盛上姥爷和我的两碗糊涂，再给老黄狗的食盆里舀上几勺糊涂凉着。等我们吃完饭，刷完锅，把刷锅水掺进老黄狗的食盆，和匀，让狗去吃。

给姥姥送完殡，北门外大舅母给我们烙了一回煎饼。吃完以后，姥爷就不再麻烦别人。因为姥爷家的牛和驴都卖了，再让别人推磨，人家会很累。总叫人家给办饭也不是那么回事。所以，老沂庄逢集时，姥爷就挎小半筐子的麦去换一个大锅饼回来。一个锅饼正好吃两个集之间的空当：头两天掰着吃，往后，啃不动了，就在做糊涂时，锅上坐个蒸笼，用刀切上两块馏着吃，还可以在锅里熥着吃。一个锅饼吃完，正好逢集再换回一个锅饼。我们爷俩天天就这样吃饭。

姥姥死了一段时间，姥爷没说把我送走的事。我心里窃喜，同时也总默念：姥爷，你别把我送走，我舍不得离开你，舍不得离开这个村庄，舍不得离开这屋、这院子，舍不得离开和我一起长大一起玩耍的伙伴，舍不得离开那条亲切的老黄狗，舍不得离开在这里过的每一个日日夜夜，舍不得离开这里的一草一木！

有一天，吃完早饭，姥爷对我说："丫头，你长大了，应该学着做针线活了。"

他说完，便上堂屋西里间，找出一双姥姥活着时给他做的双层粗布袜。袜子的前面已顶出窟窿。姥爷又从大缸的盖顶上端下针线筐，找出针和线，再找出一块布头，用剪子把布头剪成两个补丁，贴在袜子的窟窿上，最后找出顶针和我说："把顶针戴在右手的中指上，用它顶针就能攮动了。"

姥爷说完就下地干活了。我按姥爷说的去做，可针和顶针都不听使唤，我的手被刺出了血。不补可不行，姥爷会说我学活不下力；找小火姐帮忙也不行，姥爷又会说我懒。我犯着愁，在针线筐里翻腾出一个针锥。我就用针锥先在袜子和贴着的补丁上扎好眼，再让针和线穿过。这样，很快补好了袜子。

姥爷下湖回来，我拿补好的袜子给他看。姥爷接过袜子，端详一霎，说：

"行，补得怪好！"

我学会补袜子，就不太担心哪天姥爷会把我送走了。我想，我要好好学做针线活，以后好给姥爷补衣服，做衣服。

又一天，吃完午饭，姥爷锁上大门下湖干活，我出去玩了会儿便回家，看到场的一角晒着一些地瓜根和一些被切成碎片的地瓜纽。我很纳闷，这是谁家的啊，但我并没在意，就直奔庄围墙根，想去看看那里还有落下的桑叶吗。

到那一看，果然有。我爬上桑树，掰一根细枝条，再从树上下来，串完地上的桑叶，然后，提溜着往回走。过场时，怕踩场，就溜边走。

忽然，从姥爷家外屋蹿出一个女孩，直奔我冲来，很强势地说："你踩着我家瓜干了！"

我就说："你家瓜干晒在场上，我是溜边走的，踩不着你家瓜干啊。"

"你就踩着了。"

"我就是没踩着。"

我没提防，她捅了我一捶。

"我真没踩你家瓜干，你干吗打我？"

她接着又捅我一拳。我嗷嗷哭起来，想还击，可她比我高，我打不着她。她拦住我，不依不饶，一个劲用拳头捅我。我用手挡，她就用手指挖我脸。我的脸流血了。我急了，就不顾一切向前撞，她边后退，边捶我，边挖我脸。我忍着疼，一直冲到姥爷家大门口门台前。

这时，她停下手，沿场北边进了我姥爷家外屋。

我站在大门口，很委屈，越哭越厉害！我想姥姥了。要是姥姥活着，一定会领我找她的娘去问问，她为什么无缘无故打我？我姥姥没了，我就是让人打死，也不会有人领我去讲理了。

我心里难受，又怕姥爷回来看见，怨我和别人闹仗，会把我送走。我赶紧忍着不哭，可是憋不住。我趴在门槛上，哭着哭着，累了，就坐在门框外的墙角前，斜靠门框睡着了。

姥爷下湖回来，喊醒我，把我拉起来，一看我脸上都是血道道，就气呼呼地问："你和谁闹仗了？"

我说："我没踩人家瓜干，可那丫头，硬说我踩了，就又捅我又挖我。"

姥爷叫我站着，他撕下几绺门框上过年时的对子纸，用舌头舔上唾沫，给我贴在脸上的血道上。

姥爷说："别揭掉，这几天先别洗脸，等结疤就好了。"

老黄狗跟着姥爷下湖回来，它不停地摇着尾巴围我转圈，又是舔我手，又是舔我的脚，好像也很心疼我似的。

第二天，听西头的人说，打我的那丫头是跟着她娘从外地逃荒来的，她家那地方被水淹了。她娘俩上门来要饭，小跟她娘看着怪可怜，就让我姥爷腾出一间外屋给她们住。她们要着饭，再到地里拾一些漏下的地瓜纽，切片，晒干，存储下来，以便度过荒年。谁知，丫头霸道，还打人，小跟她娘就把她们撵走了。

第二十二章

夜真黑，这算不算颠沛流离

一天下午，我和姥爷在东湖地里刨完胡萝卜，装上车，姥爷推车，我在前头拉车回家。刚到大门口，忽然，本庄的我一个舅领两个穿黑衣背枪的人，凑到姥爷跟前。

这个舅翻着账本说："大舅，你欠公饷钱二百块现大洋。"

姥爷放下推车，气呼呼地说："为了给病人看病、送殡，我卖了十几亩地。现在，我没有那么多地了，怎么还摊那么多公饷钱？"

"这还是割麦时派下来的公饷。庄上别的户都缴了。上面催好多次，你家总是锁着大门，这回必须缴上。"这个舅说。

姥爷一听，气得嘴唇哆嗦："我的地去年就卖了，怎么今年割麦时派的公饷里还得摊上？"

这个舅不耐烦了，生气地说："上边是按原来的亩数派的。"

"这不是不讲理吗？"姥爷争辩道。

这时，背枪的人开始大声吼道："什么讲理不讲理，交不上钱就带你走！"

两个背枪的人都很蛮横，不住地用枪托捣我姥爷的腰，催我姥爷赶快跟他们走。我在一旁吓得心怦怦跳。

姥爷说："不管你们怎么催，我总得把胡萝卜弄回家吧。庄户人家辛辛苦苦就这么点收成，不能扔在外面吧，要不冬天吃啥？"

大门里边，老黄狗听见外面有生人吵闹，就急得汪汪直叫，用爪子哧哧地刨大门。姥爷打开大门，老黄狗一下子蹿出，对着生人一蹿一蹿地使劲叫唤。那俩人追着老黄狗用枪杆子打。姥爷担心他们会对狗撒气，就连唬带赶把狗撵进大门。

我和姥爷急乎乎用筐头子往过道里抬胡萝卜。拿枪的人在一旁不停地催，不停地用枪托子推搡我姥爷。

收拾完胡萝卜，姥爷赶紧把小车上的两个篓子搬进过道。这时，他们等得不耐烦，大声嚷嚷："你这老头子，快点！快点！不想走，也有办法，用绳子绑起来，拉着走！"

姥爷又慌慌张张卸下小车轱辘，把车架和轱辘都搬进外屋，把外屋门和院大门锁好。

这一阵，他们对姥爷推推搡搡，又不兴讲理。姥爷挨了不少枪托子，无可奈何，只好跟着两个拿枪的走。我胆战心惊，紧跟着姥爷。

出南围门向东，走到河边过桥，再继续往东走。我不知道他们要把姥爷押到哪里去。姥爷一肚子怨气，边走边发牢骚，责怪着这个世道。

其中一个拿枪的说："别朝我们喊冤，有理到保安大队去讲。我看你是想爬二梁子了（用绳绑起人的胳膊吊在梁头上）！你少啰唆，快走！"

姥爷穿一件小夹袄，没有扣扣子，外面束一根宽的蓝布条腰带。我在他一边搎着他腰带跟着小跑。我饿得肚皮快贴到脊梁骨上了。肚子咕噜咕噜直响，我却不敢吱声。又跑了一会儿，我饿得实在撑不住，就对姥爷说："姥爷，我饿得头晕，腿也发酸，走不动了。"

昨天刚下过雨，路上还挺湿，我顾不得这些，一下子坐在路上嗷嗷哭起来。

一个拿枪的大声吓唬我："起来！快走！你再哭，就把你扔在这里！"

另一个拿枪的也不耐烦地说："小孩子家，还会偷懒！起来，快走！"

姥爷气呼呼地说："小孩子不懂事，傍晚又没吃饭，饿着肚子，跟大人一路小跑，又饿又累走不动，这是真的。你们吓唬她有什么用？"

我姥爷蹲下哄我，说："丫头，别哭，起来走吧。这里没处找饭吃。"

姥爷把我拉起来，我们继续向前走。

这时，天越来越黑，我又害怕起来。我心惊肉跳，捽紧姥爷腰带，眼睛不住地四下张望。一会儿，东边坟地里蹿起一串火苗，我顿时吓得头皮发麻，浑身哆嗦，差点儿摊在地上。

我向东指一指，对姥爷说："姥爷，我害怕，你看那里有鬼火。"

姥爷安慰我说："丫头，别害怕，那是着的火，不会害人的。"

我不敢再看，抓紧姥爷腰带，紧眯着双眼往前跑。我估摸已差不多跑过那片坟地，才慢慢地睁开眼睛。

我继续向前跑。深一脚浅一脚地，一下子，踩进车辙沟，摔倒了，也差一点把姥爷拽倒。我又哇哇大哭起来，一边又大声喊："姥爷，快把我拉起来！我怕！沟里有长虫（蛇）！"

姥爷赶紧摸拉着把我抱到平路上。我崴了脚脖，疼得厉害，坐在路上起不来。

姥爷蹲下，说："丫头，来，我背你走。"于是，姥爷背起了我。两个拿枪的人一边一个押着。

姥爷这么大年纪，一路上还没吃饭，又累，又挨打，他哪里还有力气背我啊！这样想着，我挣脱着从姥爷背上下来。姥爷争不过我。我自个儿继续一瘸一拐地往前走。

不知走了多长时间，也不知道走了多远路程，远处，影影绰绰露出一点光亮。走近了，一看，是一个村庄。围墙的炮楼上有灯照着，还有背枪的人。

听到围墙外有动静，炮楼上就有人喊话："你们是什么人？"

那两人回答："我们出差抓人刚回来。打开围门吧，我们进去。"

炮楼上的人用灯照一照，放下吊桥，打开围门。

我们进庄，走了一会儿，来到一个大院。大院里，有不少的屋里都亮着昏暗的灯光。有一间小屋没有灯光，黑漆漆的，那两人把姥爷和我推进去，咔嚓一下锁上了门。

我吓得又哇哇大哭起来，边哭边喊："姥爷，我害怕！姥爷，我害怕！"

姥爷哄劝我："我在这里呢，丫头，别害怕！"

我不哭了。姥爷的脚踩着了地上的干草，他就蹲下用手把干草划拉成堆，再匀平整，叫我睡下。姥爷怕我冷，又脱下小夹袄给我盖好。我却饿得翻来覆去睡不着，我知道和姥爷说也没用，就只好自己忍着。

后来，不知不觉我就睡着了。醒来时，姥爷正背靠着墙，蜷着腿坐在那里发呆。也许他一夜都没有睡觉吧！这时，太阳透过门缝射进一缕光线。我想，天都亮了，还不开门，得把我们爷俩关几天啊？这样一想，我又害怕和紧张起来。

过了一会儿，一个挎盒子枪的人打开门，凶狠狠地对姥爷说："你这老头，今天交上二百块现大洋就放你回家，不然就叫你受点罪！"

"我有钱还在这里蹲着吗？"姥爷也没好气地回答。

"那就先放你回去操持钱。限你三天内把钱交上，交不上，再把你逮了爬二梁子！"

那人一说完甩门走了。姥爷把他的小夹袄套在我身上，又系了系自己的外腰带。我们便走出了小屋。

我把饿和累都忘了，手捽着姥爷的腰带急乎乎地猛走。我害怕后面还会有人跟上，再把我们抓回去。

我们很快走出这个庄子，我松了一口气。这时，饿和累又回到我身上，脚脖子也很疼。我们走进一个小庄，姥爷向人家要了一个高粱煎饼和一块咸菜给我吃。我舍不得，想让姥爷吃，姥爷不吃，我就一瘸一拐地边走边吃。吃完，我觉得走路有点劲儿了。

快到晌午，我们爷俩才走回家。

走到大门口，姥爷开锁，打开大门，老黄狗摇着尾巴急匆匆地跑来迎接我们。老黄狗又是蹭姥爷腿，又是舔我手，看那样子，是亲得没法再亲了。一对鸭子连飞带跑跩着屁股迎上来，嘎嘎地叫着要食吃。一群鸡也咯咯地叫着扑了过来。

我赶紧上堂屋舀半瓢穄子撒在天井里。鸡和鸭吃着食，安稳多了。

姥爷在锅屋里，刷好锅添上水，开始烧火做饭。我就去洗地瓜。洗好后，姥爷用刀把地瓜削成块落进锅里。水开了，姥爷又在碗里搅好面水，下进锅，锅上坐好蒸笼，蒸笼里馏两块切下的剩饼。又烧了一会儿，糊涂熬得黏糊，锅饼也馏透了，我和姥爷赶紧吃饭。

吃完饭，我和姥爷削胡萝卜缨子。然后，我把削去缨子的胡萝卜拾进筐头；拾满，姥爷就挎着筐头倒进事先挖好的地窖。两个筐头倒换用，很快就完事了。姥爷又用铁锨在窖门上培土。最后剩下的一筐头胡萝卜，和现吃的一筐头地瓜，一起装进一个口袋，并用绳扎上口。

姥爷说："到明天走时带上。"

"明天上哪去啊？"我惊讶地问。

姥爷告诉我："上三重镇躲起来。不能再叫这群不讲理的东西逮去！幸亏早让地瓜下窖，胡萝卜窖也是事先挖好的，不然就没空收拾了。"

第二天天不明，姥爷就把鸡逮进两个鸡筐。他又抓住鸭子，一手提溜一只，我就挎一小筢穄子面，一起送到壮家，叫壮家帮忙喂着鸭子。从壮家回来，姥爷把小车架和车轱辘从外屋搬出，安装好，推到大门口，再把两个篓子一边一个搬到车上。姥爷把那只盛着地瓜和胡萝卜的口袋搬进其中一个篓子，我就朝另一篓子里拾掇锅碗瓢勺。都拾掇好了，姥爷再把鸡筐一边一个坐在篓子上，用缆绳把车上的东西勒好。把院门和屋门锁好后，姥爷推小车，我在前头拉车的缰绳，老黄狗无精打采跟在后头，我们一齐出了南围门，直向西南三重镇方向奔去。

听别人说，姥爷的老家就是三重。上三重躲公饷可能是因为姥爷对那里比较熟吧！到了三重，我五姨找了两间以前卖糕点现在空闲下来的二层门面楼，让我们爷俩临时住下。

安顿下来，吃了晚饭，我跟着姥爷上我新娘家去。这回，还是那个宅院，但主人不是那个厉害的女人，已换成现在的这个新娘了。

爹问我上学和其他一些事情，我一一回答。爹对那个厉害女人带过来的女孩（我来三重做棉衣时遇见的女孩）说："素珍，明天领你妹妹去上学，把她送到念第二册的教室里，和刘老师说，让他安排个座位。"

第二天，我起得很早。站在我和姥爷住的屋门口等了一会儿，那个姐姐和她的一个同学一块儿从西头走来。我就跟着她俩去学校。

到学校，老师找了个空位让我坐下。我没书，也没石板。上课时，同桌打开她的书本，我们俩一起看。同桌写字时，我就看着她写。课间，人家玩，我也跟着玩。其实，我的心思根本就没在上学上，我只害怕姥爷躲完公饷，回去时会不要我，把我留在新娘的家里。

每天吃完晚饭，姥爷就领我到新娘家里去坐一坐。一天晚上，不知为什么，爹给了我一张钱票，我顺手接了过来。

回到家，姥爷对我说："丫头家的，有钱不能随便花，别养成坏毛病。现在，正好天冷，明天早起一会儿，上街喝碗粥，好暖暖和和去上学。"

第二天一早，我拿着这张票子到街上去喝粥。一张票正好喝一碗粥再加一根油条。从此，每天晚上，我爹都给我一张票子，让我第二天早晨喝碗粥，再吃根油条。

今天喝粥的时候，那个姐姐和她的同学一起上学路过，我就和她们打招呼。她却怪声怪气地说："俺可没这么大福气。粥怪好喝，可是没人给俺钱！"

她边向前走，边向她的同学嘀咕说："你看她酸气得都不会说话了。"

可我觉得我说话很清楚呀，到明天再遇见她时我要注意点，我心里这样想着。第二天早上，我又碰见姐姐上学路过。我想，今天我要好好说话："姐，你也喝粥吧？"

她气哼哼地答道："谝呢！谝你有钱呢？"

我被问懵了。等反应过来，心里闷得发慌，似乎以前从没过的想法，现在一下子明白了。从那以后，我再早上喝粥，就躲着她。

这样的日子一天天过去，很快就两个月了，而我总觉得没着没落。

又一天晚上，我又跟着姥爷上新娘家。爹当着大家的面说："前天夜里，八路军打开了郑旺镇。据点的汉奸死的死，被俘的被俘，剩下几个跑进城，也不敢出城门了。"

姥爷就说："这些横行霸道的东西作到头了，该死了！明天我就可以搬回家了。"

他们都没有提到我是留还是走，我心里忐忑不安。

从新娘家出来，姥爷又领我走进五姨家大门。我们跟五姨她们道了别。从五姨家出来，我问姥爷："郑旺是哪里啊？"

"就是我们蹲班房的那里。"姥爷回答。

第二天，姥爷拾掇完，捆绑好小车上的东西，和来时一样，他推小车，我在前头拉缰绳，老黄狗跟在后面，我们一起回家了。

　　路过五姨家时，五姨和大嫂正站在门口等着送我们呢。五姨和我们一起往前走，一直送到庄的西门外，才转身回去。

　　出了西围门，一条路，直奔房庄。我又和姥爷一起回家了啊，我总算放下心来。老黄狗一路上也很高兴，跟着车子跑前跑后，要不就围着车子转圈。车上的鸡也会咕咕地叫两声，像是在告诉我，它们也知道要回家了。

　　路上，我们走得正欢，路旁地里的低洼处，突然跑出一只兔子。老黄狗撒腿拼命去追。兔子跑远，老黄狗失望地回到车前，累得张嘴伸舌喘粗气。

　　我们很快到了家。姥爷放下小车，打开大门。老黄狗仰脖汪汪叫两声，像是告诉邻居我们回来了。打开鸡筐，这些鸡立马撒起欢来，有的张开翅膀一下子飞到堂屋门前，有的高兴地低头撅屁股从过道一直跑到石榴树下。那只老母鸡很会过日子，舍不得把蛋撂到外面，已经憋了一路，等一放开，就赶快跑去找它熟悉的窝，趴着下蛋去了。

　　听说我们回来了，壮的爹叫壮赶快到河岸，把那对鸭子唤出水，撵进姥爷的家门。鸭子一进大门，扑棱棱张开翅膀，呱呱叫着飞进鸡群。老黄狗早就蹲坐在锅屋门前，瞪着两眼看热闹。一会儿，飞来一只花喜鹊，落在老槐树上，喳喳地叫着来报喜。一下子，这个院子又热闹起来。

　　到腊月，老黄狗天天无精打采，不愿吃也不愿动。一天晚上吃饭时，它双眼紧闭，我动一动它，而它的身子已僵硬冰凉。

　　老黄狗死了，我难受极了！它活着时，是我的一个伴。它很懂事，和我那么亲，姥爷不在家时，只有它陪伴在我的身边！现在，我好像又失去了一个亲人！自从姥姥死后，老狸猫就再没回过家，不知它是死在谁家柴火垛的旯旮里，还是死在哪条街上的夹道里了？家里的两头牛和一头驴，也因当时给姥姥看病，需用钱，把它们卖了。本来红红火火一家人，到头来竟变得这样凄凉。我心里不由得一阵酸楚，难过！

故乡，我是您的孩子

我是您的孩子

为了完成对我的承诺

您来了，然后飘落

如一片受伤的枯叶

我泪眼相送

岁月静默无语……

从哪里来，回哪里去

从土地里来，又回到了土地

家乡，亲人

姥爷、姥姥，我爹和娘

乡邻故里，老宅

河岸柳林

而那一季的谷穗

晃动大地的摇篮……

后来，一把泥土塑成了

一个真人

再放上您的灵魂

我笔直地站了起来

在古老的土地上

我试着往前走去……

黄爱席

第二十三章

在离愁别绪里，我的乡情慢慢长大

湖地里的麦色发黄时，我担心害怕的事情终于发生了。这天姥爷没下地干活，我和姥爷在锅屋里吃完早饭，他把我叫到堂屋，对我说："丫头，现在你已长大，该懂事了。这里终归不是你的家，你新娘家才是你的家。你该回自己家去，光跟着我不是办法：没人做饭，光吃饭这事就很难；再说我来回出个门，让你一个小孩子自己在家，我也不放心。等过几天，家里有望门看院的了，我再把你接来。"

姥爷接着又说："前天，我和你新娘说好了，让你回去。听你新娘说，杨苏一带那一大队人马被上级调到远处去打鬼子，你爹也随部队走了。现在，你新娘家搬到了车庄。你新娘很年轻，给你们当后娘，自己在家拉扯几个孩子，很不容易。你到那里好好听话，不要任性，要和姐弟们处好，要自己疼自己。你家离河近，平时不要上河沿去玩。"

我呆住了。心里一酸，我一句话也说不出来，只有眼泪扑簌扑簌往下掉。

姥爷嘱咐完，上西里间的套间，从床底箱子里，翻找出一块绿底大花的厚布被面和一块同样的小布头。

姥姥活着时，我见过这两块布。姥姥告诉我，这是躲鬼子时，我娘搬家带来的，等我长大就给我用。而姥姥死时，这布多亏是在黑洞洞的西间套间里的床底下放着，不然，也会让人给拾掇走的。现在，姥爷找出来，让我带走，这让我心里很难受！

姥爷找来一个篓子，装上半篓子花生，又放上一个花生饼，再把两块布放在花生饼上面。姥爷挎上篓，锁好大门，我们就上路了。

我憋屈地哭了一路。到一个庄头，姥爷对我说："这就是车庄。丫头，到新娘家了，不要再哭了，快把眼泪擦干，别叫人家看见笑话。"

听了姥爷的话，我用褂袖擦眼睛。可是眼泪止不住地往外流，越擦泪越多。

到大门口，我强忍着不哭，迈过门槛，跟着姥爷向里走。走进堂屋，新娘和姥爷打声招呼。姥爷把两块布递给新娘，并对她说："用这块大布给丫头套床被子盖吧。"

姥爷把花生饼拿出来，放在大桌上，又把花生倒进墙边一个筐子里。

姥爷坐了一小会儿，和我新娘聊了几句话，就挎起空篓子走了。姥爷好像故意走得很快，我追到大门外，没追上。我明白，就算我追上，他也不会再把我领回房庄了。

一直望着姥爷那越来越小的背影，慢慢消失在远处天地相交的田野里，我还愣愣地站着不动，泪水像泉涌一样难以止住。

我难过得几乎站不住，巴不得一下子倒在地上，打个滚放声哭个痛快，可我又害怕被别人看见笑话。我慢慢地挪步到墙根，身子趴在墙上，脸贴墙面，轻声啜泣。

姥爷，您和姥姥把我拉扯大，现在，您舍得让我离开吗？我从小只知道房庄是家，姥爷姥姥最亲，而现在，家是什么，亲人又是谁？

姥爷，我不在家，您还换锅饼吃吗？我想吃咸鸭蛋，您还会用黄泥糊上腌好的鸭蛋，给我留住吗？树上的杏子黄了，您还会摘一笊篱放到麦墩里捂着，等我回去吃吗？您每次下湖回来都很晚，怎么再上东河去撵鸭子呢？夜里，您一个人守着空荡荡的院子，不害怕吗？

我边想边哭。忽然有人在背后喊我："丫头，咱上西边柳树行折柳条拧哨子去吧？"

我如梦方醒，扭头一看，竟是那个姐姐。她现在怎么这么和气，一点也不恶了？噢，那个女人，就是她亲娘已经死了，没人再娇宠她，她不再仗势欺人了啊。现在，她和她两个新弟弟，都得由新娘照管。而她这两个弟弟，也是我的同父异母弟弟。

现在，她喊我，声音这么温和，以前的怨恨顿时烟消云散。我擦擦眼泪，跟她去了柳树行。

她折了一枝柳条，给我拧了一个柳哨，又给她自己拧了一个。我心里还是想姥爷，无心吹弄柳哨。而她却吹得吱吱响。

我们又在街上转了一圈，回到家，新娘已做好午饭。我们坐下，姐姐忙给我盛一碗糊涂，新娘又给我卷了一个煎饼。

我心里想着姥爷，饭吃得并不甜津。可我感激姐姐，她领我玩，又给我盛饭，脾气已变得这么好了。我很早就想有个姐姐。姥姥活着时，我想让稍门里的三巴当我姐姐，现在真的有了个姐姐，不是很好吗！我要听姥爷的话，跟她好好相处。

过几天，开始割麦。奶奶领我们的两个弟弟从付庄来到新娘这儿，照应着，帮新娘打场收麦。我认识奶奶，娶我新娘时，她给我做了一身枣红色底的绿叶花衣裳。这次见到奶奶，我感觉怪亲的。

收完麦，奶奶临走时要领我回付庄，把大弟弟留下。

奶奶说："男孩子大了，也该上学了。在付庄上洋学，得过河，男孩子调皮，不让人放心。在这里找个私塾先生教，也管得严，识字快。"

就这样，我又要跟着奶奶去付庄。临走时，新娘找出一床破旧的薄被面和那块姥爷拿来的小布头，递给奶奶，说这两块布是给我用的。我就想，姥爷拿来的那块大布为什么不给我用呢，新娘留着干什么呢，新娘也很自私吗？这么一想，转眼也就忘了，后来再没有提起过这事。

来到付庄，看见家里还有个老嬷嬷。奶奶告诉我，她是我奶奶的娘，是跟着我奶奶养老的，我要叫她老姥姥。

奶奶用那块花布头给我做了一条裤子。过几天，奶奶给我穿上这条裤，又趿着板凳在后窗台上够下一块玻璃石板，对我说："这是你姑上学时用的。你要爱惜，不要弄坏。"

奶奶用一块大红布把石板包上，系好布的对角。我提溜着布包，奶奶送我到河的北边去洋学堂念书。

学校大门朝南。奶奶领我进大门找到一个老师。奶奶告诉老师我上过两年私塾，老师就安排我在靠近学校大门的第一排教室里，让我念第五册书。

半路上插班，老师也没发书，我只好跟着同桌看她的书。同桌指着字叫我认，一篇课文我认不出俩仨字。

不知是谁告诉老师我跟不上课，一天下午，老师又把我送到念第一册书的教室里。

我进教室一看，哇，学生都这么洋气啊！女学生大都剪着短发。有四五个女生，脸上搽粉，点胭脂，上身穿漂白短袖褂，下身穿的，我后来才知道那是黑色裙子，再配上小红皮鞋，洋袜筒盖过膝盖，袜上还有袜卡。

再看看我自己，这么热的天还穿大花厚布裤子，多土气啊！屋里的同学也都瞪着眼睛，把我当奇景看。

我在靠后门的单人桌前，呆呆地坐着，不敢看人。

上课铃响了，同学们都回位坐好，挺腰背手，很板正地等老师来讲课。我赶快学他们的样子坐好。

班上最洋气的一位女生，应该是班长，她走到教桌前拿起教杆，来到同学面前，挨个敲一下同学的头。能看出来，穿的好的，她就轻轻地敲；穿的一般的，她就使劲敲。最后，她走到我座位前，"啪"地一下，把我的头敲懵了，疼得我差点掉下泪来，但我忍着没敢吱声。

这时，进来一位女教师。她手端粉笔盒，上身穿抖抖索索的短袖衫，天蓝色旗袍的开口直到大腿根，洋袜子包上整条腿，脚蹬一双耀明铮亮的浅咖啡色高跟皮鞋。我不禁感叹：啊，老师也这么洋气啊！

这天下午，两节课后，又在校园里上了一节游戏课。游戏课一结束，同学们都跑进教室包好书包，准备回家。

这时，一位穿着普通的女同学来到我桌前，主动和我打招呼，问我叫什么名字。她告诉我她叫赵凤君。我们正聊着，另一位穿着洋气的女生也走过来，一抬屁股坐在我的学桌上，"啪嚓"——我的玻璃石板被坐坏了。

我心疼地说："你把石板坐坏了，回家奶奶要打我。奶奶叫我不要弄坏石板，我还没用呢，你就给坐坏了……"

这个同学瞪着两眼，猛然冒出一句话："你骂我！我报告老师去！"

我受了冤枉，争辩道："我不会骂人，我根本就没骂你，你赖我的！"

"你就骂了，你就骂了，我非报告老师不可！"

这时，赵凤君赶紧包好已经破了的石板，递给我，拽我就走。走出校门，赵凤君回头看看，没有别人了，就对我说："这班同学大都是汉奸的孩子，连那位女老师都是汉奸的官太太。所以，我们争不过的，老师也会偏向她。"

赵凤君送我回家，把刚才发生的事情和奶奶说了一遍。奶奶没吵我，也没打我。奶奶夸奖赵凤君懂事，像个大人。我也很感谢她，从此我们俩成了好朋友。

上了几天学，我既没书也没本子，一块破石板一回也没用过。老师从没问过我的学习情况，或是提问过我。我坐在靠后门的单人桌前，上课时，除头皮挨一教杆，别的就没我什么事了。就这样，我熬到暑假。

暑假第二天，我和奶奶说："我想姥爷了，想上房庄看我姥爷去。"

奶奶说："等逢册山集，你跟着赶集的到老沂庄南门外，再让赶集的给你指指路，你自己去就行了。"

我就说："到老沂庄南门，我就熟了。姥姥死的时候，在那里泼的汤。"

册山是四和九逢集，这才初四刚过，到初九还有好几天呢。于是我一天天地数着、盼着。到初八晚上，奶奶对我说："丫头，街南头你崔五奶奶明天赶册山集，你跟着她去吧。"

第二天清晨，我早早吃完饭，就跟着崔五奶奶上路了。路上，我害怕得一阵阵心慌，恐怕姥爷死了，再也见不到姥爷了。走到老沂庄南门外，我先看看土地庙那里有泼汤的吗，一看没有，心里就不那么紧张了。但我还不放心，一走进老沂庄南门，见人就问，最近房庄有人上土地庙泼汤吗。因为房庄就数我姥爷年纪大，我想，如果有泼汤的，那死的一定就是我姥爷了。每次问的时候，我都巴望着别人的嘴，吓得要命。一直问到出老沂庄北门，又看到房庄南门外也没有送殡的，这才放了心。

到了姥爷家，大门上着锁。大门外边，外屋的门前，多了些锅碗瓢盆。原来四巴家逃荒又回来了，还是住在姥爷家的外屋。

我上她家等我姥爷。一进屋，四巴一把揽住我腰，说："小姑，你可回来了。我可见到你了，你可把我给想死了。我晚上做梦都梦见和你在一起！"

我告诉她们："我也很想你们。你们出远门，我姥姥又死了，姥爷鸡叫头遍就去拾粪，我一个人在院子里，只有和老黄狗做伴。那时，我是多么想让你们赶快回来呀！"

　　二嫂，就是四巴的娘，她很难过地说："我心边上也没想到再也见不上大奶奶了啊。这么一个好人怎么说没就没了？一想起来，我就掉泪。"

　　说话间，我知道了，他家这次逃荒，先是四巴的二姐给人家当童养媳，可还是弄不上吃的，又把四巴的三姐说给同村的另一人家，也做了童养媳。这次，想带这两闺女一起回来，四巴二姐那边不同意，没办法只有留下；四巴三姐这边，一开始也不让带，可三姐小，家里人要走，就连哭带闹，非要跟着不行，而这主家也是穷人，心地还算善良，就让她跟着回来了。二嫂也给人家说好，等再大些就把她送回，四巴的三姐和二姐在一个庄上，也好有个照应。

　　四巴家这次上外地逃荒，一走就是一两年，现在回来，还是和以前一样穷。回来后，继续住着姥爷的外屋。他们在屋里门东靠南墙支了一口六印锅，锅台旁放着一个小瓦碴缸盛水，小缸跟前放着一个小瓦碴盆。锅台北面，用土坯垒一个长方台，上面铺一张少边无沿的破席，这就是他们一家五口的床了。床上除一件大红色洋布小棉袄，说是四巴二姐的婆家给的，别的就什么都没有了。靠北墙放着两条他们逃荒时带走现在又带回的小矮凳，还放着一个�子。这样，整个屋里再也看不到别的东西，所能看见的也只有墙角旮旯了。

　　我问："二嫂，你们回来吃什么呢？"

　　二嫂子告诉我："本来有一亩多地，再加上倒塌的老宅屋框里的那点地，合起来不足二亩。走时，托冬麦家种着，想攒点粮食回来吃。谁知穷人钱到手饭到口，一年多一点粮食没攒下。我们回来时，正是麦收，冬麦家给了一筺子麦。现在，就靠这一筺子麦，掺着野菜做糊涂喝。你二哥也到临近庄上给别人家干一些地里的活，再挣点添补着。就这样先糊弄着吧。再过二十天就割高粱了，下来高粱还能接接荏吧。"

　　他们回来，四巴和她三姐，还有四巴的哥哥小强都面黄肌瘦，个子没长多少。小强走时脸虽然黄瘦，但还光滑，走这一趟，却落下一脸麻子。

姥爷回来了。我看见姥爷身体还很壮实，就放下心来。听二嫂说姥爷还是那么勤快，不停地干活。

天这么热，姥爷穿了一件蓑衣头，戴了一顶旧席莢，用锄把扛着一捆草。这是去豆地里锄草了吧！

姥爷热得满脸是汗。他从肩上卸下草捆，我把草摊开晒到场上。进了院子，姥爷放下锄头，忙着去做饭。

姥爷刷好锅，添上水，生着火。我往锅底续柴火。姥爷去泡小米和黍子米，接着淘豇豆。锅开了，姥爷把豇豆淘进锅里，等豇豆半熟，又把小米和黍子米淘进锅里。我继续烧火，姥爷又上菜园摘茄子。姥爷回来，干饭就做好了，我们爷俩再烧火熬茄子。

吃饭时，我对姥爷说："四巴家过得真可怜，光喝野菜糊涂，一家人都饿得面黄肌瘦。"

姥爷没说话。等吃完饭，姥爷舀了大半筅豆子叫我给四巴家送去，让他们添上凑合着吃到割高粱。

看着姥爷大热天下湖干活，回家还得给我做饭，我心里很难受。又过了几天，我要回奶奶家了。姥爷给我拾上了满满一筅子咸鸭蛋。这鸭蛋是清明前开始腌的，腌完用黄泥糊好，专等我回来时带走。

姥爷说："我送你走。送一趟你就知道路了，以后想来，就自己来吧。"

我挎着盛鸭蛋的筅子，跟着姥爷出庄的南围门，一路朝西走，走到山根前再向南走一段路，再向西走。走到山坡上有一口井。

这时，井台上有两个打水的妇女。我要喝水，姥爷就和她们打声招呼。我趴在盛满水的罐子上喝一气冰凉的水，心里感到一阵凉爽，真痛快啊！

我说："这井水真好喝，给咱庄上的水一样，都是甜的。"

姥爷就给我讲这口井的来历："这口井叫五户井。这个庄就叫五户井庄。

开始，这里只来了五户人家。他们都是逃荒的穷人，在这里搭上草棚落下户，开荒种庄稼，又挖了这口井。到现在，整个村总共也不过十来户人家。咱本家远房的你大表哥家和你二表哥家就住在这山坡上。"

我们继续向西走。走到一个庄前，我又渴了，姥爷领我上庄里再要水喝。

我爷俩走进一家大门。这家当院里支着一口锅，锅台前有一茶罐，里面装着开水，正冒热气，看样子水刚烧好。我走近锅台一看，锅里的帮上结着一层厚厚的白碱。

一个大娘从屋里走出来，提起茶罐倒了一大碗开水，凉了凉递给我。

我一喝，齁咸，难以下咽，只喝了几口就不喝了。碗里剩下的，姥爷一气全喝干净。

我们爷俩出了庄，姥爷告诉我："你看看，这个庄在大山的南坡上，叫山前庄。上次，你不是让我领你看山上的土龙吗，现在你转过脸往北看，就能看见山上那两条土龙了。"

我转身向北，仰头往山上一看，那真是两条"龙"啊，它们在山上好像正慢慢地往上爬着呢！

我再次问到关于龙眼的问题："姥爷，四哥啦呱时说，两条龙的眼叫南蛮给挖走，咱这里的风水就破了，这也许是真的呢？"

"那只是传说。"姥爷接着说，"这两座山，西边那座圆的，叫馍馍山；东边长的，叫青云山，因为有这两条土龙，所以又叫二龙山。咱们房庄西边那座小矮山，就是二龙山伸过去的小尾巴。那年你上大山砌石子玩，就是爬到了二龙山的东坡。这回弄清楚了吗？"

我们继续往西走，走到一座孤零零长满松树的圆山前。圆山西侧有一个村庄。姥爷告诉我："这个庄叫孟家庄。咱庄井台上你胖舅母的娘家就是这里。"

过了孟家庄，一直往西走到一条从北往南流的小河边。河上有座桥。姥爷告诉我："这是岳旦子桥。桥西头南边有个庄，就叫岳旦子庄。岳旦子西边，就是付庄了。从房庄到付庄也不过二十里路，走习惯就不觉得远了。"

我又渴又累。正好附近有片瓜地，我就坐在桥东一棵柳树下，姥爷上瓜地给我买了一根脆瓜。

吃完瓜，稍微歇一会，过了桥，继续往前走。走一段路后，姥爷说："前面这庄就是付庄的河北了。"

我们进付庄的东围门，再一直往西走，就走到了一条南北大街上。

"噢，姥爷，我知道路了，我天天上学就走这条路。"姥爷又送我过了桥，到河南岸。姥爷嘱咐我："丫头，咱走这一路，经过的庄名都要好好记住。"我告诉姥爷，我都记住了。

姥爷交代完，转身要回去。我喊住姥爷，对他说："咱东里间的稀罕物，让几个送殡的女人拿走了。西里间的绳上还有搭着的姥姥的旧棉袄、夹袄和裤子什么的，院子石台底下，还有一双我穿小的鞋，天冷时，你拾掇拾掇，都送给四巴家吧！"

姥爷听了很惊讶地说："行，小丫头想得还怪周到。"

姥爷说完就往回走。看着姥爷的背影越走越远，直到看不见了，我才回转过身，慢慢走开。

第二十四章

房庄之外，依然有我的故乡

我又回到奶奶家。这段时间，伪保长分派各家每天要给汉奸大队部摊十几斤小麦煎饼，早饭前交上。

我家磨大，奶奶又是小脚，她推起磨来很吃力，于是，就让我帮着推磨。

鸡叫头遍，奶奶起来捞麦，喊我起床。奶奶喊一声，我答应一声。过一会儿，再喊，我再答应。可我就是起不来，心想眯一会儿再起也不晚。

过了一会儿，奶奶边推磨，边大声问我起来了没有，我就喊"起来了"。可是，我困得连动都不想动。奶奶发急了，气得大声咋呼起来："小死丫头，怎么这么难叫啊！从捞麦开始叫，一直到现在也叫不起来。快起来推磨！"

我这才穿上衣服，揉着惺忪的眼睛，磨磨蹭蹭地走出屋子。

奶奶在磨把上再安了一根推磨棍，我抱起磨棍开始推磨。院子里黑漆漆的，我既害怕，又犯困，抱着磨棍眯着眼，迷迷糊糊地跟着奶奶在磨道上转圈。

我使不上劲，奶奶就得使劲推。她一使劲，我的磨棍一松，掉在磨池里，抹了一棍子的面糊。

奶奶气得呵斥我："推个磨也不使上力气，到现在还没睡醒吗？快点使劲推！”

我答应着：“哦。”

可是，推着推着，我又扶着磨棍打盹了，磨棍又掉了下来。奶奶没办法，停下来，把我的磨棍用磨系套在她的磨棍上。这样，她带着我走，我用不用劲儿的，磨棍都不会再掉下来粘上面糊。

奶奶使着劲推磨。我在奶奶背后，听见她累得喘粗气。直到天亮，奶奶又累又热，满头是汗，褂子也被汗水浸透了。而我却没有一点汗。我就想，明天再推磨，我要多使劲儿，让奶奶轻松一些。

面糊磨好，奶奶收拾利落，又烟熏火燎地，一个人在锅屋里摊煎饼。

煎饼摊好，奶奶和我一张一张折叠起来，放进大篼子里。奶奶再在篼把处栓上系绳，套上推磨棍。磨棍一头放在奶奶的胳膊弯里，另一头放在我肩上，我娘俩抬着篼子上西街的汉奸大队部去交煎饼。

走几步，棍子压得我肩膀疼。撑不住了，我就把棍子换到另一个肩上。换来换去，两个肩膀都疼得不能搁磨棍了。没办法，我就学奶奶用两个胳膊弯担着走。奶奶个子比我高，所以，走几步，篼子就滑到了我这一头。

从家沿东西街往西走，穿过南北大街，过桥头门，再往西走一段路，向南拐后，还得走一阵子才到汉奸大队部。我一步一步硬撑着往前挪。

好不容易到了，然后挨号过称。够称时，有一个汉奸检查煎饼的好孬，送煎饼的人常常挨骂；不够称的，第二天还得补上。

回来的路上，我很发愁地问：“到什么时候我们就不给他们摊煎饼了啊？”

奶奶说：“外边的人都说，乡下到处都是八路军，鬼子和汉奸都不敢出门扫荡了，只缩在小鳖窝里搜刮本庄的粮食和钱财。一个庄上的粮食才够他们吃几天的！他们又挖围沟，又砍树搭寨，想把他们的鳖窝建牢了，好不让八路军打进来。但不管怎样，不都是秋天的蚂蚱吗，还能蹦跶几天！”

过几天，伪保长上门叫奶奶出一个壮丁修围墙。奶奶气愤地反问："我一个寡妇，家里哪有壮丁？"

伪保长也气呼呼地说："没壮丁，就拿钱雇人！"

奶奶接过他的话说："我家虽有二亩地，却没有劳力，自己不能种，叫人家给种着，收成时只能分点整齐的粮食，连掠场捞穰的粮食人家都不给。你们三天要公饷，两天要马草、马料钱的，现在又要出工钱，难道老百姓会生钱吗？"

伪保长气急败坏地嚷嚷道："没钱雇夫子，你自己出夫出工！"

没办法，当晚，刚过半夜，我娘俩就起床推磨。天不明奶奶把煎饼烙完，我娘俩再抬着煎饼送进大队部，然后赶紧回来。这空当，我老姥姥会把水烧开。我和奶奶用开水泡个煎饼吃，再赶快出工去修围墙。

我和奶奶走到围墙根，拿鞭子的监工让我娘俩摔泥蛋。

奶奶就领我走到泥堆前。奶奶用两手挖了一大块泥巴，蹲下，捧着泥巴使劲往地上摔；摔完，在地上滚一滚泥巴，捧起再摔。我也挖了一块泥巴，在地上连滚带摔。被摔得硬帮了的泥巴，通过站在梯子上的人，一直被传递到围墙顶，以用来加高围墙。

阴历六月天，烈日当头，就算坐在阴凉地凉快，都会热得喘不过气，更何况在烈日下干这样的活呢！

监工手拿鞭子，在场地上转悠，监视夫子们干活。一个和泥的夫子满身大汗，刚直起腰掀起褂襟准备擦汗，监工正好看见，朝他背上就是猛抽几鞭，把他的褂襟抽裂一道长口，背上露出道道血印。

奶奶额上的汗水流进眼里，腌得眼睛睁不开，手里的活却不敢停下。我过去用我的褂袖给她擦了一下，被监工看见，嗷的一声："小小年纪，学会磨洋工！不干活，我就用鞭子抽你的皮！"

他把鞭子在空中啪啪地抽了好几响。我吓得心里扑通扑通乱跳，赶快蹲下埋头摔泥巴。

等中午回到家，我额头上、脖子上痒得厉害，拿镜子一照，才看清是被太阳晒得起了一层痱子。奶奶说她背上也痒得难受。她脱下褂子一看，啊，背上的痱子都连成了一片红疙瘩。我赶快舀来一盆凉水，用湿毛巾试着给奶奶擦。我一边给她擦，她一边洗脸。擦完，我又用蒲扇扇了一会儿。给奶奶弄完，我也洗了脸，擦了背。奶奶和我没吃饭，只在床上躺了一下，便又慌慌忙忙地起来出去摔泥了。

一天，我娘俩照常半夜起来推磨。天刚放亮，奶奶烙完煎饼，我娘俩就抬着煎饼送到了大队部。恐怕晚了出工，所以，回来的路上，急急乎乎的样子。走到东西街时，遇见几个才往大队部送煎饼的。大街上也站满了其他人，都在那里叽叽咕咕议论着什么。

突然，从庄西门那边跑来一个十一二岁的小男孩。他招手呼喊："鬼子投降了！小日本投降了！快去看吧，他们身上都没枪了。当兵的正押着鬼子朝北去呢！"

顿时，街上的人们都呼啦一下朝西门外涌去。

奶奶扛着磨棍，我拽着奶奶的手，也随人群向西门外跑去。

几个正给鬼子大队部送煎饼的，掉过头来，转忧为喜地抬着煎饼就往家走。其中一个高兴地抖着身子让肩上的挑子可着劲地颤悠。

人们出西门，站在公路边。公路上的小鬼子，正由当兵的押着，灰心丧气地低着头由南往北走。路边的人们，朝鬼子身上投泥巴、石块，还有一个汉子用铁锨除来大粪糊在了鬼子身上。

忽然，路边的人们呼啦一下上了公路，又都急匆匆往庄里奔。我和奶奶不明原因，也随着人流往前赶。进西门里才听说是王红九来了。

王红九是盘踞在附近村庄的土匪头子。一提起他，百姓们都又气、又恨、又怕。有人叹道："这是造的什么孽啊，前门赶走狼，后门还有虎。反正老百姓是没有好日子过了！"

奶奶听说王红九来了，吓得腿打哆嗦，几乎走不动路。我扶着奶奶，好不容易才走回家。

一进屋门，奶奶对老姥姥说："咱们赶快把缸里的高粱挖个坑埋好。娘，您把床头的那个瓦碴缸拾掇出来。"

奶奶放下磨棍，上门后拿把镢头就在当门里刨坑。

地的上层是土；往下，是一层炉厂烧剩的炉渣，用镢头一刨，哗啦啦塌散了。奶奶连刨带锄，我和老姥姥就用筐头子往院子的南墙根抬。

老姥姥快八十岁的人了。我们娘俩抬几步，再连推带拉地一点点往前挪。我们一刻也不敢停下。

坑刨得差不多了，奶奶和老姥姥抬着瓦碴缸试一试，放不进去。奶奶又用铁锤砌抹一阵坑的边沿，又向下挖深一层。缸放了进去。

老姥姥用瓢往笸子里舀，我和奶奶抬，直到把高粱全部从大瓷缸里移进瓦碴缸里，再盖好盖顶。奶奶拿起锨，刚要培土，只见邻居赵大娘急乎乎地跑来，嘴里喊着："王大娘，王大娘，不要忙活了。不是王红九，是八路军来了！"

这时，临墙的丁大娘和哑巴姐也过来，帮着我们把高粱倒腾回大瓷缸。一会儿，南头的老刘叔也来了。我们帮着老刘叔把缸从坑里搬回原处。大家七手八脚抬回土，把坑填好，老刘叔再用木板把地面砸平实。拾掇完，他们才走。

这时，奶奶说她心慌得厉害，眼前漆黑。我也忽然觉得头晕眼花，一下子坐在板凳上，不想动了。我们这才记起，我和奶奶还没吃早饭。于是，老姥姥又去忙着做。等吃完饭，门口站了几个邻居，招呼我们到街上去迎接八路军。我和奶奶就各自洗了把脸，和邻居们一起涌上街头。

大街的两边站满了人，男女老少都笑逐颜开地等着八路军到来。街旁，放着桌子，桌上，是烧好的茶水。

八路军来了，掌声四起。大家都争先恐后给八路军战士端茶。八路军战士高高兴兴地喝完茶，从布兜里掏出钱来。老百姓不要，他们就不放手。八路军战士说："这是我们的制度，谁也不能违反！"

我和奶奶说："奶奶你看，早上在西门外公路上押鬼子的也是八路军呢。他们戴的帽子都一样，上面有红五星。"

赶走鬼子，迎来八路军，人们都在想，从此，能不能结束这兵荒马乱的日子呢？

一条河，由西往东从付庄的中间流过。因此，付庄被分成三块：河北村；河南村；另外，河南村的南门外，又有一个小围子村。

自从八路军住进付庄，小围子成立了儿童团，河北村成立了姐妹团，在儿童团和姐妹团里又抽人组织了一个啦啦队。这样，天天晚上，三个队在河南埝的陈家场子里比赛唱歌。我们几个小女孩因为年龄还小，什么队都参加不上，就跟在后面学着喊，学着唱。

后来，办起夜校和午学，年轻人开始学文化了。我和几个伙伴一起去报名。妇女们多是纺线。老姥姥在堂屋靠西里间的板帐前支起纺线车，也纺起线来。奶奶就做饭，赶集买棉花，搓棉条。

我放学回家，看老姥姥纺线怪好，就想学。老姥姥正纺着，我说："老姥姥，你起来，我纺纺试试。"

把老姥姥拉起来，我坐在纺车前开始纺线。我胳膊短，这只胳膊够着纺车把，那只胳膊就够不到车轴上的棉条，闹腾半天，没纺出一根线来。老姥姥嫌耽误工夫，把我撵起来。

奶奶却说："小女孩家学会纺线也不孬。"

过了几天，奶奶上朱张桥亲戚家借来一辆小纺车，支在老姥姥纺车的一旁，让我放学回家学纺线。不几天我便学会了。从此以后，放学回家我就纺线。

晚上，安静下来的村庄，河水缓缓地流淌。岸上，围绕着一点一点油灯的光亮，纺线车吱吱地响着。

老姥姥一个集能纺一斤线；我一集能纺半斤。奶奶夸我纺的线又细又匀溜，到集上很好卖。

一天，奶奶赶三重集卖了线，没换回棉花却买回一筐子芋头。

我问："奶奶您怎么买芋头回来了啊？"

奶奶说："家里棉花还够纺一集的，下集再买。芋头刚下来，挺鲜亮。我买了十五斤，放在你崔叔的推车上，让他捎了回来。这是您娘俩纺线挣钱买的。咱留一部分自己吃；你丁大娘经常给你挑觚，挑肚子疼，再拾一小筐子给她家送去，补补人情。"

奶奶把芋头装好，我挎着筐子给丁大娘家送去。丁大娘高兴地收下，说了一些感谢的话，还夸奖我一顿。

快到腊月，奶奶说，再赶两个三重集，头年里就不再赶集卖线了。她叫我们尽量早些纺完棉花，好趁着赶集卖出。

这天是阴历十一月二十六，逢三重集。头天晚上，我比平时多纺了两个线穗，老姥姥多纺了有半斤。吃完早饭，奶奶赶三重集去卖线。赶集回来，奶奶筐子里带回一块蓝色粗布。奶奶说，这是我纺线赚钱买的，用这布给我做身新衣服，好过年时穿。

于是，我天天盼着过年穿新衣服。

好不容易盼来了年。大年初一，我穿了一身崭新蓝色粗布衣裳，划拉着伙伴，走街串巷挨家拜年。小伙伴们，更多的仍穿旧衣服，可都洗得干干净净；也有的小伙伴换上了一双新鞋。

到丁大娘家拜年，丁大娘问我："丫头，是自己纺线挣钱买的新衣服吧？"

我有些得意地答应着。

丁大娘就对着小伙伴们夸奖我："看看人家丫头，心灵手巧，自己干活挣钱买新衣，这多好啊！"

又到赵奶奶家，大家都像喜鹊一样说着笑着。赵奶奶对我说："亏了丫头能干。要不，你奶奶那么会过，怎舍得给你做新衣服呢？"

年初二下午，天上无云，太阳温暖。一伙小男孩在胡奶奶家大门口玩摔钱蹦和滚钱摇的游戏；我们小女孩在场上玩跳方；几个大人，也难得一年中有这几天的清闲，三三两两在街上聊着天。这时，丁大爷从南边走来，他大声告诉我们："晚上，新四军来咱场上玩秧歌，大家都来看吧！"

有人立马跟上话："那当然看啊，听说新四军跳的秧歌最好看了！"

另有人接着说："那我们还站在这里干吗？回家早吃饭，出来站个好垯，等着新四军来！"

这么一提醒，大人们陆陆续续往家走，外面只留下几个小孩。我也赶快跑回家，催促老姥姥早做饭，别耽误晚上看秧歌。

傍晚，大人、小孩都早早吃过晚饭，三一群俩一伙往场上赶。外街的人也有跑来的。场的四角，早有人刨坑栽杆子，挂上了灯笼。有人说那不是灯笼，是汽灯，想让它亮它就亮，想让它暗它就暗。

天渐渐黑了，远处传来锣鼓声。声音越来越近，有人在喊："秧歌队来了！秧歌队来了！"孩子们等不及，朝锣鼓响起的方向跑去。

我和老姥姥、奶奶，还有丁大娘等几个老人，站在人群的前面，能感觉到我们身后有人在挡护我们。

一会儿，秧歌队便热热闹闹地赶来。刚才场角的灯还很亮，现在果然暗了下来。

耍龙灯的人走在队伍前头，沿场子紧贴人群向前舞动。这是在开场子。他们蜿蜒盘旋向前行进。"龙头"上一对"龙眼"耀明铮亮，闪闪发光，一对"龙须"时伸时缩；"龙身"上的鳞片放着五颜六色的光；"龙尾"一摇一摆，把看景的人吓得嗷嗷喊着往后退。

接着担花篮的大姑娘们进场。这时，场四角的灯又亮起来。大姑娘们都十七八岁的样子，一律细高个，身穿各色花衣，腰扎彩带，头戴鲜艳花朵，头上还甩着一根大辫子。她们每人担一对花篮，扭动柔软腰身，走三步退一步地迈着舞步。担花篮的担子颤悠悠随着舞步起伏。

奶奶问："这都是谁家的大姑娘啊，一个个都这么俊？"

丁大娘就说："新四军的队伍里，个顶个精神，也喜幸！"

大姑娘们绕场扭几圈，就开始串场。她们扭着秧歌，迈一样大小的步，间隔相等的距离，走出不同的队形。她们越走越快，甚至后来小跑起来。灯光越来越亮。最后，她们排成五角星的队形，灯光大亮。全场人们欢呼起来。

紧跟着，队伍又表演打花棍、冲旱船、耍狮子等节目。到最后，又耍起龙灯来。

玩完秧歌，新四军走了，老太太们还在夸奖几个担花篮的姑娘漂亮。胡大爷笑着说："你们还真相信他们是大姑娘啊？他们都是队伍里的半大小子扮的！"

这么一说，人们惊讶着，议论着，心满意足地回家了。

第二十五章

奶奶，我的又一位亲人

1946 年秋季的一天，我们在胡奶奶家大门外的石凳上玩耍，忽然，天上嗡嗡作响。我抬头一看，啊，那或许就是飞机吧？

飞机在天空盘旋，地面上轰隆一声巨响，紧接着，又是一声巨响。飞机转了几圈，飞走了。

声音响过，大人们跑出来找孩子。孩子们则兴奋地描述着刚才的情景。大人们的脸上蒙着一层不安的神色，慌慌张张领孩子往家走。

这时，崔大爷急急忙忙地从南边跑来，上气不接下气地喊："飞机把炸弹撂到小围子了，炸死七口人，老解家摊上三口。蒋介石又和八路军干上了。"

听说小围子那里炸死人了，有人跑去看。我们小孩子害怕，就被大人领回了家。

奶奶叹口气说："这才过几天安稳日子，又得躲飞机。明天早早吃饭，咱们到何庄去躲一躲。"

奶奶告诉我，以前，日本鬼子从飞机上扔炸弹时，奶奶她们也是上何庄躲的。何庄是小庄，在付庄南七八里路上。奶奶的娘家就是那里，路近也方便。

付庄河南的人们也大都上那庄躲飞机。

第二天天不亮，我们早早吃了饭，又带上午饭，就向何庄奔去。路上，有不少躲飞机的人。天蒙蒙亮时，路过三老姥姥家，奶奶让老姥姥在她家住几天，这样省路。我和奶奶继续往南走，到我大舅奶奶家。待到中午吃顿饭，晚上天黑，我和奶奶再回付庄。

这样的日子持续了好多天：天不亮就走，晚上漆黑天才回来，家里的什么活都不能干，整天提心吊胆。我心想，今天躲过去不被炸死，说不定明天半路上就摊上了飞机扔的炸弹。

西街有心眼儿的人，嫌出庄躲来躲去太劳人，就想着在自己家挖洞藏身。张思继家和几家邻居合伙挖了一个。洞口开在他家屋当门，洞挖得很大，也很长，一直伸到屋外去，能容二十多口人。飞机来时，西街中段那一片人家，好多都去他家躲藏。

于是，河南村的也照着样学，几家合伙在河边胡家菜园里挖了一个大防空洞。

一天早上，我和小丽、彩巴在大街上正玩得高兴，就听见天空上有"嗡嗡"的声音。我扔下手里的秫秸，边喊"飞机来了"，边冲出大门。大街上的人们都喊我："这丫头，没来飞机的！没来飞机的！"

我一气儿跑到胡家菜园，钻进防空洞。我的心扑通扑通跳个不停，等了好一会儿才平静下来。

可是，别人怎么没来？我坐在干草堆上，不敢出去。自从有了这洞，老姥姥就回来了。我想，老姥姥、奶奶，还有那么多大人、小孩，怎么能跑动呢？我犹豫着，也许再等一会儿他们就都来了？

等了一会儿，我开始着急，正想回家看看，就听见飞机在头顶上"嗡嗡"乱叫，像是擦着洞皮飞过一样。坏事了，老姥姥和奶奶真的来不了啦。

我爬出地洞，见飞机转到西边去了，撒腿就往家跑，过了菜园的藤栅，跑到高婶家的场，正好碰见高婶领着两个孩子和金二家的领着小丽向地洞这边跑来。我更着急了，连急带吓，嗷嗷哭起来。我想赶快找到老姥姥和奶奶，可抬不动腿，跑不快了。

我边哭边跑边喊："奶奶快来呀！快上地洞呀！"

我过了高婶家的场，又跑过一个残破的大门楼，人们这才大溜地朝防空洞跑来。丁大娘和奶奶架着我老姥姥也吃力地踮着脚往这边赶。我忙迎上去，拽着奶奶的褂襟，哭喊着叫她们快跑。

这时，飞机从西边转回来。我想这回完了，非得被飞机炸死不可。

正在这紧急时刻，有人扯破嗓子直喊："趴倒！快趴倒！"人们听见喊声都呼啦啦趴倒在地。飞机转着圈飞远了，人们赶快爬起，继续朝地洞跑去。等飞机再转回来，人们就已都进了防空洞。

最讨厌的，把人们吓得提溜着心的是兴他娘。她家穷，有两个孩子，丈夫身体又不好，不能干活。一家子就靠她每天晌午给炉厂的炉户做豆汁，赚点豆渣吃。太阳东南晌，正是磨豆子的时候。她家的磨支在胡家菜园的北边。她头勒白毛巾，很显眼。飞机过来，她呼呼地往洞里跑；飞机刚要转走，她又爬出地洞，跑到磨前推几圈磨。她来回折腾，洞里的人嗷嗷咋呼，不让她往外跑，也有人往洞里拉她的衣襟。

不一会儿，飞机又来了，我们屏住呼吸。不远处，像是在洞口，扑通一声落地，接着轰隆一声巨响！又是扑通一声，又是轰隆一声巨响！稍远一点的地方，也轰轰隆隆地炸开了响声。飞机又嗡嗡地盘旋几圈，渐渐没了声音。

我们出洞口一看，整个洞顶，被炸上来的河里的淤泥糊了一层。怪不得刚才在洞里，就感觉被震得整个洞像翻了个跟头一样呢！

人们心悬未定，面带惊恐，垂头丧气地往家走。

这时，崔大爷面色焦黄，慌慌张张地从南头赶来。当看到他家的大人和孩子都平安无事时，他才长舒了一口气。

他告诉大家："飞机是来炸西街八路军乡公所的。当时街上人来人往。飞机一来，大家慌了神，都往近处地洞里跑。三颗炸弹：一颗正落在地洞口上爆炸，整个洞里十八口人，炸死的炸死，没炸死的，也都闷死了；另外两颗落在张思纪家的后街，没炸，要不，还不知又有多少人要遭殃呢！"

崔大爷这么一说，有人就不回家，直接往西街去了，说是去帮忙处理被炸死人的后事。

奶奶也说："原先我们在西街住时，和那些人都是邻居。我得去看看能帮上忙吗。"

我跟着奶奶向西街走去。到西街一看，那情景太惨了！人们已经把尸体抬到街上。一具具不完整的尸体，并排躺着，血肉模糊。有人买来两卷芦席，七手八脚打开，一张张盖在尸体上面。一会儿后，又运来棺材，买来寿衣。先给成人尸体穿上寿衣，入了殓，又把年幼的用芦席卷起来。这样，就等第二天送殡了。一切都收拾好，人们散去，现场剩下死者亲属。我不忍心看他们无处乞求的眼神和那可怜的样子，就赶快跟着奶奶离开了这个地方。

第二天一早，奶奶领我到西门外赶集（付庄每天都逢早集），准备买烧纸，给被炸死的人吊丧。刚到集上，天还黑蒙蒙的，飞机又来了，嗡嗡地在头顶上盘旋。我已经被飞机吓破了胆，一听见飞机的动静，撒腿下了正道就往南跑。奶奶跟在后头追，边追边喊："丫头，快趴下！丫头，快趴下！"

我哪还顾得上奶奶的呼喊，一个劲往南跑。奶奶的声音越来越远，越来越小了。我一口气跑到劳模殿子庄，奔上正路，放慢脚步，喘了几口气，又开始跑。我一直跑到何庄我三老姥姥家，并留在了她家，而奶奶应该回家了。

早上吃饭前，我要洗脸。小姨奶奶说："冷天你还洗脸呀，俺都不洗。"

三老姥姥就说："街面上的人爱干净。他们烧炉子，炉子上有温罐，洗手洗脸有热水，很方便。不像我们小庄小户的人，什么事都不讲究。"

三老姥姥用小锅烧了点水，倒进盆磕。我洗过脸，大家一起吃早饭。

在三老姥姥家住了几天，我就上我新娘家去了。到新娘家，正赶上八路军队伍路过。他们住在庄里，把一挺机关枪支在新娘院子里的石台上，挺招眼。我害怕飞机看见会撂炸弹。有个八路军小哥哥跟我解释，说机关枪遮挡得很隐蔽，敌人看不见的。但我还是害怕，新娘就让我那个姐姐把我送到石行岭。石行岭是我新娘的娘家。在那里，我住了几天，就想我姥爷了，就对石行岭的姥爷说："我想上房庄，但不知道路。"

石行岭姥爷就把我送到房庄。姥爷见到我后，对我说："兵荒马乱，不要到处去了。咱这庄小，不靠公路，不过队伍，飞机也不上这里轰炸，你就在这里住下吧。"

在姥爷家住了几天，我又回到奶奶这里。八路军走了，现在还乡团盘踞在付庄镇。日本时期的伪保长，还有土匪头子王洪九，都投奔国民党的还乡团。还乡团护着真正地多有钱的人家，只勒索无权无势，又没有几亩地的老百姓。他们定期要公饷，要马草、马料、夫子钱。

一天，保长叫奶奶上乡公所走一趟。奶奶知道没好事，顿时吓得脸蜡黄，嘴唇打着哆嗦说不出话来。

奶奶去了好长时间都没回来，老姥姥很担心，叫我到街上去看看。我从河堰走到大街上没有迎着奶奶，又沿东西街，过了桥头门，还是没看见奶奶。

走了一会儿，我便老远看见奶奶从大西边，东倒西歪地仰着脸嗷嗷哭着朝东走来。我赶快跑上去扶她。

我劝奶奶："奶奶别哭了，叫人看见多不好啊！"

街上的人不知奶奶为什么哭成这样，三五成群地低声议论着。

奶奶一直哭到家。进屋，一下子坐在当门里，双手扶住脚脖，号啕得更厉害了。

丁大娘、胡大娘，还有其他邻居都跑来了。

奶奶哭诉道："就这几亩地，还是罪过了？自己不能种，找人种，到头来分不到一半粮食。交公饷钱，交马草、马料、夫子钱，总共三百块现大洋，限三天交齐。我们上哪去弄啊！要我们一家人的命啊！"

奶奶越说，哭得越厉害。丁大娘和胡大娘，还有其他邻居都劝慰奶奶。无奈大家也没有更好的办法。

夜里，屋外，机枪嘟嘟，手榴弹咚咚，大炮轰隆轰隆地响了整个上半夜。我们害怕，娘仨都钻进床底下。下半夜，动静停下来。夜也安静了。

天刚蒙蒙亮，便听丁大爷在大门口喊："王大娘，王大娘，八路军和还乡团打了一仗，南围门大敞四开，也不知道是什么情况。你还是赶快找个人帮忙，搬到亲戚家躲一阵公饷吧！"

奶奶找了一个人帮忙。那人推来一辆木轱辘小车。小车一边装上锅碗瓢勺，还有吃的粮食和一张小床，我老姥姥坐在小车的另一边，我扛一个搂柴火的筢，奶奶挎一个盛着一些小用品的筐头，我们又出发了，上何庄不躲飞机，躲公饷去了。

到何庄，还是住在庄南头我大舅奶奶家的东屋。

出来躲公饷，不能光烧亲戚家柴火，奶奶就叫我跟对门三舅奶奶家的大女儿一起去拾柴火。

三舅奶奶家很穷，住两间矮小的土屋，没有院墙，屋门前靠西旁支一盘小磨。她家大女儿叫芝巴，奶奶让我喊她姨。芝巴有一个妹妹和弟弟，我没见过她爹。芝巴十七八岁的样子，长得粗壮。她经常忙得捞不着洗脸梳头，她头发披散，却还辫着，扎着头绳。头绳也分辨不出是什么颜色的了，穿的衣服补丁摞补丁。

芝巴很朴实，对人热情，干活也很下力气。看样子她家的粗活重活都得她干。她大部分时间是背着柴火筐下湖拾柴火。我奶奶对她说我从小没拾过柴火，让她多照看着点，她很高兴地答应了。

于是，每天清晨，我这个姨早早地吃完饭，一个肩膀用笆杆撅一个筐头背在背上，另一胳肢窝里夹一条勾担，上我们住的门口来喊我。然后，她担起勾担，一头挑她的筐，一头挑我的筐，另一肩再扛着自己的笆，我也扛着笆，我们说着话，高高兴兴地下湖拾柴火。

我们一直处得很好，上午去湖地一次，下午再去一次。我们每次拾的两筐柴火都由她一人担回，每次她都累得哼哧哼哧喘粗气。

一天早上吃完饭，我们又来到湖里拾柴火。姨发现地的隔沟里有风刮进去的豆叶，我们就用笆从沟的中间分别向两头搂，搂一段距离就堆一小堆。搂完，先放在那里，我们再上别处搂。

晌午，该回家吃饭了，我们开始打叠装筐。我抱完别处的，再去抱隔沟里的豆叶，发现少了一小堆。我想，肯定是姨多抱了。这样一想，很委屈，又不能说，就赌气地很快把豆叶打叠装筐，然后自己用笆杆背筐，憋着一肚子气往前走。

姨不知什么事，就急忙按实自己筐里的豆叶，一个肩膀用笆杆撅一大筐柴火，另一肩膀扛勾担，迈开大步追赶我，边追边喊："丫头停下，我给你挑。"

我走几步就走不动了，放下柴筐，一下子坐在地上。她赶上我，也放下柴筐，细声问道："丫头，今天怎么不让我给你挑了，看你不高兴，是怎么回事啊？"

无论她怎么问，我也不开口。

"这一筐柴火你背不动的，还是我来挑吧。"她耐心地劝我。

"不用你挑，我自己能背动。"我气冲冲地说。

我又背起筐走了几步，再放下，坐在地上歇歇。姨也放下自己的筐坐下等我。歇了一会儿，我再去背，可怎么也起不来了，姨赶快过来给我抬起筐。

这时，姨很和蔼地说："丫头，快别生气，还是我来挑吧。"

"不用你挑。"我赌气地说。

我走几步歇一歇，每次她都放下柴火筐等我，再帮我抬起筐。

到家，姨放下柴筐，就进我们住的屋里，和奶奶说："不知怎回事，丫头生气了，一大筐柴火自己背回来的，可是累得不轻。"

奶奶问我怎么回事，我不吱声。奶奶很生气地数落我不懂事，使性子，不知好歹。

姨走后，奶奶又狠狠地批评我。我很后悔，那么多柴火堆，姨肯定没在意。姨这么照顾我，我应该感谢她才对。

还乡团还是盘踞在附近的各个村镇。看见这个村的围门两旁有人站岗，就知道付庄也一定很紧。奶奶想回家看看，拿点需用的东西，可是不敢。

一天下午，我和姨在湖里拾柴，一直到太阳快落山才回家。一进家门，老姥姥就擦眼抹泪地和我说："今天，付庄还乡团来人找你奶奶。幸亏你奶奶不在家。他们要把我带走，堂屋的你舅奶奶就说'这个老嬷嬷，她闺女养不起，把她撂在这里。您想带走就带走吧！'来人一听，走了，扔下一句话'走，明天再来找她！'"

过一会，奶奶由两人架着，后面还跟几个人，嗷嗷大哭着回来了。一进大门就扑通一声坐在天井里，掐着脚脖子，大放悲声地哭诉："还有活路吗？躲都躲不过去啊。交不上公饷，还得要命吗？"

人们你一言我一语劝奶奶别哭了。

有人说："这个庄是不能待了，赶快再搬家吧！"

又有人说："付庄还乡团怎么知道二姑来这里躲公饷呢？肯定有人告状！"

有人接着回答："告状的是她亲三叔家的老二。"

听别人说，奶奶的这个叔伯兄弟从小就不干正事，现在给一个大地主家的寡妇当管家，实际就是狗腿子，不知怎的，最近又巴结上付庄还乡团，当上了付庄保长，告我奶奶，是想立功领赏。

本家大舅奶奶说："二姐别哭了，你歇一歇，吃点饭吧。我上西头找刘老二，叫他帮忙，今夜就搬到丫头她姑家躲躲吧。"

刚过半夜，刘老二就推着小车来了。我大舅奶奶也起来帮忙装车。

已是深秋。夜，漆黑一片，冷风一阵阵吹来，田野没有一点动静，崎岖的小路，只有我们的小车吱吱地响着。我吓得头皮发麻，连唾沫都不敢咽，眼皮扑嗒扑嗒跳个不停，心也随小车的吱吱声扑通扑通地乱撞。

要大难临头了吗？我拽着奶奶的褂襟，紧紧依靠着奶奶，好像奶奶会随时消失，好像那狗腿子舅爷爷一下子就会蹿到我们面前，把我们截回。

我们没敢走劳模殿庄里，只是从这庄的南门外，沿围墙向东走。看不清路，深一脚浅一脚，走着走着，吭当一声，我的额头撞到树上。我摸一摸额头，一个大疙瘩。我不敢哼一声，忍着疼继续往前走。一会儿，脚趾头又蹾在石头上，顿时疼得厉害，感觉鞋里黏糊糊的，应该是流血了，但我还是咬牙坚持。脚趾头疼得厉害，只好脚后跟着地，跷着脚尖，一瘸一拐往前赶。奶奶也不小心走进一个洼坑，打了一个趔趄。我拽着她的褂襟，幸亏没把我带倒。

我们一行连车带人走了很长时间，才转到劳模殿子的东门外。

奶奶声音颤抖着小声说："快到劳模殿子桥了。"

一听到桥，我不由得又紧张起来，心又开始狂跳。桥下好藏人，还乡团的人会不会藏在桥洞里等我们呢？这时，忽然听到后面远处有脚步声。坏事了，还乡团真的找到我们了，我想着。

我轻声对奶奶说："你听，后面有人。他们能听见咱小车的声音。咱赶快追上推车的，叫他先停下，咱们蹲着藏一会儿，等后面的人过去了咱再走。"

奶奶也小声说："不要紧，今天是初一，逢三重集，可能是出摊卖东西的，他们要赶早站摊位。丫头，别害怕，咱赶快走吧！"

奶奶的话，我将信将疑，心还是提溜着。到桥头跟前，正好有个挑担子的人影走过来，只听见扁担被重物压得呼扇呼扇地响。等这人从我们身边过去，我拽着奶奶的衣襟也赶快过了桥。

我们向东走，赶集的人拐个弯向南走。这样，我就不太害怕了。这时，我的脚趾头疼得钻心。现在，天还没亮，我不能脱下鞋看，只有咬牙硬撑，踩着脚后跟向前走。

天亮时，我们来到册山。

我对奶奶说："我的大拇脚趾头蹭破了，疼得厉害，我想歇歇再走。"

推车的刘老二就用车棍顶住车把支撑住车，蹲在一旁抽旱烟，老姥姥坐在车上不用动，我和奶奶则坐在地上歇歇。我脱下鞋。鞋底、鞋帮还有脚上都是血。奶奶再扳起我的脚一看，大拇脚趾头蹭下一块肉，肉皮相连，血正一滴滴地往外流。奶奶伸手捏两撮细土按在伤口上，停了一会儿，看血继续往外洇，就又捏了一撮土按上。奶奶又扯她的腰带撕下一块布条包上伤口，薅几根草秸缠紧扎好，然后给我穿上鞋。

我们起身继续往前赶路。从何庄到塘圩有四十多里路，我们走到太阳东南晌才到我姑家。

姑家有三间堂屋，五口人。一个老公公，我叫他六爷，夏秋时，他在农田看青，夜间就睡在农田的秸棵屋里；冬春，他又给人家养牛，夜间要给牲口添草喂料，所以，夜里就睡牛棚。这样一年四季，每天吃饭时，六爷才在家。一个老婆婆，我叫她六奶奶，睡在东里间靠山墙的一张大床上。姑有一个女儿，一岁多，叫凤，她娘俩在西里间睡觉。我姑父在外地做事，很少回家。

我们去了，把带来的床，支在东里间的南墙窗下，让老姥姥和奶奶睡。我和六奶奶睡一张床。

六奶奶脾气好，很和善，会讲故事，爱说笑话。每天晚上一上床，我就央求六奶奶给我讲故事。她给我讲《王小卧鱼》《卷席筒》《梁灏八十二中状元》等。每次讲完一个，我就嚷着让她再讲一个，奶奶就吵我："讲一个就行了。光讲，你六奶奶累得慌，赶快睡吧！"

每晚听故事，是那段时光我最期盼和最快乐的事情。

我姑拿自己的孩子当宝贝，含在嘴里怕化，托在手里怕掉。可是对我就不一样，拿我当哄孩子的靶子，做她孩子的小支使。给孩子喂不进饭，她就朝我发脾气说："你大姐不吃饭，你看着，我打她！"

说完，不是用手朝我头上扇两下，就是在我背上呱唧呱唧剁两巴掌。

我姑一会儿喊我："她大姐，上锅屋去给你妹妹盛糊涂。"一会儿又叫我拿鞋给孩子换上。孩子刚吃完饭，又得背着孩子到大门外去转悠，并一个劲儿地嘱咐我："可得背好，千万别磕着。"

为这些事，我整天不高兴。我一天也不想在她家待了。

早就听别人说，我这个姑姑，是奶奶花钱买来的一个要饭人家的孩子。一家人都很疼爱她，天天把她打扮得像花朵一样。她剪着短发，头上扎两个蝴蝶结，也没裹脚。她冬天穿花棉袍，围脖巾；夏天穿短袖白褂，配黑短裙和长筒洋袜。她和另一个孩子贾顺义一起，天天跟着我爹去上学。姑姑起名叫王庆四。她是民国时期，付庄街唯一一个上过洋学堂的女生。

我还听奶奶说，我爹一心想供姑上出学，等她有出息了，好为我家下一辈人做榜样。姑姑考学落榜，我爹立马在朱陈镇订上馍馍折子（在饭馆里吃一年饭，最后算账交钱），让她在那里复习，准备来年再考。可是，一年后赶上来鬼子，就没捞着考。

　　来福，他说自己叫贾顺义，是在煤窑要饭的孤儿。爷爷看他可怜，领回家，让他干一点零活。家里人都夸这孩子诚实仁义，又聪明，爹就叫他和我姑一起去上学。他六年级毕业，当年考上临沂城的织布中专。比较之下，奶奶就对我姑不满意。

　　现在想想，我爹对她那么上心，费大气力让她读书，甚至把家里晚辈的希望都寄托在她身上，她却没考上学，对人也不仁义，我对她真是失望。

第二十六章

不变的童稚童趣，即使留给了岁月，
也定会在岁月深处飘香

一天，我对奶奶说，我想姥爷了，但摸不着路。

奶奶告诉我，出这庄的南围门，直往西走，过个小庄子，再走七八里路就到房庄了。

按奶奶指的路，我到了姥爷家。

到姥爷家一看，家里发生很大变化。顿时觉得姥爷离我远了，我心里难过极了。姥爷家一下子添了三口人：一个老嬷嬷带着一男一女两个孩子。我心里一时难以容纳。不过，他们三口对我挺好，都很亲热地喊我外甥女。过了几天，慢慢熟了，也就相互融洽起来。

从啦呱中知道，老嬷嬷的儿子叫冷，比我大一岁；闺女叫改，刚满四岁。他们一家也是受苦的人。老嬷嬷和第一个丈夫有四个孩子，俩儿俩闺女。家里吃上顿没下顿，丈夫就带大儿子闯东北，一去五年没音讯。老嬷嬷在家里，日子实在熬不下去，就把两闺女送人当童养媳，领着冷改了嫁。她再嫁的这人家也很穷。等四五年日本鬼子投降，八路军来了实行土改，老嬷嬷的新家才分上几亩地，又生下了小改。日子刚要好转，1947 年还乡团回来倒算，把他们家分到的土地收回去，并且要如数交还这两年的收成。他们没粮上交，男人就被抓去，连打带吓，回家就死了。还乡团还不算完，又去砸他家的锅，提走他家鏊子。他们娘仁走投无路，才经人介绍来到我姥爷家。

姥爷现在还种着十几亩地，没白没黑地干活，也需要一个做饭的。老嬷嬷不拐不坏，心地善良。不过，我不亲近地称呼他们，因为我姥姥死了，我和他们很亲近，就勾起我内心的悲伤和痛苦。

现在正值晒麦打场的时候，村里大小场上，都晒着麦子。每天吃完早饭，冷就随便在哪个场里抓一把新麦，放进嘴里嚼一嚼，再用水洗一洗，把剩下的面筋粘在竹竿头上，然后，带我和改上围墙根或柳树塘里，粘柳树上的知了。

他们好像是这里的老户人家，哪个地方都很熟悉。他们是主人，我倒成了外人。这个庄我陌生了，这个家我也陌生了，我心里泛起一阵阵酸楚，但我马上又劝自己，人家对我不孬，我凭什么讨厌人家呢？

树上的知了很多。冷用粘着面筋的竹竿头，小心翼翼地往知了的翅膀上轻轻一碰，知了就被粘住，翅膀只管扑棱，却飞不动了。冷放倒竹竿，我摘下知了放进秸莛编的嘟噜里。一会儿工夫，我们就收获满满一嘟噜知了。

回到家，冷放下竹竿，赶忙舀上半盆水。我就把知了倒进盆里洗净，摘去翅膀和爪子，再用刀剁碎，用辣椒炒熟。然后，我们三个拿煎饼卷着吃。

姥姥在时，夏天，吃完晚饭，天还亮着，我就提砂壶跟着姥姥上场边树下，先抠地里的知了猴，等天稍黑，再摸已爬到树干上的知了猴。一晚上，连抠带摸能逮大半砂壶，回到家倒在桌上，用筛子扣好。第二天一早掀开筛子一看，那些知了猴就都已成白色。变得好的，我就拣出来放进笮篱，端到围墙根的大树上，让它们飞走；变得不好的，姥姥就择巴择巴，洗干净，在锅里点上油，放上盐，炒一盘给我吃。我们从来没吃过树上会叫的黑知了。

一天吃过早饭，姥爷对我说："丫头别走了，在这看瓜吧。咱和强、小火，还有仓四家合伙在河东堰租了老沂庄四亩地，一家一亩都种上了瓜。瓜地里搭着屋棚，每家都有个小孩看瓜。在瓜地里有人玩，也不害怕。明早你早起，我领你认认地。我下东湖耪地就顺道给你送饭，我不下东湖干活，就叫四巴她三姐替换强（四巴她哥）时，给你捎煎饼。渴了你就摘瓜吃。"

我一听说叫我看瓜，高兴极了！从那天后，每天早上，天不亮我就起床去瓜地看瓜。

过了几天，姥爷耪完河东堰地，就去了别的湖干活。这样，每天早上，就由四巴她三姐给我捎送煎饼。

四巴的三姐第一回捎煎饼，就和我说："我老奶奶（姥爷家做饭的老嬷嬷）烙煎饼腾不出手，我自己叠了三个煎饼，揪了一头蒜，拿了六根腌的蒜薹。小姑，你吃不了，剩下我吃。"

我就先留一个煎饼等中午吃；剩下两个，早晨这顿饭，我和四巴她姐一人一个；蒜和蒜薹，我吃很少，大多是四巴三姐吃或带回家。

以后，四巴她姐送饭，天天如此。她渴了，也舍不得摘自己瓜地的瓜，都上我家瓜地摘那些长得抽巴了的脆瓜吃。我不好意思拒绝。

我觉得四巴家人口多，种一亩半亩地的，打点粮食，也舍不得烙煎饼吃，都是熬糊涂喝，四巴的姐天天吃我家点饭也是应该。可是，我一想起姥爷七十多岁，起早贪黑，披个蓑衣头，在湖里风吹日晒，拼命种这十来亩地，还得养新来的那三口人，心里就不是滋味。不过，吃就吃吧，就算帮她家省口粮食吧。

在瓜地里，我天天玩得很快活，又结交了新的伙伴。安敏和玉珍是姊妹俩：安敏是姐姐，比我小一岁；玉珍是妹妹，比我小三岁。她们是稍门里大家门的闺女，规矩大，一般不出大门。姊妹俩偶尔上稍门外路口玩玩，如果叫她们的三哥四哥碰上，用眼一瞅，就得扭头往家跑。今年，在姥爷家瓜地东边，紧邻着的她们家的地里，也种上了西瓜，姊妹俩也就天天来看瓜。

我们一起玩，有时在路边跳方，有时在瓜屋旁玩拾石子游戏。后来，我们又跟强和仓学会在地上划格线，用石子下安六棋。玩渴了，我们就吃瓜地里的瓜。

一起玩的时间长了，她们的两个哥哥管得也就不那么严了。吃完晚饭，她们俩来到我姥爷家的场，和我还有小伟、小反、松巴这几个人一起玩捉迷藏、指星裹脚、揣马莲等游戏。有时，很晚了，她俩还不想回家睡觉，就回去和大人说一声，然后我们会在我姥爷家过道里铺一领席，我们三人睡在一起，第二天早上再一起去瓜地。有时候，她俩嫌我姥爷家有蚊子，就叫我上她们家有蚊帐的大床上，一起睡觉。

有一天，天气晴朗，太阳在空中火辣辣地烤着地面。看瓜的伙伴们顾不得热，高高兴兴地玩耍着。稍门里的三巴、庄东头的腊他姐、北门外大舅家的四姐她们几个人，各自挎着草筐也来到瓜地西旁河岸的树荫下，都把草筐一放，玩起跳方的游戏。

我和安敏姊妹俩，还有四巴她三姐在瓜屋旁正玩着拾石子的游戏，忽然，隐隐约约听到东边地里有一只蝈蝈在叫。这是今年头次听到蝈蝈的叫声，我扔下手里的石子，说声"我去逮蝈蝈！"就冲出瓜地，沿地头小路向东跑去。跑过五六垄地，才听见蝈蝈是在谷地里的一枝谷棵上。我分开谷棵丛进到地里。刚要靠近，它嘭地一下跳下谷棵钻进谷地。我俯身扒拉着去找，可怎么也找不到。我很失望地走出谷地。刚站在地头上，蝈蝈又吱吱地叫开了。我又劈开谷棵丛，向着它的叫声，悄悄靠近。谷叶刮手，火辣辣地疼，我顾不了这些。蝈蝈没听见动静，也没看见我，可我看见它了。它叫得正欢，阳光照得它全身发亮。我张开双手轻扑过去，啊，逮着了！我两手合拢，捂着蝈蝈，噼里啪啦冲出谷地，向瓜地跑去。刚跑到瓜地头上，我就大喊："逮着蝈蝈了，逮着蝈蝈了！"安敏、玉珍还有四巴她三姐都高兴地迎上来。

安敏说："小姑，先把蝈蝈放到棚顶葫芦秧上吧，咱赶快找秫秸编八角笼。"

我先把蝈蝈放屋顶葫芦秧上，又在屋棚的秫秸墙上折下一段秫秸，把这秫秸断成多个小节。我和玉珍剥秫秸皮，安敏则忙着找带棱的石块，割断秫秸墙上余出来的绳子头，再把绳头破开捻细，准备用来绑笼的接口。

我们正七手八脚地忙着，四巴三姐突然说："小姑，你别编了，我家有去年编的八角笼，还好好的，把蝈蝈拿我家喂着吧？"

我就说："这就编好了，你可别去逮它。咱把它放进笼子，挂在这瓜屋的梁上，能整天听着它叫，这有多好啊！"

她不听，非逮不可。她拽着瓜屋上的葫芦秧向下扯。三扯两扯，蝈蝈从葫芦秧上爬着爬着就跳了下来。我上前阻止她。

在树荫下跳方的几个人，听见吵吵声就围上来看。

稍门里的三巴打抱不平说："小丫姑逮的蝈蝈，三姐为什么要逮你家去？"

大舅家的四姐也接着说："丫头逮的蝈蝈，她愿意放在瓜地里喂着，就放在瓜地里喂着吧，四巴她三姐你就别逮了。"

她们你一言我一语，说完就挎起筐子走了。

一会儿，跳进瓜地里的蝈蝈又开始叫唤。四巴的三姐悄悄走过去，一下子把蝈蝈逮着，用大拇指和二拇指捏着蝈蝈的脖子。刚出来的蝈蝈很嫩生，我怕她会把蝈蝈捏死，或者捏得不旺相了，就问她要。她不给，把捏着蝈蝈的那只手举得高高的。我扳她胳膊也够不着，我急得真想哭。

我哀求着说："三侄女，你把蝈蝈放开吧，满湖里就这一只，你可别捏死了啊。我好不容易逮的，你放开它吧。"

我越要她越不给。我一手拽她的大褂襟，一手去扳她的胳膊，哧溜一声，她的褂子沿缝被撕开一道长口。她扔下手里的蝈蝈，用手捏着裂口的布边就往家跑。

四巴的三姐离开后，我忐忑不安地蹲在地上编笼子。

编好笼子的四个面后，我合扣一起，安敏则用捻好的细绳一个棱一个棱地缠好系紧，再对着棱拴上提系。

笼子做好，等蝈蝈再叫时，就逮着它，把它放进笼子。

刚把蝈蝈逮进笼子挂好，四巴她娘就气冲冲地来找我，老远就和我说道："小妹妹，四巴她三姐天天给你送饭，怎么得罪你了，看你把褂子给撕的。"

没等我开口，安敏抢先说："二婶，她们没闹仗。我小姑逮的蝈蝈，三姐抢了非得带回家不可，我小姑去争，不小心撕破了衣服。"

这么一解释，四巴她娘一肚子气也就消了，又转过身去，埋怨开四巴的三姐："熊丫头，这就不怨你小姑了，怎么去抢别人的东西呢？我也性急，一听褂子撕了，怪心疼的。这还是大爷爷（我姥爷）给的褂子。撕破了，连块补丁也找不到啊，对着逢缝上，又接不严实，那么大的女孩子家，穿着怪丢人的！"

四巴娘走了，我心里开始后悔，越想越难受。

晚上回家，我把这事告诉了姥爷。姥爷也没责怪我。姥爷端出针线筐，找出一卷旧布打开，拣了一块结实的布，叫我给四巴她娘送过去。

第二天，四巴的三姐穿着补上补丁的褂子又来到瓜地，在地头上就高兴地喊我："小姑，送饭来了，快吃吧！"

她边说，边走进瓜屋。我们热热闹闹地开始吃饭，谁也不生气了，我们重归于好。

又一天，天上云来云去，太阳一会儿露出，一会儿又钻进云层。姥爷早上摘一挑子瓜去赶册山集，留下几个让我卖给过路的人。天气不很热，来买瓜的路人不多，一直到下午才卖完，把留给自己吃的瓜也卖了。强家的瓜也是到下午才卖得差不多，最后还剩一个大面瓜。

卖完瓜没事干，我和安敏、玉珍到河岸柳树下玩跳方游戏，几个男孩在瓜屋东边下安六棋。

这时，强从瓜屋出来，把小火和仓叫进瓜屋。不知他们在干啥？一会儿，强又出来喊我。于是，我们三个女孩停下跳方，一块进了瓜屋。

原来，强要拿剩下的那个大面瓜和我打赌。他先称了称那面瓜，二斤十二两（十六两的称），然后对我说："咱俩打赌。要是你一顿吃了这面瓜，我什么也不要，算白送；要是一顿吃不上，我就上你家瓜地摘十个熟好了的西瓜。"

我说："我从来不吃面瓜。又不甜，水分也少，吃起来噎人。"

小火和仓在一旁鼓动我。安敏却劝我："小姑，俺老爷爷瓜地里什么瓜都有，你想吃，到地里摘就是了，别吃他家的瓜。那么大的瓜，你肯定吃不了。"

北门外大舅家的大表哥耪完地回家路过，也停下劝我："丫头，你好好看瓜，别弄这些事。小丫头家的打什么赌！"

舅家大哥说完就走了。小火和小苍不断地激我，安敏、玉珍却和他们唱反调。

小强怕我不赌，又改口说："小姑，你要是吃不了这面瓜，我不摘你十个西瓜，只摘五个，你看行不行？"

这时，我脑子里没有更多想法，只在思忖，面瓜这么大，我该怎么个吃法呢：面瓜瓢里有水，就着瓜帮吃，就不会噎得难受了吧？

想好，我就说："吃就吃，我得连瓢一块吃。"

一听我答应了，三个男孩高兴得欢呼起来。强赶紧上瓜屋外薅了一把青草，擦掉面瓜上的泥土。因为小火年龄最大，算是主持公道的人，就由他把瓜掰成两半，瓜瓢都留在两半瓜里。一瓣瓜放在青草上，我接过另一瓣瓜。

我蹲下，一小口一小口就着瓜瓢慢慢吃起来。瓜瓢又甜又有水分，就着它吃瓜，很好吃，也没噎着。

三个男孩和安敏姊妹俩都蹲在我跟前，他们怀着不一样的心情，瞪大了眼睛。我顺利地吃完第一瓣，站起身使劲喘两口气。我看到强脸上的笑容没了，他很紧张的样子。小火和仓也都半张着嘴发呆，好像心里在说："完了，完了，这回她是真能吃完了。"他们催我快吃，不让我停下。

我再蹲下，拿起放在青草上的另一瓣瓜，就着瓜瓢，又细嚼慢咽地吃起来。我尽量不让噎着。

我手里的瓜越来越小，强的脸磕碜得越来越厉害，小火和仓也都苦相着一张脸。当我把手里最后一小块瓜送到嘴里，强的脸僵住了，眼里蒙了一层厚厚的眼泪。当我咽下最后一口，小火和仓站起来，伸一伸懒腰，长舒一口气，强则站在那里愣了一会儿，接着像睡醒一般，呜的一声大哭起来，边哭边嚎："小姑把我的瓜吃了，小姑把我的大面瓜给吃了！"

强哭着朝家走去。一会儿，强他娘来了。又过了一会儿，强和我姥爷也一起走来。姥爷肩上还扛着锄头，看样子是强上北湖地里找的我姥爷。

姥爷问清缘由，就从腰兜里掏出钱来交给强他娘。强他娘说啥也不要。

他娘说："小妹妹吃的瓜，我还能要钱吗！这个瓜就算我送给小妹妹吃的。"

姥爷硬把钱塞给强他娘。当强他娘接过钱时，强的脸上还挂着泪珠，他却嘿嘿地笑了起来。

小火说："强，你真不讲信用！"

我看见其他伙伴也都气呼呼地瞪着强。

姥爷临走，只温和地交代我："以后别吃人家的瓜。自己有瓜地，想吃就上自己瓜地里去摘。"

我答应了。

姥姥活着时，那次我多吃了咸鱼，落下痌的病根，姥姥到处给我找偏方，都不管用。犯病的时候，我直着脖子咳嗽，喘不过气来，脸憋得通红。难受极了，就用针扎手指上的穴位，病症才好歹缓解几天。可今年看了一季的瓜，在瓜地里，渴了就吃长不成个的瓜纽纽，饿了也吃，这竟然治好了我的齁病，一夏天都没有再犯。

齁病没有再犯，可是，看瓜的日子一过去，我就发起疟疾来。庄上的人和我姥爷说了很多治疟疾的方子，都不管用，最后，姥爷上药铺买了一盒中成药给我吃，这病才算治好。

第二十七章

用故乡的泥土塑一个真人，再放上您的 灵魂，这就是我站直了的样子

　　治好疟疾，我又回到塘圩。奶奶和老姥姥已不住在我姑家，她们搬到这个庄的东北角靠近庄围墙的一个破院子里，住进开过纸坊的两间北屋。外间，冲着屋门，是一个抄纸的池子，现在盖着的两扇门板，就是我的床了；在东里间的南墙窗户下面，安上我们带来的那张床，奶奶和老姥姥睡在上面。东里间里，靠近北墙，支起炉子，炉旁一张小饭桌，锅碗瓢勺就放在炉台上或饭桌上。

　　在这里，不再受姑的气，我感觉倒是很舒心。

　　过了几天，湖里正是耕大茬子（早秋收割完的地）的时候，奶奶让我别在家闲着，下湖去拾柴火。于是，我就用笓在肩上撅个筐头，天天下湖搂柴火。

　　那些耕起来的玉米秫秸疙瘩，都被地主家自己收拾了，我们只能拾落下的，再拔一些漏耕的。而那些漏耕的秫秸疙瘩，毛根露在外面，很长时间才能找到一个两个的。这样拾柴火很慢，一天也拾不了一筐。

　　我干脆离开玉米地，到小秸棵地里去拾。那些谷子、稷子、黍子地里耕起来的小秸疙瘩，地主家嫌小，不值当拾，我就拾满了，扛回家。

奶奶说："这些秸疙瘩烧起来，也很发火。秌秸疙瘩不好拾，就拾这样的吧。"

于是，我放心地去拾这些小秸棵。我摔一摔秸棵上的土块，摔一片就收拢一小堆，再摔一片，再收拢一小堆，这样一直干下去。我干得很快。临走时，把小堆聚成大堆，再打叠装筐。装实装满筐后，我蹲下，用笢撅起筐头背在背上。太沉，我起不来。这时，湖里干活的一个爷爷看见，忙跑来抱起筐帮我抬起。

这个爷爷说："你这小丫头拾柴火太下力气。一次拾这么多，能背动吗？下次少拾点，背回家，再回来拾。"

我听了，没吱声，只顾低头弯腰，撅着屁股，背起柴火朝前走。边走边想，就按爷爷说的，回来再拾。

这些秸疙瘩比在何庄搂的豆叶沉多了，而且越走越沉。累得不撑劲，我就找了个路旁高岗，放下筐歇一歇。我着急回家倒柴火，所以，路上只歇了两次，就硬撑着背回了家。

一进院门我就喊："奶奶我拾柴火回来了！"

奶奶和老姥姥听见我的喊声，赶忙从屋里出来。她们惊奇地高声夸奖我："吆，丫头真下力，出去一会儿就拾这么一大筐柴火！"

奶奶和老姥姥赶忙扯出筐里的柴火晒到院子里。

老姥姥边扯柴火，边对我说："屋里有凉的茶，丫头喝去。"

我喝完茶，她们也倒完柴火，腾出了筐。我又背起筐上湖了。

这一头午，我拾了两大筐，下午又拾了一大筐。从这以后，我天天拾三筐柴火。

等地里的大小秸棵都没有了的时候，又开始割豆子了。这时，地里的豆叶，还是地主家自己要，我们这些满湖找柴火的人，只能搂那些被风刮进沟沟坎坎里的零星豆叶，而我还是一上午两筐柴火往家背，下午再搂一筐。

湖里的豆叶越来越少，我满湖里到处找。后来，连豆叶带干草一起搂，也拔路边的蒿子。就这样，我一直拾到十月里。

庄户人家收拾完秋，有的男劳力清闲下来，也上湖地里到处转悠着用大筢搂柴火。他们这样搂的柴火叫筢搂草。地里、路埂上的草叶子和草棵棵都被他们搂去，我们这些用小筢拾柴火的，到这时候，根本就搂不着什么了。我就天天挎着筐头下湖拔豆棵茬，拉大筢的男劳力也来回转悠着拔。拔到最后，豆棵茬也没有了。

地里的人越来越少。有时候，满湖地里，一天都看不见一个人影。

确实没什么可拾的了，奶奶还是让我下湖。我挎着筐头满湖地里找，一上午也找不到星点的干草，我就到干涸了的水汪里去收拢苲菜。

干了的水汪，虽然没水，但汪底下还有淤泥。我脱了鞋，脚陷进泥里，一把一把薅苲菜往堰上撂。薅完，上岸，用苲菜擦掉脚上的泥，穿上鞋，再把苲菜按到筐里。

苲菜挺湿，虽然没拾满一筐，可是怪沉。我挎一筐苲菜，歪歪扭扭吃力地往家走。到家，把苲菜摊到院子里，老姥姥走出屋门一看，就说："苲菜烧火光沤烟，不着火，以后就别拾这个了。"

第二天，我给奶奶说不下湖了，我告诉她湖里没有什么可拾的了。她不信，就说："下湖拔点豆棵茬，也比在家闲着强。"

我只好又挎着筐头下湖。湖里一个人影也没有，风呼呼地吹着。我一个人在空荡荡的旷野里很害怕，到处转一圈，什么也没拾到，就挎着空筐回家。

奶奶一看我挎着空筐回来，来气了，大声责怪我。说我以前怪勤利的，怎么一下子变得这么懒了？

老姥姥听见奶奶吵我，从屋里走出来。她劝奶奶说："这个时候，湖里应该没什么可拾的了，就别叫丫头下湖了。一秋天，丫头拾了不少柴火，就叫她在家歇歇吧。"

可奶奶不听劝，气得进屋摸一把扫帚朝我身上抽。老姥姥拉不住她。她打，我就往后退。从屋门口一直退到屋东头院墙根，我也没答应再去拾柴火。

她越打越有气，就一把按倒我，用扫帚把打我屁股。打得很疼，我受不住，委屈地哭了。

院外几个邻居听到哭声，都来劝阻。

李大娘说："王大娘你真糊涂，这都快十一月了，人家拉大筢的都不下湖了。豆地里光溜溜的，连片豆叶都找不到，你叫孩子下湖干什么？"

奶奶这么一听，气也就消了。邻居们一走，我们三口进屋，奶奶说："不下湖拾柴火，这一片也没有小孩一块玩，你去找路南的李嫂吧。她很巧，跟她学点活。"

一听跟李嫂学做活，我很高兴。奶奶把我送到她家，跟她老婆婆说了说。从此，我就天天拿着线砣上李嫂那里去捻线。

李嫂家有公公、婆婆、丈夫和她，一共四口人。她家是小户，院子很小，单扇院门朝北。两间北堂屋公公婆婆住；两间南屋，西边一间是锅屋，东边一间是他们小两口的住屋。他们一家人相处和睦，日子过得算是温饱。李嫂的丈夫现在正上高级小学，老两口就忙着给他娶上了媳妇。

李嫂长得很俊，细高挑，白面皮，五官匀称。她对人亲热和气，一见人，话还没说，就先笑了。

以前，有时李嫂在大门口遇见我，也叫我上她家去过。那时，我不免有些拘谨。这回天天去她家，熟悉了，也就轻松自然了很多。

她让我多捻线，捻多了，好教我织束腰带，织扎腿带。我们边干活，边拉呱。她给我讲她娘家的事情和她婆婆家的事情。

线捻多了，李嫂在地上镶个大铁钉，牵上经线，就教我提线、穿梭子。她一边给我示范，一边给我讲："丫头，你递梭子时，一手拿梭，一手捏经线，别叫纬线拉紧了；梭子穿回时，你先捏带子那边的经线，再拉纬线。这样织的边就不缩了。"

后来，我织了两根腰带，奶奶一根，我一根；我又给老姥姥织了一副扎腿带。

李嫂告诉我，她娘家是薛庄。她有三个弟弟和一个小妹妹。他们五个兄弟姐妹很团结。她在娘家每年春天都养蚕。抽丝卖的钱，她娘不要，让她自己攒着，等她长大出嫁时好"压腰"。她一共攒了五块洋钱。她娘早早给她说成婆家，十七岁嫁过来。丈夫比她大一岁。婆家就这一个儿子。公婆疼爱她，小夫妻感情也好。

有一天，我看李嫂无精打采，就问李嫂是怎么回事。李嫂哭起来，边哭边说："前两天，你金涛哥（她的丈夫）忽然匆匆忙忙地从学校赶回，说国民党部队一个劲往南撤，恐怕他们要抓兵，老师要领着学生上外边躲一躲。我急忙给他打个小包袱，装几件衣服，把我出嫁时'压腰'的五块钱也放上。你金涛哥上堂屋给我公婆说了一声，就急急忙忙地走了。这一走，不知什么时候才能回来！"

她哭得说不出话来。我心里也很难受，但我还是个小孩，不知外面的事情，又怎么能安慰她呢？

过了一会儿，她哭得轻了，就又说："你金涛哥一走，我整夜整夜睡不着觉。那几块钱，在外边够吃几天的啊，现在天又冷，也没带棉衣，可怎么过冬啊！"

我回家，把这事告诉我奶奶。奶奶听说国民党撤退了，就一边替李嫂担忧，一边还有些高兴。她说："头年里不能搬家。过了年，二月份咱就搬回去。"

很快，这里解放了。过了年刚出正月，我和奶奶上我姥爷家，叫我姥爷找来一辆牛拉的大车。我们一起把躲鬼子时，拉到姥爷家的奶奶的那口大箱子搬到车上，再由学敏哥赶着这大车，我们上塘埂去搬家：第一趟，把我老姥姥和逃难时带来的这些家什送回家；第二趟，专拉我拾的柴火。学敏哥用木杈挑着柴火往车上装，整整装了冒尖的一车。柴火装得太满，光往下撒，我姑就回家扛一捆秫秸，学敏哥把秫秸铺在柴火顶上，用绳子勒紧，再把绳子系牢系紧在车上。

我和奶奶跟在大车后面。奶奶说："丫头拾的这一车柴火满够烙煎饼烧一年半的。"

我们搬家时，金涛哥还没有回来。后来，每逢我姑回我奶奶家，我都打听金涛哥和金涛嫂的消息。每次，我姑说的都是同样的话："金涛自从走后，不但没回来，连一点音信也没有。小媳妇光哭，现在瘦得不像样了。"

在刚过去的 1948 年 10 月份，在逃难中，我度过了 12 岁的生日。而现在是 1949 年的初春。今年的春天好像比往年来得早一些，田野上的沟沟坎坎，毛茸茸的已有了一些绿意，点点花朵如大地睡醒的眼睛，慢慢睁开，闪着波光，阳光把村庄照得发亮，只是风带着河水的湿润，还夹杂着些没有散尽的寒意。

姥爷找人捎过话来："丫头，日子太平了，就好好念书。姥爷卖地，也要供你上老沂河东岸的码头中学！"

听到这话，我强忍着眼泪，没再哭出声来。我知道，姥爷说的老沂河，就是家乡那条最宽最大的河……

2018 年初春完稿

后　记

这是一位老人近八十岁时才开始动笔创作的作品，是情感近一个世纪的积淀，是人世间永远不会停歇的至善至美的质朴和纯真。

"丫头，日子太平了，就好好念书，姥爷卖地，也要供你上老沂河东岸的码头中学。"对于这话，作为晚辈，我的理解是：在那个年代，姥爷之于外孙女，只是亲戚之于一个外姓姑娘而已，但是，姥爷愿用一辈子的积蓄换来外孙女一生的幸福，这在那个年代，对于一个目不识丁的普通农民来说，算不算深明大义？我能想象，姥爷说这话时，一定是平静的，我甚至能听到他声音里的那份苍凉与颤抖。但是，姥爷的内心一定是大气磅礴的。

姥爷的一生，要强，勤劳，乐观，又对未来充满希望，但是，命运总是那么喜欢和他开玩笑，早年丧女，中年丧妻，以至于沦落为孤寡老人。但庆幸的是，命运最终给了他一个还算美好的结局。偶然的叹息过后，他内心的力量和生命的热情片刻也没有停止过抗争。

小说中写道："送走姥姥没几天，姥爷又和往常一样，每天早上鸡叫头遍就起床出门去拾粪。"小说里的人物，何止只有姥爷的形象这么感人！每一个人物形象都是在岁月长河里，盛开过、摇曳过、美丽过、庄严过的花朵，虽单薄渺小，被一阵风似地卷走了，但大地见证过，苍天见证过。

读完小说，掩卷长思，我不禁叹道：何须轰轰烈烈，爱过，哭过，挣扎过，抗争过，只要活着，还在爱着，哭着，挣扎着，抗争着，生命，就无怨无悔！

六〇后读者　熊雪芸